清宫的门缝儿

航鹰 刘悦／著
近代天津博物馆／供稿

文化艺术出版社
Culture and Art Publishing House

图书在版编目（CIP）数据

清宫的门缝儿／航鹰，刘悦著．—北京：文化艺术出版社，2019.12
ISBN 978-7-5039-6795-5
Ⅰ．①清… Ⅱ．①航… ②刘… Ⅲ．①纪实文学—作品集—中国—当代
Ⅳ．①I25

中国版本图书馆CIP数据核字（2019）第212490号

清宫的门缝儿

著　　者　航　鹰　刘　悦
责任编辑　叶茹飞　齐大任
特约编辑　姜雨晨
责任校对　孙志阳
书籍设计　马夕雯
电脑文图处理　王成琳　安　红
出版发行　文化艺术出版社
地　　址　北京市东城区东四八条52号（100700）
网　　址　www.caaph.com
电子邮箱　s@caaph.com
电　　话　（010）84057666（总编室）　84057667（办公室）
　　　　　84057696　84057699（发行部）
传　　真　（010）84057660（总编室）　84057670（办公室）
　　　　　84057690（发行部）
经　　销　新华书店
印　　刷　北京雅昌艺术印刷有限公司
版　　次　2021年1月第1版
印　　次　2021年1月第1次
开　　本　710毫米×1000毫米　1/16
印　　张　23.75
字　　数　187千字
书　　号　978-7-5039-6795-5
定　　价　98.00元

作者简介

航鹰

本名刘航英，1944年出生于天津。曾任天津人民艺术剧院舞台美术设计、助理编剧。1982年后任天津市作家协会专业作家、副主席，中国作家协会全国委员会委员。

迄今发表文学作品300余万字，剧本作品十部。其中《金鹿儿》《明姑娘》分别获1981年、1982年全国优秀短篇小说奖。2018年出版《航鹰文集》（九卷300万字），剧本类作品获『飞天奖』、全国电影『童牛奖』等七项国家级奖项。

刘悦

1971年出生于天津。1995年赴澳大利亚墨尔本MONASH大学金融系学习，回国后从事英文翻译工作。2006年起担任近代天津博物馆馆长，致力于天津历史文化的保护与研究工作，曾多次赴欧美国家搜集有关天津的历史资料，采访过众多曾在华侨居的西方人士。主要作品有：《扛龙旗的美国大兵》《李鸿章的军事顾问：汉纳根传》《李鸿章的洋顾问：德璀琳与汉纳根》等。

目录

第九章 三女性协奏曲

第十章 小德张的爱情梦幻曲

第十一章 文曲星文昌星宣叙调

第十二章 缪斯女神浪漫曲

第十三章　郎世宁东方变奏曲

第十四章　自鸣钟进行曲

第十五章　不速之客狂想曲

第十六章　『老祖宗』谐谑曲

第十七章　洋机器回旋曲

第十八章　未亡人悲怆曲

第十九章　昨夜星辰归宿终曲

序曲

本书的源头是我们要写老天津旧租界的洋楼故事，首选的洋楼是“庆王府”。写庆王府本应从清王朝覆灭后到天津英租界寓居的逊庆亲王载振说起，但收集史料时发现载振及其家族不过是一群坐吃山空、挥霍殆尽的八旗子弟，没有太多的新意可供挖掘。然而，我们在研究庆王府建筑本身的特色时，却发现了其原先的主人——太监小德张的很多有意思的故事。不知不觉中，小德张和载振把我们“领回”到紫禁城、颐和园……由于他俩的“引见”，我们不仅“看到”了慈禧太后和光绪皇帝的音容笑貌、行为举止、生活细节，还“认识”了第一个把西方舞蹈引入清宫的少年舞蹈家裕容龄、御前女侍“翻译官”裕德龄、留下300多幅珍贵的清宫老照片的“御用摄影师”裕勋龄、为慈禧太后画了多幅油画像的美国画家凯瑟琳·卡尔小姐，以及他们各自在欧美的阅历……由他们这些特殊的清宫过客，又延伸出第二位为慈禧太后画像的荷兰人胡博·华士，继而上溯到历经清朝三位帝王的御用画家、意大利人郎世宁的画作……

在清王朝的最后时光，这么多有着西方文化背景的人物齐聚清宫大内，演绎了东西方文化的碰撞与融合。紫禁城沉重的宫门被推开了一条细缝儿，吹进了些许现代工业文明的新鲜气息……

从这一特殊视角写清宫的文学作品似不多见，我们感激上天的眷顾。

作家与写作题材的关系也是讲缘分的，写得顺畅与否，能不能

"下笔如有神"，冥冥之中似有天意安排。不适合的题材刻意而为之，往往磕磕绊绊、事倍功半。就该属于你的东西，躲都躲不开，"神来之笔"接踵而至，洋洋洒洒欲罢不能。行云流水般自然喷涌的文字，会带你步入最佳创作境界。

我们从来没有想过要写清朝宫廷的事儿。

或许是因为中国最后一个封建王朝离当代太近了，特别是晚清，太倒霉了，几乎都被人写烂了！而且，今人写清宫，上好的非虚构写作文本似乎不多，除了板着面孔的枯燥正史研究，就是媚俗野史胡编杜撰的"戏说"。尤其是正史典籍很少记载的"大内"故事，读者分不清哪些有真实依据，哪些是子虚乌有，更是产生了审美疲劳厌烦情绪，凡遇"宫斗戏"一类就连看都不要看了。

曾几何时，"清宫故事"成了纯文学的陷阱。

我们是一不小心落入陷阱的。一个偶然的机会让我们发现"清宫大内"还有新意可写，便着手收集史料。顺着崎岖小路下到深底，才发现它不是陷阱，其实是一座神奇的"天坑"。举首仰视可以望见蔚蓝的天空，葱茏的密林，还有叮咚的水滴……

第一章 『凝固的音乐』交响曲

1／老房子的诉说

2／宫廷文化熏陶

3／『水晶宫』之谜

4／三所豪宅

逊帝溥仪在天津的行宫张园

1／老房子的诉说

老房子是一些历史老人，站在它们面前我们总是觉得自己很幼稚，无知，浅薄，对它肃然起敬。它总会让人思考一个问题：建筑的本质是什么？

史学家说：建筑是一部无言的史书。

文学家说：当诗歌和歌曲沉默的时候，建筑还在说话。

演员说：建筑是城市的表情。

音乐家说：建筑是凝固的音乐。

这些美妙的形容闪开了枯燥的理论，让人们在凝视硬邦邦的建筑物时多了几分灵动的想象。你会发现钢筋砖瓦灰砂石从来都不是冰冷僵硬的，它们有自己的记忆、文字、语言、感情，最妙的是，它们还能把缥缈无际的音乐凝结成看得见摸得着的优美线条，这一“演奏”就是几百年几千年。

当诗歌和歌曲沉默的时候，建筑还在说话。那么庆王府在述说着什么呢……

说起位于天津“五大道”的庆王府的由来，不能不提起昔日天津著名寓公中的一位特殊人物——小德张。这座大宅原来是小德张设计建造并居住的，与其说是庆王府，不如说是世界仅存的太监府。

笔者在写小德张的故事之前心存疑虑，生怕读者误以为我们也走了猎奇媚俗的下坡路。何况关于小德张早已无奇可猎，太多的演义戏说早已叫人听腻了。但是，我们研究庆王府的历史资料时，发现了小德张是一位无师自通的建筑设计天才，他曾在北京为自己设

庆王府大门台阶

计了一座豪宅，来到天津以后又设计了四所住宅，便觉得关于他还有一些新鲜角度可写。

很多人不相信这些宅院是小德张自己设计的，怀疑由建筑专家代劳，而确凿无误的事实是宅院不仅由他亲自绘图设计，还是他亲临施工现场监造的。当然，在工程力学方面会有营造公司专家协助。收集庆王府史料的过程，也是笔者逐步了解小德张这个人的过程，在此特别强调一个“人”字，是因为随着了解他的人生际遇，

小德张

不知不觉地摒弃了世人一向视太监为“人妖”的偏见。在高科技信息时代，国人如能以包容豁达之心把昔日太监看作是普通的残障人士，那将归功于现代文明的滋润。

小德张是如何学会了建筑设计的呢？显然是受了清宫的文化熏陶，这就得弄清楚他在宫里的真实生活。但是，关于他的史料并不多，他本人没有留下回忆录，其嗣子张书森年纪不大就因抽鸦片而亡，只有其孙张仲忱写的两篇回忆录《一个太监的经历——回忆我的祖父小德张》《太监小德张的寓公生活》，另外还有少数知情者的记述可供参考。

我们便从张仲忱的两篇回忆录中寻找人物关系线索。例如小德张曾对他母亲说他曾和裕容龄相爱，我们遍搜裕容龄的史料，由她相继扩展到裕德龄、美国女画家凯瑟琳·卡尔、裕勋龄、清廷驻法国公使裕庚及其夫人、美国驻华公使康格夫人……德龄、容龄姐妹和卡尔小姐都有回忆录，她们以难得的“三亲”（亲见、亲历、亲为）资格及独特的女性目光，真实地保持了历史现场感，富含可观的文化信息与丰厚意味。

更加令人惊喜的是，故事简直富于戏剧性，是庆王之长子载振向慈禧太后举荐裕家母女三人入宫的！老庆亲王奕劻在位时，载振贝子出使英国，途经巴黎受到了清廷驻法公使裕庚全家人的热情接待。1902年“两宫回銮”之后，慈禧太后为了和列强改善关系欲搞

庆亲王奕劻油画肖像 [荷兰]胡博·华士(Hubert Vos)
首都博物馆收藏

逊庆亲王载振

1902年载振(右四)出访英国途经巴黎，与裕庚(右一)一家人合影。德龄(左二)、裕夫人(左三)、容龄(中立者)

“夫人外交”，急需会讲外语的御前女官。经载振介绍，德龄、容龄姐妹得以在宫中住了两年多。

1911年清王朝覆灭，逊庆亲王载振举家迁居天津，看上了小德张的房子，留下了那段在天津家喻户晓的“小德张让房”之史话。

史料收集工作转了一大圈儿，又回到了天津庆王府，回到了为众多人物穿针引线的载振和小德张身上，回到了我们的写作起点——老洋楼故事。

庆王府这座中西合璧的历史建筑犹如章鱼的肚子，喷出的墨汁书写了一个又一个看似不相干而又挽手走来的昨夜星辰……

小德张只是个太监，怎么能够具备建筑设计的能力呢？显然这和他22年宫中生涯有关。

小德张原名张云亭（1876—1957），绰号小德张，慈禧太后则叫他“恒泰”。他原籍天津静海县南吕官屯，于1891年15岁时入宫，转年到昇平署南府戏班学习京剧，工文武小生行当。三年后练成武功高强、嗓音嘹亮的武生演员，得到酷爱京剧的慈禧太后的赏识，选进太后宫当差。他以聪敏勤奋、八面玲珑成了慈禧太后跟前的红人儿，三年中连升五级，由小太监、敬事房打寝宫更、回事太监、御前近侍，蹿升为御前近侍首领兼南府戏班总提调，地位仅次于李莲英、崔玉贵。1900年八国联军侵犯北京，慈禧太后、光绪皇帝西逃西安，一路上他随驾侍奉。“辛丑回銮”后他又升职为御膳房掌案兼大总管，负责管辖太后宫膳、茶、药各方面执事，并参与遭战火毁坏的宫殿修葺一应事宜。

慈禧太后是封建王朝晚期腐朽保守皇权势力的代表人物，这早已盖棺定论了。众多文艺作品抨击她祸国殃民的政治本质，揭露了她专横残暴的性格，却忽略了她是个文化程度很高的贵族女性。她绝非一般的只会争风吃醋的后宫妇人，而是为了实现政治野心刻苦学习文化知识的女强人。

早先“只识弯弓射大雕”的少数民族满族人入关后能够统治中国267年，其中一个重要原因是清朝实行了民族融合政策，接受了历史积淀深厚博大的华夏文化，正因为文化上的优化才出现了康、

慈禧和小德张

雍、乾盛世。到了清朝晚期虽然每况愈下，但慈禧太后专权47年也不是单靠她擅长要弄权术就能够维持的。她青壮年时期遍读史书，学习书法，支持宫里的文化机构翰林院、画院，支持文史编撰等。她酷爱京剧，使得“南府戏班”演戏水平迅速提高。她还召集文人研究、修改、出版京剧剧本，看戏时都要拿着剧本对照台上演员的唱词对白。那年头儿的民间传闻“慈禧太后会双手写梅花篆字”，未免有些夸张，但她的书法确实不错，尤其是她赏给王公大臣们的巨幅大字“寿”“福”“龙”“虎”什么的，运笔气魄不让须眉。

本书先说了这么多慈禧如何重视文化，不是要美化那个千夫指咒的老太婆，而是意在铺垫小德张若是没点儿文化水平，没点儿真本事，也很难入“老佛爷”的法眼。小德张虽然入宫以后才学习文化，但志向远大的他深知没有知识难成大器，在学习上非常刻苦用心。日后他到天津当寓公时对子孙讲述了慈禧太后读书的往事：

> 老祖宗本人很聪明，文学底子深，天天看书，熟读二十四史，随时引经据典地考考左右王公大臣，例如庆亲王和光绪皇上的弟弟入宫觐见时，老祖宗以古典史书问询。本来他们见着老祖宗就害怕，加上没什么学问，往往结结巴巴答不上来，免不了让老祖宗奚落一顿。就是光绪皇上最聪明，老祖宗不管问什么典史，都能对答如流，说得头头是道。

小德张还对子孙言传身教，说到自己如何跟随“老祖宗”学习读书：

> 老祖宗挺爱看书，她看经史、通鉴、集览等。看累了把书放在桌上，又干别的事去啦！我趁她不注意，偷偷过去把她看的书的名字记下来，并记住看的是第几页。下了差，我

便四处寻找这本书，找到后马上翻开读，用脑子记下来。有时老祖宗高兴，不知什么时候她发问，我都能讲出这本书是什么意思。

太监是贫苦农民子弟，自幼进宫，其中绝大多数人是文盲。宫里拿他们当作苦力使唤，不可能给他们办学。只有极少天资超群的人能够偷空儿苦读诗书自学成才，小德张便是其中的佼佼者。

他升入太后宫时很年轻，立志出人头地，发奋学习文化，只要不当值，挤出时间便去南书房向翰林院学士请教史书。中午趁太后歇息的空闲，他和几个有身份的太监出资邀请著名评书艺人和有学问的举人来讲《稗史》《聊斋》《三国演义》《水浒》《东周列国》《说岳全传》《隋唐演义》《永庆升平》《东西汉》等，填补了许多知识典故。

慈禧太后的书法很好，常以墨宝赐给王公大臣拉拢人心。他也亦步亦趋练习写大字，临摹碑帖，日子久了颇有长进。等到隆裕太后掌权时，隆裕没有慈禧的本事，他常常为其代笔，能够一气呵成巨幅大字寿、龙、虎、鹤等，加盖隆裕的印章应酬场面。

虽然他读书的目的是讨慈禧太后欢心好步步高升，但是对这么个肯用功读书的年轻人谁又能不喜欢呢？他对太后爱看什么书都如此用心，遇到宫中建房修房那么大的事，肯定会加倍努力地做功课，学习建筑知识也是顺理成章的了。

3 『水晶宫』之谜

1908年光绪皇帝、慈禧太后驾崩，隆裕太后垂帘听政，小德张又成为隆裕太后的红人，升为长春宫四司八处大总管。隆裕太后拨银十万两，在安定门内永康胡同极乐寺旁拨地50亩，供他建造住宅，房舍几百间，人称“总管府”。从那时起，他就亲自设计监造房屋了。

他能够掌握一定的建筑知识，靠的是他在宫中参与不少宫殿修缮工程，又有机会接触“样式雷”。“样式雷”指的是二百多年间始终承办皇宫建筑设计的雷氏家族，统管皇家宫殿、园林、陵寝、衙署、庙宇的设计、建造、修葺。那时候皇室成员们看不懂图纸，审

水晶宫

阅建筑方案须由“样式雷”用草纸板热压出名为“烫样”的模型，几经审定才能施工。小德张历任慈禧太后、隆裕太后两代总管，太后、皇帝每一次审定建筑方案他都在场，经年累月，听也听懂了，看也看会了，何况他又是个脑瓜好使的机灵鬼呢！

依时推算，他接触的该是第八代“样式雷”了。他在宫中不仅能够看到“样式雷”大量的“图纸”和“烫样”，也有机会研读许多如宋代《营造法式》一类的专业书籍图册。他很好学，自己学着绘图，对建筑设计逐渐入了门，他到天津以后设计的三处豪宅比起租界里其他洋楼来毫不逊色。据他的常年法律顾问夏琴西撰文回忆：

> 所有的盖房设计、画图都是他自己动手。他对我说：盖房子主要是地基坚固，房子才能延年。因此在打地基时，他每天都亲自去察看，当时他对工人们说：“你们把地基打得坚固，打一寸厚我给一寸厚的洋钱。”工人们当然乐于从事。于是每天下午二时许，他便带着百余元现洋和随从人等到工地视察，在视察时把现洋向基坑中一撒，工人们一面捡钱一面高喊：“谢老爷赏！”小德张引以为乐。

这些旁证说明在“庆王府”建造过程中他确实是事必躬亲的。

据张仲忱忆述，他祖父在天津家里还给儿孙们讲过“水晶宫”的往事：

> 宣统二年（1910），内廷里有一个宫不知何故多次失火，我呈报隆裕太后改建水晶宫一座。我自己绘图设计，由宫殿四壁到地下全是用玻璃砖砌成，地面与宝座龙案衔接。清水储蓄在地下，内有龙睛鱼游来游去。宫墙厚玻璃壁上有喷水泉，坐在宝座龙案上还可以看见下面的水景。动工不到一年，

“样式雷”烫样

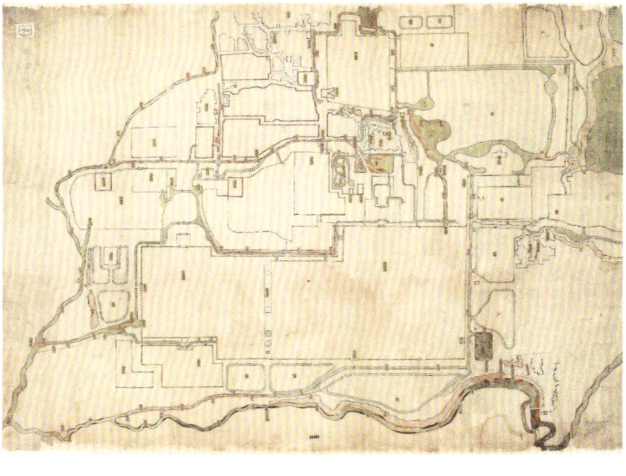

“样式雷”图纸

革命党就把清朝给灭了，这个水晶宫盖到半截就停了。

读到这段回忆录我们将信将疑，故宫里那座中西合璧的著名建筑如果真的是小德张设计的，那可太有意思了！他这人有没有自我吹嘘的毛病？给儿孙们讲故事会不会夸大其词？中华书局于1963年11月出版的全国政协文史资料委员会编《文史资料选辑》第47辑登载了《关于太监“小德张”的回忆》（温宝田口述，溥杰整理），口述人温宝田自幼入宫当厨师，后来又到天津小德张宅当了11年厨师。回忆录中提到：“延禧宫”内“水晶宫殿”的遗迹，是小德张“怂恿隆裕在那里修建一所水中的宫殿，以后由于清朝封建统治势力的崩溃才中止兴修的，但他已在这一修建过程中捞到一笔大财”。

当时小德张是内宫大总管即或有夸大的因素，起码是积极参与了“水晶宫”的设计和施工。从“水晶宫”之巧妙构思推测，如果没有旁证史料记载设计者另有其人，倒是很像出自鬼机灵小德张之手笔。

不知现在那座建筑的说明牌或印刷品说明书上有无建筑设计师的名字。西方国家的建筑师很受人尊重，几乎所有的著名建筑都标有设计师的名字或文字记载。中国是古建筑大国，不知为何建筑设计师的名字却鲜有记载。只有鲁班被尊为建筑工匠的祖师爷，此外似乎没有建筑设计师这个行当。有时在墙体或石碑上可以找到生产者的名字，那是为了确保质量，一旦发现问题，便于“秋后算账”。

其实我们心里是很希望找到有力佐证证实是小德张设计了“水晶宫”的，那样一来将会为那座神奇的“烂尾工程”平添一道更为不寻常的色彩。

不管怎样，说小德张是清宫里熏陶出来的建筑设计师并不过分。

4/三所豪宅

第一所豪宅庆王府，位于今重庆道55号，小德张一家在此处居住了三年。宅邸占地七亩多，1922年开工，转年竣工。小德张在施工、用料方面非常严苛，不惜重金选用进口优质木料，特别定做烧制砖瓦、英国锅炉、奥地利组合吊灯、比利时玻璃……后来逊庆亲王载振举家迁津，1926年小德张“让房予庆王”。

庆王府至今已是近百年的老房子了，历经水灾、地震仍然十分坚固，可见当初的建筑质量是经得住岁月考验的。这所府邸太特殊了，本文将在后面详细描述。

第二所豪宅，位于今河北路与洛阳道交口，是西北军阀马福祥委托小德张帮他设计监造的公馆，老天津人称之“马家楼”。马福祥远在甘肃，“马家楼”只是闲置备用。小德张和马福祥算得上“患难之交”。慈禧太后、光绪皇帝逃往西安，进了西北由马福祥率兵护驾，途中马福祥与小德张朝夕共处，十分投机，结拜为兄弟。小德张把宅邸转让给庆亲王以后，全家人搬进“马家楼”借住了四年。

那是一座花园别墅，庭院虽然面临两条路口，但当年英租界车少人稀、宽敞幽静，很是宜居。

这所宅院如今还在，只是近百年来几易其手，多次修葺，面目全非。如今这里是天津和平区第五幼儿园。房屋装修色彩鲜艳、童趣盎然，但当年出自小德张之手的建筑风格还影憧依稀。

第三所豪宅，位于今湖北路，那块8.25亩的土地是载振作为得到“庆王府”的回赠。这里离“马家楼”、庆王府都很近，而且毗

湖北路小德张宅速写　宋文铎绘

庆王府也有张氏标志性高墙

邻墙子河，是比庆王府更胜一筹的风水宝地。若不是载振家的王子王孙只会坐享其成，无人实干运作，这样的好事也落不到小德张头上。小德张正当壮年，又对建筑设计有兴趣，他决心再为自己设计建造一所更好的宅院。他借居“马家楼”期间步行即可去墙子河畔，经常前往勘察测量，精心构思，亲手绘图，自己设计方案，建造了又一所中西合璧风格的庭院式公馆。

从外观望去那是一座欧洲城堡式楼宇，建筑内部则仍然沿袭

1970年以前的墙子河 宋文铎绘

如今墙子河变成了宽阔的南京路

中西合璧的设计理念。其实用性与庆王府多有相似之处，主楼为四层，其中的二层与庆王府一样设计了“共享空间”兼演戏大厅，可容400个座位。他曾多次在此举办大型堂会，当然也少不了可拆装的戏台。和庆王府一样，四周院墙很高，墙内侧有两层楼房，分别为北客厅、东书斋、南佛堂、西家祠。大院子里的园林布局比庆王府更为考究，除了太湖石假山、凉亭、奇花异草之外，还有一湾荷花池和一条人造小溪通往墙子河，引入了活水水源。新宅虽然没有庆王府的透明天棚，却有了更为实用的把前楼后楼连成一片的楼顶大阳台，面积宽阔，足够打网球、练武功、骑自行车。东南角还有一座别致的铁铸小凉亭，居高临下能俯瞰墙子河蜿蜒流淌的美景。室内装修则更讲究了，壁板选料都是从菲律宾进口的木质镶嵌，花纹图案极为精美。室内陈设为中西款式的各种家具，富丽堂皇中不失典雅拙朴。庭院正门为铸花大铁门，门洞顶部为日本式的木质建筑，顶部有飞机形的风向仪。院内正面通道两侧均立有铁铸花栅栏，另有马车、汽车房一应俱全。

小德张在宫里时还学会了园艺技术，在大花窖内养殖各种花卉。院子里栽种了葡萄、枣树、梨树、柿子树、大沙果树、石榴等，他还特地从北京宫内引植了太平花。

小德张一家人在这里居住到1950年，整整度过了二十年时光。

昔日雄踞墙子河畔的那所华美庭院，可惜于1976年“文革”即将结束时好端端地被拆除了，原因是当时的使用者为了“充分利用”大院土地，盖起了难看的“火柴盒”大楼。年轻一代的天津人再也无法看到那座具有独特人文价值的“太监府”了，我们好不容易找到了一帧黑白老照片及一幅速写画。如果当时的官员具有些许远见，留下那所宅邸与庆王府相映生辉，那该有多么丰厚的历史文化价值，多么大的旅游价值啊！

当年小德张的“建筑情结”一发不可收，在天津设计监造的第四处房屋竟是多达13幢楼的整条胡同！起因是他的盟兄马福祥回津参观了张家新宅，认为宅子周边空旷太孤单，建议他盖围楼。他于1930年一鼓作气从墙子河孟庄桥以西加盖13所小楼，形成一条胡同，起名永兴里，寓永远兴旺之意。永兴里是一条可通墙子河的活胡同。13幢楼坐东朝西，为砖木结构的西式三层公寓式楼房。20世纪40年代我国著名甲骨文专家王襄曾在此居住。

永兴里楼房大多用于出租盈利，此时的小德张已经不只是个“建筑发烧友”，而是成了善于经营的房地产商了。随着城市旧城改造，高楼大厦泛滥，如今那条胡同也已经荡然无存了。

第二章 『庆王府』奏鸣曲

1／独秀庆王府

小德张天资聪慧，勤奋好学，在建筑设计方面有独到之处，庆王府就是他的杰作，这是一座有120多间房子的豪宅。旧时英租界当局规定“五大道”街区不允许有中式建筑出现，他设计的这座三层楼房乍看上去属于西式建筑，细看却有明显的中式建筑元素，中西合璧融合得巧妙妥帖、天衣无缝。

先说它的西式元素。整座楼体外檐采用灰色石材砌面，二、三层楼都有欧式平台和回廊。和天津租界里其他洋楼一样，这里也有地下室，但地下室露出地面部分又比其他洋楼要高，几乎相当于一层楼了，须在正门外砌筑很高的石阶。传说皇上走的台阶是十八级，他不敢超越皇上，为自己设计了十七级半台阶。台阶有个缺点，每一级宽度似乎都不足脚长，又没有护栏，上楼下楼都得小心。不知是当代人的脚变大了，还是小德张在宫中战战兢兢迈小碎步走惯了。

门窗的造型也是欧式的，简洁厚重的方形大窗，未选择欧洲中世纪繁缛的雕花装饰，显得大气新潮。高高的台阶托举着大楼棕色油漆正门，正门上端为圆券，两侧各挂一盏欧洲古典式壁灯，再加上用大块石材砌的墙面，拙朴中又不露声色地透出尊贵威严。

从外檐造型上看它是一座洋楼，室内却是另一番光景了。推门而入，迎面是一正二侧三组精美华贵的中式木雕厅门，木雕门由四扇均能左右推拉开闭的门扇组成，据说中间两扇门开启时由主人们出入，仆人们只能走两侧边门。

庆王府大厅

来到大厅，给人错觉如走进一个院子，环绕四周的两层楼房各有16根西式柱子支撑着外跨式回廊。楼顶高大的罩棚四周全是能够打开的大玻璃窗，只要没有风雨冰雪，顶棚是四面透气通风的，住在楼里的人坐在大厅里就跟在院子里一样惬意了，用如今的话说，这叫共享空间。

小德张在构思设计时显然从西式建筑那里找到了灵感，但是又很容易叫人联想到四合院的布局，只是比四合院多了一层楼。同样的外跨式回廊，只是把木质雕梁画栋换成了欧式柱子而已。大厅可以拆装戏台，演戏时，随机摆放桌椅，主人们坐在一层大厅看戏，也还可以坐在二层回廊上凭栏俯望，不亚于戏院包厢呢！

见识过御花园的小德张在主楼东侧设计了紧凑精致的中式园

林，假山流水、木亭小桥、太湖石、金鱼池、奇花异草……俨然一处袖珍的王府花园。

非常有意思的是，院子中心位置铺有绿茵茵的草坪，草坪上有意大利式白色大理石雕花喷泉。你若是从这个角度拍摄照片，和欧洲别墅的花园毫无二致。小德张不惜重金移植来几棵北美黄金树，不仅想突出花园的洋味儿，更是为了取个好彩头。可惜，绿色远客在这里长得并不好，不知是不服水土，还是象征着宅邸归庆亲王之后其子孙只会挥霍家产而家运败落。

天津有许多中式建筑，更有各国风格的小洋楼，庆王府一枝独秀在于小德张把中西合璧发挥到极致。中西两种园林风格聚在一座院子里，并未演奏出不和谐音，中式园林“偏安”一侧又居高临下，在视觉效果上便与欧式喷泉拉开了布局，相对独立，声部丰厚，互通有无，相映成趣。

庆王府还有个与众不同之处——它的院墙比监狱高墙矮不了许多。正门两侧院墙面临今重庆道，只要大门紧闭，你就是站在马路对面也看不到大院里面的情形。西侧院墙也是如此，贼人蹬着梯子也爬不上去。

笔者没有丈量过院墙的高度，据目测估计不会低于6米，因为院墙的内侧有“贴建”的两层楼，作为府邸的附属建筑，用于管家账房、私塾学堂、用人居住、物品仓储、车库等。既保卫了主楼，又满足了各种用途，是很实用的设计。

昔日天津多达九国租界，遍布几千座洋楼，这是院墙最高的宅门了。小德张为什么做此设计，一则他在宫内看惯了监狱式的高墙；二则为了私密性。以他的特殊身份和巨额财富，确保家宅安全是最为紧要的。

不论东方、西方，人类的封建割据时代都存在以邻为壑的封闭心理。中国古代藩王诸侯的“深挖洞、高筑墙、广积粮”是为了御

庆王府内景

庆王府内景

庆王府二楼围栏

敌来犯，欧洲历史上曾有几百个公国，各公国修筑的古堡也是为了御敌。那些建在山顶上的古堡，实际上是“庆王府”高墙向空中的延伸。

如今西方发达国家都很少高筑院墙了。特别是别墅区大多草坪相连，每座庭院大多以矮栅栏或绿植相隔，这是缘于生活富足带来的开放心理。

可以说，小德张筑的6米高墙本身就可以成为一处古董了。

2／三色柱

一位优秀的建筑设计师，贵在能够形成自己与众不同的风格，例如“光亮派”设计师、美籍华人吴湘设计的天津水晶宫饭店、今晚报大厦就具有鲜明的个性色彩，让人一望而知是某位设计师的作品。

位于墙子河畔的小德张第二所宅院

“业余设计师”小德张能够体现自己的个性难能可贵。他在天津设计的三所公馆式样不同，却有一个相同之处——外廊或阳台均由蓝、绿、黄三色琉璃柱组成围柱，成了“张式建筑”的招牌装饰。三座宅邸相距不远，当年的“英租界”扩展界房屋不多，地广人稀，三座楼房鲜艳的琉璃柱釉面在丽日沐浴下闪闪发光，遥相呼应，成为一道独特的风景。

小德张喜欢琉璃瓦的豪华光泽，显然与他在宫中看惯了宫殿有关系，但宫殿多用黄色琉璃瓦，为何他采用蓝、绿、黄三种色彩呢？对于个中象征意味的分析猜测，历来见仁见智，一说他受了“唐三彩”的启发，一说三色柱代表了天、地、人。其实两者并不相悖，而是一个理念的两种诠释方式，殊途同归。

“唐三彩”工艺烧制的陶瓷骏马、骆驼，为什么多为蓝、绿、黄三种色彩呢？烧制时在窑变过程中三种色彩不规则的千变万化、自由组合，相互恣肆渗透调配，没有任何两座彩塑是相同的。唐人选择蓝、绿、黄作为基色蕴含什么样的理念，又试图昭示什么样的大自然真谛呢？

无须多费脑筋我们就会发现，人类在地球上看到的最多的自然色彩莫过于这三种了。天空、大海、湖泊、远山是蓝色调的；大地上的植物是绿色的；而土地是黄色的，秋天成熟的五谷也是黄色的，亚洲又多为黄种人。此外还有红日、花朵等红色系景物。在阳光照射下，三种颜色相互调配出来的千变万化的色彩，成了人类赖以生存的环境的自然色谱。色彩学称红、黄、蓝为三原色，因为黄、蓝相配形成绿色，可以说蓝色的天空和黄色的土地共同创造了绿色的植物。而“三原色”是无法用别的颜色调配出来的。其实大自然的色彩主要就是蓝、绿、黄，红色只是点缀。

蓝、绿、黄作为天、地、人的象征十分绝妙，明清封建皇宫及王府把个中意味发挥到了极致。

小德张设计“三色柱”中的蓝色，最早的灵感可能来自天坛穹顶的“三重檐”。“三重檐”由蓝琉璃瓦组成的帽形圆顶，和蓝色的天空融为一体，作为“天坛”的色彩是再合适不过了。

“三色柱”的黄色，显然表达了小德张对皇权的崇拜，对宫廷生活的留恋。封建时代等级森严，皇帝的宫殿屋顶和墙头铺设的黄色琉璃瓦，既代表了江山社稷（大地），又代表了人主（万民之主）。皇家建筑多用黄色，皇帝独占“明黄”龙袍，皇室成员的盛装则是较暗一些的黄袍。清朝皇帝赐予功臣的最高奖赏则是“黄马褂”，其他人等都无权穿黄色的衣服。它能令人联想到太阳的光芒，吉星高照，金色的秋天五谷丰登，香火旺盛……

“三色柱”中的绿色，源于小德张对王府的向往。遵循封建规制，亲王郡王府第的屋顶和墙头铺设绿色琉璃瓦，代表草木繁茂，

三色柱

福荫万代。

小德张出身赤贫，为改变家族命运入宫当太监，以顽强的奋斗精神和超人的才智乖巧，由受人欺压的小太监熬成了大总管，积累了可观的财富。他到天津设计监造的房屋有两处是为自己及其家族后代而建，设计理念上表达了他对皇宫、王府的艳羡。以他皇封“三品顶戴”的官衔，他也可以王侯自许了，所以两处宅邸的豪华程度不亚于王府。虽说英租界对“五大道”有规定，只能盖洋楼，不允许建中式房屋，但即使租界当局没有那样的规定，以他的心计城府和卑微出身，他也不敢为自己后半生的安居之所设计铺着琉璃瓦的大屋顶，也不会明目张胆地照着王府的样子盖房，以免冒天下之大不韪。但是，他的“宫廷情结”和炫耀欲望又难以排解，于是引用了天坛、皇宫、王府的装饰符号，巧妙地设计了“三色柱”。“三色柱”的

唐三彩

天坛

故宫

恭王府

庆王府后花园

三种色彩与天坛、紫禁城、各座王府所用色彩毫无二致，琉璃瓦色泽之亮也绝非“民窑”能够烧制得出来的，说明了他动用了当初的“御制官窑”，专门定做了高端琉璃瓦。他把天坛、紫禁城和王府穹顶墙头的色彩全部都装饰在自己的屋檐下，独一无二，以一当十，实在是天才的设计。

不论是“唐三彩”“三重檐”，还是“三色柱”，都源自我国古代的哲学观念。“三色柱”不仅让庆王府洋溢着神坛皇宫王府的庄严韵味、华美异彩，也使整座建筑物富于深厚的历史文化底蕴。“三色柱”围绕楼外的三层回廊和室内大厅里的回廊，连绵林立，列队成行，宛如一串串色彩音符演奏出流畅优雅的乐曲，回荡着人类“天人合一”“回归自然”的远古情愫。

3／『双面巧色』秘籍

小德张在自己的公馆里所做的中西合璧的设计，还有许多趣事。诸如“洋楼上挂宫灯”“租界里办私塾”“洋楼里唱堂会”“洋玻璃上刻国画”……形成了清末民初遗老遗少迁至天津后的一道独特的生活风景。

笔者对小德张在“洋玻璃上刻国画”特别感兴趣，因为我们创办的近代天津博物馆有许多窗子需用彩色玻璃画营造历史氛围。正是受到天津洋楼里彩色玻璃镶嵌艺术的启发，我们决定移植这种西方工艺在门窗上镶出各种各样的天津小洋楼的做法，如今已成为博物馆的独家展品，日后也可称得上古董了。

为了留存资料，我们曾几进庆王府拍下了那些彩色玻璃上的画面，后来生怕有的镜头拍失败了，为了无一遗漏地保证画面的清晰度，又去重新拍了一遍，如今可以说拥有庆王府图片资料大全了。

庆王府门窗上的玻璃画分为三种底色：红、蓝、绿，其中又以宝石蓝色和深红色最为夺目，至今我国国内生产的彩色玻璃也达不到那样纯净亮丽的程度。后来我们认识了两位从事玻璃镶嵌艺术设计的专业人士，才听说了这两种撼人心魄的色彩——一个叫“圣母蓝”，一个叫“耶稣红”，是西方教堂高窗上镶嵌的宗教故事画面最常用的两种玻璃。圣母玛利亚大多穿着这种蓝色的裙袍，象征纯洁、高尚、博大之爱；耶稣大多穿着沉郁的红袍，象征耶稣用自己的血拯救世人。被称为“祖母绿”的玻璃则是大自然的代表色彩，令人联想到春天、生命、青春时光。估计当时小德张选择这三种色

庆王府门窗上的玻璃画

彩只是因为喜欢，不会了解西方人的色彩心理学。或许有洋人向他推荐，天津有许多专攻洋务的买办，会帮他选购进口玻璃。

天津老洋楼里有许多门窗上装饰着彩色玻璃镶嵌画，美轮美奂，绚丽夺目。但那些大都直接采用西方手工切割玻璃拼接工艺，唯有小德张的“两面巧色国画”独具创意。

庆王府门窗上的玻璃画并未直接移植西方教堂玻璃镶嵌画的拼接工艺，而是采用了中西荟萃的融合风格——在深色玻璃上刻画白色的线条，酷似国画的白描手法。如何做才能产生这种艺术效果呢？

4／洋玻璃上刻国画

为了解开“双面巧色”之谜，我们凑近了里里外外反复推敲那些玻璃画。画面底子是彩色玻璃，刻出来的花纹却是透明玻璃，出现在同一块玻璃上的两种效果是怎样达到的呢？这份纳闷一揣就是七八年，直到后来那两位玻璃艺术专家来观看，才道破其中的奥妙。原来，比利时工厂冶炼时趁着刚出炉的两片玻璃又热又软的时候用机器轧成一体，冷却后就变成双面不同色彩的玻璃。考虑到镶在门窗上的玻璃不宜太重，分量太重了就开不动门窗了，双面玻璃轧成一片的厚度，只有6至8毫米。作画时只需在“圣母蓝”“耶稣红”“祖母绿”这半面雕刻，留出透明玻璃那半面作为景物的轮廓线条就行了。天啊，这一手法太妙啦！小德张能够选择这种工艺太聪明啦！他一定是在宫中见到过西方国家首脑赠送给皇帝的此类工艺品，心仪已久，才搬到自家门窗上的。

然而，在玻璃上刻花儿绝非易事，玻璃不同于瓷器，质硬，易裂易碎，刀锋用劲小了刻不动，用劲过力就会碰裂。采取什么工艺呢？其一用某种镂空花纹的耐酸薄膜贴在深色玻璃上，再用氢氟酸腐蚀掉镂空处的玻璃，留下无色透明的玻璃，就能看见所需的花纹了。不过，氢氟酸有剧毒，对作业工人的健康有很大的危害，非特殊需要不轻易采用。其二用金刚砂轮雕刻。砂轮刀刃上的金刚砂很硬，在深色玻璃上先粗雕出花纹，再用“抛光布轮”细磨，就可以达到精美光亮的华贵效果了。但是这样废品率高，代价巨大，最怕的是一幅画小心翼翼即将完成，稍不留神就会全盘迸裂前功尽弃。

何况这种轧合而成的双色玻璃薄板，必须用刻刀在有色的半面镂空线条，下刀时不能碰到一丝儿透明的半面。试想，两间大客厅的门窗上百块玻璃画，这得花费多少工匠的多少工夫呀！

玻璃工业起源于欧洲，20世纪20年代彩色玻璃工艺在中国还不太普及。进口比利时双面玻璃价格昂贵，估计小德张是找他信得过的工匠照他出的图样刻花。看那些玻璃刻画的布局、线条、韵律，绝非出自西方工匠之手。我们估计小德张一定是聘请了“御制”高手，他熟悉清宫的各种御用作坊，例如玉雕、石雕、砖雕、木雕的手艺人，才完成了一幅幅酷似“铁线勾勒”的国画作品。

上百幅大小不等的画面的内容十分丰富，山水画中有奇峰秀水、园林假山、楼台亭阁、远峰塔影、古道农舍、弯月渔舟、垂钓蓑翁、雁阵南飞……花鸟画有松、竹、梅、兰、荷花、牡丹、水仙、桃花、枇杷，还有各式宝瓶插花，甚至有玉米、蔬果……每一幅画下方都刻有“壬戌仲秋　伴琴主人”字样，“壬戌”即1922年，“伴琴主人”即小德张为自己起的雅号。

“洋玻璃上刻国画”似乎是小德张的独创，似乎也鲜有后来者，堪称“津门一绝”。

5／庆亲王爵五代世袭的来历

有一个问题值得探究，史料记载“小德张让房予庆亲王载振”，到底是怎么一回事呢？他费了那么大力气盖的豪宅，一家人刚住了三年，为何就“让”给了庆亲王呢？

那么，我们先得弄清楚庆亲王爵位家族五代世袭的来历。

清朝皇族近支宗室以“永、绵、奕、载”四字排辈，第一代庆亲王是“祖太王爷”永璘，为乾隆第十七子。永璘逝后，其第三子绵愍袭封郡王，后裔称“良太王爷”。“良太王爷”无子，奉旨过继侄子为嗣，也就是说，王爵归了仪顺郡王绵志之子奕彩。后来那个

载振及家人合影

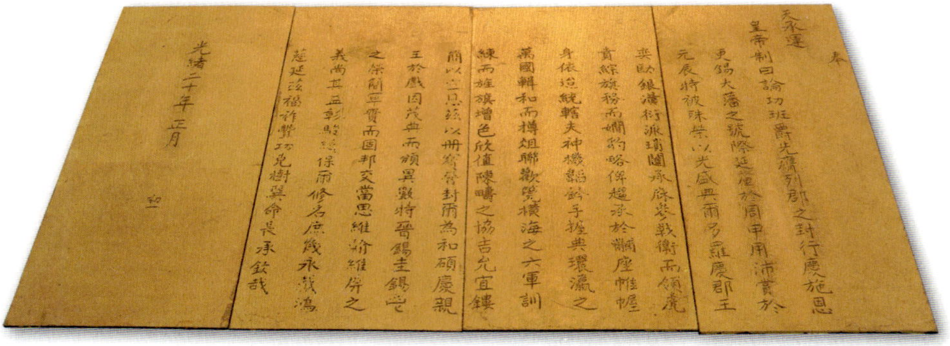

册封奕劻之金册

奕彩因在孝中纳妾，被革爵，王爵又回到了“祖太王爷”永璘嫡亲一支，由永璘第五子绵悌承袭郡王。可是不久绵悌犯事被贬。道光二十九年（1849）皇帝下旨将11岁的奕劻过继给绵悌为嗣，历封贝子、贝勒、郡王衔。

清朝“铁帽子王”中的恭亲王奕訢、醇亲王奕譞都是道光皇帝的儿子，而奕劻和他俩，只能说同为乾隆皇帝的三世孙。但是他擅于巴结逢迎慈禧太后而成为朝廷重臣，在政治舞台上长达60年之久。

清室规制，亲王是降格一等承袭爵位，即亲王之子承袭郡王，郡王之子承袭贝勒……自同治年间以来，有幸得到亲王世袭罔替爵衔的只有咸丰皇帝的两位胞弟恭亲王奕訢、醇亲王奕譞。而奕劻于光绪二十年（1894）晋封为庆亲王，后来又得到“亲王世袭罔替”的特殊恩荣。也就是说他家的“亲王”爵可以辈辈世袭下去。

奕劻历任要职，总理各国事务衙门事务、总理外务部事务、军机大臣。宣统三年（1911），他又担任皇族内阁总理大臣、弼德院总裁，直到溥仪逊位，他才被迫离任，1917年病故，终年80岁。

6／《英轺日记》与唐文治

唐文治

奕劻长子载振，即是避居天津的末代庆亲王，他生得英俊魁梧，气宇轩昂，少年时即得慈禧太后喜爱，13岁即赐头品顶戴，15岁封为二等镇国将军，25岁晋为贝子、贝勒，正白旗满洲都统。1917年奕劻病故，他承袭王爵时已是民国六年了。大总统黎元洪根据"优待清室条件"中关于"清王公世爵如其旧"的条约，下达"委任状"式的文件："清宗室庆亲王奕劻因病出缺，所遗之爵，本大总统依待遇清皇族条件第一项，以伊长子载振承袭罔替。"由民国政府认定清朝亲王，说起来也算是一种"中国特色"了。

由载振承继庆亲王爵。当时连宣统皇帝溥仪都逊位六年了，所以他这个王爵只是个逊庆亲王。不过，中国几千年封建传统观念惯性很大，再加上"逊"字拗口，公众仍然习惯地称他们"皇上""亲王"。

载振一生唯一的亮点是他乃清朝王族出访欧美国家第一人。光绪二十八年（1902），载振担任特使远航英国出席英王爱德华七世加冕礼，途中考察法国、比利时、日本，回国后著有《英轺日记》，详细记录了所到之处的风物人情。全书分为十二卷，前三卷记述了特使团行程；第四、五、六卷为英国卷，主要介绍英国的经济贸易和教育制度；第七卷为比利时卷，主要介绍比利时工业发展；第八、九卷为法国卷，主要介绍法国议会、行政制度、教育制度；第十、十一卷介绍了美国的政府部门章程及地方自治制度；最后一卷介绍了日本的宪法及教育制度。这部政治考察报告为清政府即将进行的“新政”改革提供了参考和标杆。

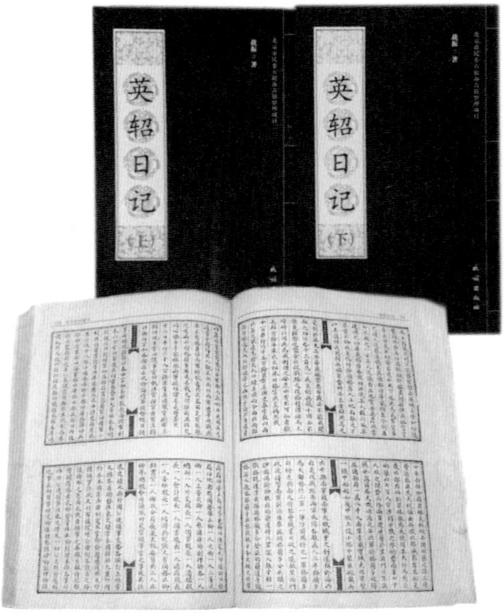

《英轺日记》

《英轺日记》号称是载振大作，作为他回国向朝廷汇报的成果，其实他并不是作者，执笔人是外务部官员唐文治。

奕劻、载振父子虽无才学，但还有一些用人之道，他们挑选的随行人员可以说是任人唯贤、人尽其才。九位随员中多为“留美幼童”之“海归”，很早就接触了西方现代工业文明。唐文治虽未留洋，却富于真才实学，非常认真敬业。一路上舟车劳顿，他不辞辛劳，昼夜笔耕，忠实记录了各国的政治、经济、学术、法律典章，以及具体的商务运作、工业工艺等新鲜事物。他一反八股文的弊病，不追求辞藻华丽，而是语言朴实、记述翔实、言之有物、夹叙夹议、有感而发，使得这部早期考察报告有一定的思想深度。

日后，唐文治担任了14年交通大学校长，被誉为“工科先驱”、著名教育家。

7／王子王孙们的亏本买卖

史料含混记载的小德张“让房”，容易引起“奉献”之联想，不免叫人颇费猜测：小德张是把房赠予庆王了呢，还是有偿转让？若是后者，“有偿”的数目是多少呢？如果“让房”只是卖房的体面说辞，那么究竟是小德张主动巴结庆王，还是庆王找他提出来的呢？小德张是自愿卖房的吗？

小德张之孙（其嗣子张书森之子）张仲忱（名继和）的回忆录《太监小德张的寓公生活》中提及此事：“清庆王载振到天津，面恳祖父出让重庆道这座楼房，作为他退居天津的府第。”

看来起初小德张并没有卖房的主动愿望，更没有“献房”的意思，事情是庆王主动提出的。即使小德张曾任清宫总管大太监，官至三品，但依清朝规制仍属“奴才”；载振虽然沦落为“逊庆亲王”，仍然是“主子”。主子找奴才要东西，奴才虽无思想准备，满心舍不得，也得做出受宠若惊的样子一口答应。

体面的“让房”实则是一笔房地产交易，“庆王府”价值几何？载振给了小德张多少钱呢？据张继和回忆：“经协商，载振以英租界湖北路8.25亩空地、北马路的门面房四座，附带27万元现金作为买房条件，双方拍板成交，皆大欢喜。”

皆大欢喜，必须具备的条件是双方都满足了自己的物质需求和精神需求。从小德张一方说，他由被动卖房到高高兴兴“让房”，显然庆王没有亏待他。当初他盖房花了多少钱已无从查考，但庆王给出的条件绝对远远高于这所豪宅当时所值的市价。首先在土地上

庆王府内景

他并没吃亏，庆王府占地7.5亩，而庆王给了他好地8.25亩加上27万现大洋。

这种说法是“后裔版”。据1946年天津房屋档案记载：“坐落位置为第十区湖北路二六号，土地面积六亩五厘七毫。权利人，张祥斋，男，籍贯河北静海，职业商人。（张祥斋）于民国十六年（1927）以‘永存堂张’之名义购自英工部局。”如果房屋档案部门存有张祥斋直接向英租界工部局购地的契约，那么那块地就不是庆王所赠。或许庆王给钱让他找英租界工部局买地也未可知。两种“版本”哪一个准确，笔者无法判断，只好并列存疑了。

划算一下，小德张“让房”足足赚了一大笔钱，失去的只有当初自己盖房所下的辛苦了。而他是个建筑迷，他又可以尽显才华、大展身手，设计构思建造新宅邸了。寓公生活挺寂寞的，他不过50岁，正值盛年，不怕再卖一番力气。况且，天津九国租界号称"万国建筑博览会"，庆王唯独看中了他盖的房子，也满足了他的虚荣心。身为太监的压抑情结，会让他为"太监府"摇身一变成为王府而感到骄傲。

人们不禁要问：庆王在天津拥有位于英租界黄金地带的土地，为什么不自己张罗盖房，而要花重金并搭上土地、商铺从小德张手里买房呢？用现代人的观点去看，这不是一桩明显的亏本买卖吗？

北马路四座门面房，北邻北大关、大胡同估衣街、金钢桥（直通北站），东邻官银号、娘娘宫，属于当年天津最繁华的三岔河口商业圈。

昔日天津北马路的门面房多为临街二三层联体楼房，首层是门脸儿店铺，如今称作"底商"，楼上用于办公、住宿。可以想见当初庆王在天津购置的旺街商铺产业不会是低档房屋，小德张拿过来无论是自家经营商号，还是出租、转卖，都是有钱可赚的。庆王家族为何放着四座楼房不经营生利呢？这就足以说明庆王家族的无能了，八旗子弟只会坐吃山空出卖祖业，悲哉！

位于墙子河畔的新宅基地，其实是比庆王府更胜一筹的风水宝地，可惜清朝遗老遗少只会坐享其成，王子王孙竟无一人能够像小德张那样苦干实干。他们只要能够不费吹灰之力差人把家私搬进气派的大宅子，老老少少也就不去计算花了多少银子的事情了。

庆王后人继续靠变卖家私在庆王府苟延残喘22年。1947年冬，载振病逝，其大家庭仍勉强共居。冬季仅烧锅炉取暖一天就需一吨半煤，难以负担。后陆续遣散用人，最后只剩十几人。1948年秋，由外地调来了一支国民党军队，军官及其家属看中了这座豪宅，据说那个军官只是个校官，花了仨瓜俩枣的钱，就强令载振遗属搬出了。

天津商界名流祝贺载振（左一）60岁寿诞

孟子曰："君子之泽，五世而斩。"从第一代庆亲王永璘受封算起，满打满算不过五代人，确实难以超越封建王子王孙们的宿命。

第三章 清宫太监送葬曲

崔玉贵　　李莲英

1／太监溯源

关于太监的起源，无从详考。有一种说法是“舜制五刑，劓、刖、宫、黥、大辟”，宫刑就是把男性生殖器（连同睾丸）全部割除。一个人受宫刑以后，叫他去干什么呢？用其守护宫门，后来变成专事守护后宫之门，继而发展为后宫的仆人了。宫廷里既需要劳力干活，皇帝又要独霸后妃们，留下了这万世的毒虐。

封建皇权最不光彩的罪孽，莫过于惨无人道的太监制度了，它实际上是封建君王刻意保留下来的奴隶制度。阉童入宫等于卖身给奴隶主，生死伤残其亲属无权过问。大多数太监是文盲，别无长技，只能终生在宫里服苦役：倒马桶、拉粪车、抬轿子、扫院子、值班守更……主子和大太监可以随意毒打小太监，打死了扔到荒郊野外，无人过问。奴隶制社会以战争手段俘虏奴隶，太监制度有所不同，似乎出于本人或家人的自愿。太监只比古代奴隶多了一点少得可怜的俸禄罢了！

这种野蛮现象不仅来自皇权的残暴，也由于贫困农民的愚昧。有一位马姓太监写下了他父亲亲手把儿子阉割的血淋淋的事实。他说，动完这种“手术”要在尿道插上一个管子，不能让伤口很快结疤，不然伤口长死了就撒不出尿来了。悲剧的是，不等他痊愈，伤心的母亲就去世了。更加悲剧的是，当那个愚昧冷血的父亲把13岁的儿子送进宫时，已经是民国了！

普通太监的地位很低，乾隆皇帝曾发上谕称：“太监等乃乡野愚民，至微极贱。”

或许因为不了解百年前华北农村地区贫穷的程度，我们不能理解当时的河间、静海一带为何兴此陋俗。家里再穷，宁可像广东人、福建人那样远走天涯去当苦工，也不能送亲生骨肉入宫啊！把男孩子生生阉割了去当太监不也是去当苦工吗?！

太监为何多出于直隶（今河北省），有记载“直隶、河间连年饥馑，贫民走入此途者大增”，只要进宫能吃口饱饭，父母就“送孩子去逃条活命”。封建社会本来就奉行“存天理，灭人欲”，完全没有尊重人性、人权的概念，婚姻只是为了家族繁衍、传宗接代。男孩多的贫苦农家舍弃一个儿子去“效忠皇上”，日后再让其兄弟的儿子过继给他为嗣子，这在封建伦理道德上是说得过去的。另有少数人家并未穷到断粮挨饿的地步，也自愿受阉入宫，则是受到个别太监发了财衣锦还乡的“广告”作用的蛊惑。愚昧的农民以为入宫是条发财之路，他们哪里知道，对于绝大多数无辜男孩来说，一旦卖身入宫，那就踏上了万劫不复的毁灭之路了。

太监泥塑

2／四大太监

本书在讲述清宫四大太监的命运之前，先说明一下太监的称谓，文史资料从来没有记载清朝对太监的称谓如影视剧里叫滥了的“公公”。对于有地位的太监，王公大臣、皇后嫔妃们依其姓氏称“某谙达”，满语为“某师傅”之意，宫外则称他们为“某老爷”。

清朝晚期有过最显赫的四大“谙达”：刘承印、安德海、李莲英、小德张。

刘承印资格最老，宫里人都尊称他为“印刘老爷”，姓名前面冠以“印”字，是因为咸丰、同治、光绪三代皇帝都把代表皇权的太和殿国玺大印交予他保管，可见其德高望重、深受信任。“印刘老爷”跟随咸丰皇帝那会儿，慈禧还只是“兰贵人”，她专权以后对这位首领太监也得礼让三分。他年迈出宫到宝藏寺修行至终老，一生似乎没沾惹过宫内宫外纷争，算是得以善终。

安德海，慈禧太后掌权之初的大总管太监，深得宠信。同治皇帝六岁登基，他参与了慈禧与肃顺等八位顾命大臣的夺权之争。清朝以明朝“宦官乱政”为鉴，铁律明令太监不得干政，不得出京城。真武殿前矗有铁牌，上书“太监干预朝政者杀”。慈禧派他去南方传递密信，被山东巡抚丁宝桢斩首，落得个暴尸外省街头三日的下场，成了政治斗争的牺牲品。

第三位即是遭后世非议最多的李莲英，也是第一个称慈禧为“老佛爷”的人。

他的文化程度不高，面相丑陋，不知怎么博得了“老佛爷”终生倚重。平日里他的表现谨小慎微、寡言少语，为人处事都很低调，似乎只顾小心翼翼地伺候慈禧。

李莲英

他是暴敛财富的能手，除了享有太监的最高俸银和太后经常赏赐以外，王公大臣们谁想晋见太后都得贿赂他，再加上宫里的采买、宫殿修缮、园林工程、外省外藩进贡……40年下来说他富可敌国是一点都不过分的。

八国联军进犯北京，洋兵眼看要攻入清宫。年事已高的李莲英不但不能护卫太后，自己先吓得瘫在地，反倒由太后命人扶着他逃走。“辛丑回銮”以后，慈禧赏赐李莲英许多珍宝，下旨：“老总管当了好几十年差啦，为我出了许多力，也应该养老了。”

李莲英在宫中又度过了一段“退二线”的尴尬日子，终于出宫了。他靠着慈禧发了横财，是清史上最阔的太监，地有千顷，房如宫殿。其豪华墓地建在京西，占地五十余亩。

然而，有网络文章称，时隔半个世纪以后北京某中学校园有物证证实了一桩恐怖的怪事，李莲英并非病死的，而是在某天晚上从后海归家途中被人割去了头颅！究竟是哪一股宿敌杀了他始终是个谜案，他在权力的顶端把持那么久，肯定得罪了不少人。早有传说咸丰帝驾崩后，是李莲英向慈禧密报八位顾命大臣图谋不轨，协助慈禧夺权成功，那八位大臣的后人能不恨他吗？后来光绪皇帝在康有为、梁启超、谭嗣同等人辅佐下试行新法，袁世凯通过荣禄向慈禧太后告密，造成了“戊戌变法”失败，谭嗣同等六君子人头落地。

清朝太监

传说那场血腥事件中李莲英也脱不了干系。变法人士能够饶得了他吗？即使上述两桩大事抓不着他的把柄，走红清宫四十年，树敌多多，慈禧太后一死，意欲找他报仇的人何止少数？不管暗杀者来自哪一路人马，取他人头肯定是仇杀无疑了。敛财无数富可敌国，并不能保证他得到善终。

“四大太监”最后一位便是小德张了。二总管崔玉贵虽然不在“四大太监”之列，但他有一桩遗臭万年的“壮举”，听命于慈禧太后把光绪皇帝的爱妃——珍妃扔进井里淹死，因而成为影视剧里的名人。

有个巧合很滑稽，小德张去世时，“反右”运动刚开始，不然……“文革”中有句笑谈：幸亏小德张死得早，要是赶上“文革”，他这个封建余孽还不真的给砸烂了？不过又有人笑问：按照阶级斗争理论该给他定个什么“成分”呢？他家赤贫，他本人也只是个宫中奴才呀！

3 / 『秀才太监』

无独有偶，有一个太监和小德张一样也是因和京剧结缘而时来运转的。

他本名信翰臣，为了入宫顶冒别人的姓名叫了张献喜，晚年出家修道，法号信修明。他的生平十分特殊，早年有个小康之家，父亲希望他学而优则仕，供他读了十年书。他曾娶妻生子，家里有两位母亲、一个妹妹、三个弟弟。不料他15岁时父亲去世，给他留下了八个字的遗嘱："守业、求名、养母、教弟。"对于一介未考取功名的书生来说，这怎么能办得到呢？他稚嫩的肩膀怎么能够扛得起这个大家庭的生计呢？没过几年就家财卖尽债台高筑了。他做了各种努力，都没能缓解家人断粮的危机。债主竟然提出来以买其祖坟顶债的要求，灭人祖坟是封建社会最大的禁忌啊！

万般无奈，走投无路，他于23岁时进京投奔在宫里当太监的表兄张海波，恳求他举荐自己当太监。说下大天来，表兄也不同意他走这条路。

他瞒着表兄偷偷去找"刀毕刘"，冒死忍受了残酷的阉割手术，伤口刚好就去找表兄。不料，表兄不见了！听说宫里的太监逃跑的逃跑，遣散的遣散，表兄他们则跟着太后、皇上走了！

他这个人真是命运多舛，连当太监都生不逢时，偏偏又遇上了八国联军进犯北京，两宫避兵西巡去了。

您猜他怎么着？他一路讨饭向西追了去！徒步下直隶路过家门而不入，走洛阳，进潼关，二十多天日夜兼程追了两千里路，这

座椅上为信修明

才从太后随从队伍里找到了表兄，谋求了一个给“老佛爷”押送行李车的“协勤”“辅警”差事。在西安混了些日子，“两宫回銮”，他又一路跟回了北京。直到光绪二十八年（1902）八月，他才花钱顶了逃跑的太监“张献喜”的名字，终于当上了太监。想到父亲盼他“求名”的遗嘱，而自己却永远丢失了本来的姓名，他羞愧难当，为了谋生和养家只好改名换姓。

还好，宫里有文化的太监尚属凤毛麟角，时间不长，慈禧太后就慧眼识珠地发现他有学问又会相面算卦，便很器重他，让他在南府戏班专管演戏提纲。所谓“提纲”，是因为戏班里的小太监们不识字，他负责教他们背诵戏词。演戏时，他躲在幕后小声给他们提词儿。

裕容龄在《清宫琐记》中提到了他：“宫里有一个太监，人们都称他为‘秀才谙达’，这是太监中（在进宫前）唯一有文化的。”

这里指的肯定就是张献喜（即信修明）了，他少年时曾经读过十年书，也相当于秀才了。

容龄还说：“他专给慈禧念书听，每天晚上慈禧睡不着，他就坐在慈禧床前地下的垫子上给慈禧念书听。那时我念的中文很浅，有时也趁他有空的时候要他教我。”

逐渐地，他升任为太后宫“司房”，即掌管总庶务所，管理账目。日后他在所著《老太监的回忆》中才得以对宫中人物、事件、制度，以及帝后、臣下、太监们的生活细节做出详细记述。

4／小德张与信修明

清宫南府戏班堪称人才的摇篮，因为慈禧太后喜欢京剧，也懂戏，才特别厚待小德张、信修明这些“文化太监”。

直到民国溥仪被驱逐出紫禁城后，信翰臣出宫修道，进了褒忠护国祠，道号信修明。褒忠护国祠如今是中国唯一的太监博物馆。信修明著有《老太监的回忆》（收入新版书《太监谈往录》）。书中的政治倾向一如他年轻时徒步几千里追随慈禧太后，是个铁杆儿保皇派，因循守旧，反对一切违反“祖宗规定”的事物，甚至对德龄、容龄、卡尔小姐这些“外来者”都视为异端。

《老太监的回忆》记载了当年普通太监们的俸禄标准：“凡为太监者，初进宫时月食钱粮二两银子，外恩加赏银五钱。”“所获实不足养父母兄弟，故家属仍需自己维持凑合。”

随着太监在宫中熬年头，其品级会稍加增长，即使熬成“四品宫殿监督，每月俸禄也不过银八两、米八斗、公费制钱一贯三百”。

宫里大多数普通太监的俸禄分为三等，最高的月食银三两、米三斗、公费制钱六百。熬到这个份儿上，才基本上能够保证远在老家的亲人们的温饱。

张仲忱的《太监小德张的寓公生活》中记述：

> 1950年夏，曾被祖父提拔重用过的大徒弟信翰臣，由京来津到公馆求祖父接济，一照面就跪地磕头不起，并痛哭流涕地说：“师傅，我过去做的事有对不起您的地方，请您原谅

我一时糊涂。”

祖父回答说：“解放了，过去的事就别提啦。既然来了，张回嘴，咱们还是按传统老规矩办，师傅徒弟是一家人，不能叫你空着手回去。”

祖父拿出一百元现大洋递给他，他道谢辞别。

信修明走后，祖父对家人说：“他是南府戏班抄戏本子的高手，练了一笔好字。早年结婚生子后才净身入宫，在家乡上过私塾。选入宫内南府戏班后，教师认为他嗓音沙哑，不够唱戏的料子，就派他到抄戏本台子上承差。由于他勤学苦读诗书，文绉绉的，在戏班里公认他是一个文化水平较高的人。我们不论唱什么戏，事先由他抱着本子进殿摆放在‘老佛爷’看戏（指剧本）的条案上，专司这个差事，得赏也有他一份。”

我们从中还可以读出几层意思：信修明做过“对不起师傅”的事情；小德张对他并无很大的恶感，说明那也不是什么大事；可能他只是称呼小德张为“师傅”而已，并未行拜师礼。

5／挨打与打人

小德张通过刻苦奋斗由小太监爬上大总管之位的实质性蜕变，用一句简单的话说就是他由挨打熬到打人的过程。

从许多清宫生活亲历者的回忆文章中可以看出，“宫内暴力”是非常厉害的。太监、宫女随时都会挨打，“杖毙”成为家常刑罚。

“中国古史分期”认为，从夏代开始由原始社会进入奴隶社会，至春秋战国时期过渡到封建社会，战国时代止于公元前221年秦始皇统一中国。也就是说，奴隶制社会早在公元前就消亡了。然而，直到两千多年以后的清朝尾声，宫廷、王府内仍然留存着局部的奴隶制。很诡异，表面上看当太监的人是自愿，似乎也不用写卖身契，但是一旦进宫便终生为奴。宫里不仅设有监狱“慎刑司”，还成立了名曰“散差”的“执法队”，专门用来责罚各宫犯错或违背主子心愿的人，只要慈禧一声令下，一律杖刑责处。

慈禧太后肯定是个变态的虐待狂，几乎每顿用膳她都要叫“散差”来打太监，看着阶下打人吃饭才香。她每天看戏也命“散差”在一旁“备战”，台上哪个演员出了差错，散戏就遭一顿毒打。

上行下效，宫里形成了层层往下打人的暴戾之风，最可怜的是处于底层的小太监了。小德张侥幸离开了茶坊虐待狂“师父”，南府戏班也是奉行“打戏”，挨打与练苦功并行。他升为“御前近侍”以后别看受宠，也被“老佛爷”罚过四十大板重刑，自己“掌嘴”扇耳光更是家常便饭。可以说，他的出人头地是打出来的。

这等恶劣的经历也造成了他的病态人格，作为南府戏班总提

小德张之孙张仲忱

调。他以自己学戏是一鞭子一鞭子打出来的经验，再施教于小戏子，从好几百人“打”出了为数不多的好演员和“有出息”的太监。他逼着戏班小太监们穿上厚底靴子，双脚挂着沙袋在颐和园万寿山山脚下往山顶跑，然后再翻着筋斗下山，上去下来不停歇。他也穿上厚底靴子提着鞭子跟在后边追，见谁跑慢了就狠抽一鞭子，疼得那些孩子在坡上滚，起来后还得接着跑……他有个得意徒弟叫张奎，青衣花旦刀马旦样样出色。一次给“老祖宗”演戏时出了一点错儿，散戏后小德张传“散差”来打他八十竹竿子，打到四十竿子时，教师王瑶卿眼看着这孩子伤重了，上前说情不成，就趴在徒弟身上掩护。不料小德张仍不买账，叫“散差”接着打，连走红名角王瑶卿都挨了一竿子，无奈告退。

小德张隐退后把宫里的“竹竿子家法”搬到了天津公馆。“张老爷府”人口众多，母亲唐老太太，其长子及其两房太太及其孩子们，兄长过继给小德张的儿子及其妻子孩子们，还有其他亲属共同组成了大家庭。小德张是全府至高无上的“王”，他对子弟们的管教信条也是棍棒相加。奇怪的是他从来不打嗣子张书森，对其他后辈却一律不放过。

“张老爷府”设有私塾，私塾先生也是用戒尺打学生手心的，但是连先生都替孩子求饶了：“既然请我教书，您就别插手，打在学生屁股上就是打在老师脸上，每天晚上您都打他们……把孩子屁股打伤了，第二天还怎么坐着念书呢？”

他仍然不听劝告，后来先生愤而辞馆离去。以体罚学生著称的私塾先生都无法忍受他的行为，说明他的“家庭暴力”痼疾有多么严重。

6 / 狡黠如狐

误入宫廷的险恶处境，让野心勃勃的贫寒子弟小德张磨炼出了警犬一般的机敏和狐狈一般的狡黠，有几个故事足以说明他工于心计、灵活应变的本领。

有一次慈禧太后赏给他两件皮袄，叫他自己去库房挑选。别人若是赶上这等美事，一定会挑选上好的皮货，而他却多了一份心眼儿，只挑了两件羊羔皮的。慈禧感到很奇怪，问："你怎么不挑狐肷的呢？"

狐肷皮衣是用狐腿窝间柔软的绒毛拼接而成，比较名贵。他下跪谢恩："奴才穿羊皮的就是'老祖宗'的恩典啦！"

慈禧很高兴，又赏他玄狐脊皮、火狐脊皮的皮袄各一件。他不仅得到四件皮袄，还给太后留下了老实本分的好印象。

再说慈禧入葬时他是如何在一夜之间又蹿为隆裕太后的红人的吧，这一改换门庭的闪变连李莲英都望尘莫及。

隆裕太后掌权之初压不住阵脚，老少几辈贵妃宫的太监们都不服管教，宫里乱了套。小德张乘机力劝隆裕太后"精减机构"，裁撤了近千名各宫怀有异心的太监，换上他在南府戏班和御膳房的徒弟们。经过这一番生杀决断，宫里从此人人畏惧这位年仅33岁的张大总管了。在清王朝最后的日子里，他独揽后宫事务，搬进了老总管李莲英原在宫里的住所，拿到了和老总管同等的月俸五千两银子，还不算各种"灰色收入"。

有一个细节充分说明了李、张二人地位的今非昔比，交接班时

东华门

老北京火车站

小德张查阅花名册很仔细，李莲英不得不低声下气老实交代：“张掌案，我里面还吃了几名空额。”小德张送他一个人情，直到李出宫都让他秘密地吃空额。由此便可推测，小德张也少不了“吃空饷”之类的事。

1913年小德张出宫时，事先安排好车辆在东华门等候。上午9点钟东华门聚集了很多人送行，其中有他的朋党、徒弟，但也来了不少素有嫌隙的人。当初裁撤了那么多老太监，轻者想讥笑羞辱他一番，或许还有仇家会抓住最后的机会下毒手……奇怪！大家等了多半晌也没见人影儿。

谁也没料到小德张来了个声东击西，一大早儿从西华门坐车出了宫，连他在北京的府邸都没回，直奔前门火车站，一溜烟儿去了天津。他早就悄悄地做好了离京的准备，家里的细软也早暗中转移到了天津英租界。租界有列强“治外法权”，中国法律够不着了。

第四章 『清宫京剧』随想曲

剧照　王瑶卿（左）与王凤卿演出《四郎探母》

剧照　杨小朵（左）与小德张

1／京剧的诞生与清朝宫廷

京剧诞生于大清王朝鼎盛时期，自1790年“徽班进京”参加乾隆皇帝八十大寿庆典活动起始，逐渐发展成为一支独立剧种，后来跃升为“国剧”，个中不能忽略清朝宫廷的推动作用。

如果把京剧比作一条波澜壮阔的大河，它的“上游”是由三条源流汇合演变而来的：昆曲、汉剧、徽剧。

昆曲流传于苏州昆山一带，早在14世纪也就是元末明初就已达到了艺术的顶峰，汤显祖的《牡丹亭》、李渔的《风筝误》、洪昇的《长生殿》、孔尚任的《桃花扇》，都是昆曲的不朽名作。京剧借鉴了昆曲唱腔的精华，移植了很多昆曲剧本的情节，例如梅兰芳的《贵妃醉酒》即是改编自《长生殿》的一折。

从声腔上说，京剧的两大主要唱腔“西皮”和“二簧”，源于“汉调”和“徽腔”。追根溯源，“汉调”来自西北秦腔，经湖北襄阳传到武昌、汉口一带，同当地民间曲调结合，故称“西皮”。“二簧”则是徽腔的精华，由安徽一带的民间曲调荟萃而成，委婉动听，广为流传。

乾隆爷以前的明清帝王们都喜欢听昆曲。昆曲，成也一个“雅”字，败也一个“雅”字，其优长是词曲典雅，表演细腻，行腔婉转，如泣如诉。但昆曲台词使用的是文言文，过于文绉绉的，而且还带有苏州方言，北方观众谁听得懂呢？只有帝王后妃、王公贵族们有闲情逸致细细欣赏戏台上深奥的唱词与华丽、舒缓、冗长的拖腔。

到了慈禧太后当政的年代，她推动了一项宫廷内规模最大的文化工程——将40多部共100多出昆曲（含弋阳高腔）剧目《昭代箫韶》之杨家将故事，改编成以“西皮”“二簧”为主要唱腔的剧本。

“西皮”的曲调明丽悦耳，节奏紧凑，活泼跳跃，表现力宽广，能够渲染剧中人愉悦、坚定或者激愤、昂扬的情感。

“二簧”则以深沉、抒情见长，节奏舒缓平稳，一般用以表现剧中人叙事、咏叹、沉思……

“皮簧”两大主腔并不完全抛弃本源另起炉灶，而是注意汲取众多古老曲种的精华。变化出流水、二六、快三眼、原板、快板、慢板、摇板、散板、导板、娃娃腔、反西皮、反二簧等各种唱法。自此京剧具备了集百家之大成的优势，声腔和表演形式空前丰富，变化万千，绚丽多彩，逐渐跃升为“国剧”之不可动摇之地位。

当初昆曲的兴盛在很大程度上依赖于汤显祖、李渔、洪昇、孔尚任等名家名作，那么慈禧太后的“改戏工程”依靠什么人来当编剧呢？查阅史料之初我们颇为困惑，她没有找翰林院的翰林们，而是叫太医院的太医们执笔把昆曲剧本改编成皮簧剧本，这又是为什么呢？当然这和太医院直属后宫管辖有关系，想找谁直接传来就行了。若要传翰林，隔着部门、衙门还得费周折。殊不知，太医们熟读药方，大都拥有深厚的古典文学底子。“元曲四大家”之首，写出不朽名作《窦娥冤》的关汉卿，就曾是元朝宫廷太医院的医师。

关汉卿与万贞儿夫妻切磋剧本创作时的共同看法是：戏曲力求通俗易懂，不可咬文嚼字而自炫才华，要用活的词语，紧扣观众的心弦。

慈禧太后在主持“变昆曲为皮簧”文化工程时，正是准确掌握了戏剧之本须“通俗易懂，扣人心弦”之要领。

故宫戏楼

颐和园戏台

颐和园戏楼

2／慈禧太后与京剧

慈禧太后是中国历史上继武则天之后权势最大、名声最恶的"女皇"，抛开她在治国理政方面种种罪过不谈，单说有一点算是她的功劳——客观上她为推动京剧的发展起到了一定的作用。

她狂热地喜爱京剧，其狂热程度超出人们的想象，在她长达半个世纪的执政生涯中，除了垂帘听政几乎就是看戏了。宫廷里一年之中除先皇忌日按例不能欢乐外，几乎每天都唱戏。她把看戏当成每日必需的消遣。每到夏天她必到颐和园避暑，也是每天看戏。除在乐寿堂搭戏台外，有时在昆明湖船上搭戏台演戏。她绕弯儿乘坐肩舆，指定到某处，某处当时就得开戏。如果耽误了，许多太监都要受到杖刑的处罚。

朱书象牙笏板

宫中供着这么一位戏迷太后，春夏秋冬几乎天天得演戏，那是多么大的演出量啊！演员、乐队、舞台美术人员的来源大致有两条途径：一是传外面的戏班入宫供奉唱戏；二是办好"大内戏班"。乾隆年间，清宫专门设立了掌管演戏的机构"南府"，后来更名"昇平署"，宫里人还是习惯性称作"南府戏班"。慈禧太后掌权以后，又创办了直属于她的“普天同庆班”，挑选眉清目秀、嗓音悦耳、身材又好的小太监组成戏班专攻“皮簧”。如果发现了好演员苗子，还让他拜京剧名角儿为师。经过严格挑选、淘汰和“魔鬼训练”，南府戏班和普天同庆班能够演出三百多出文武剧目，演出水平毫不逊于当时宫外著名的专业剧社。

慈禧太后戏装照

慈禧太后很懂戏，看戏特别认真，一边听一边拿着剧本对词儿，一句唱错了，或唱腔“不达标”，轻则撤赏，重则棍棒。

戏迷慈禧的专横跋扈，客观上推动了当时京剧艺术的提升。每一次外面戏班奉旨进宫都面临一把双刃剑，演好了不仅赏银丰厚还捧红了演员，名扬京城，身价倍增。然而，一旦出了差错，演员瞬间毁了前程。因此戏班进宫之前无不精心排练。宫内戏班则有一条更为残酷的家规 —— 演出时一人出错全班挨打，用野蛮的方式逼出了不少优秀演员。

慈禧还喜欢把外面戏班与南府戏班同台对比，她点的剧目外来的戏班唱不了而宫里戏班能唱，她就洋洋得意。她还经常叫外请的名角和宫里演员搭档共演，小德张等宫内台柱子从名角的举手投足、一招一式也吸取了许多艺术营养。这些都无形中激发了京剧界的竞争，有利于国剧的繁荣。

清宫唱戏的风气上行下效，王侯名门也都办起私家戏班，《红楼梦》中对此种风气做了生动描写。上层社会有许多人爱戏懂戏，京城百姓也争相光顾戏院。再后来清末民初，很多遗老遗少、军阀富贾到了天津当寓公，天津变成了“懂戏码头”，到了马连良那一代的京剧名角须先到天津经受“懂戏观众”的考验。

综观世界艺术史，欧洲文艺复兴时期的各种艺术门类大都得到了皇家、贵族或上层社会名流的资助，诸如莎士比亚戏剧之于英国皇家，约翰·施特劳斯“圆舞曲家族”之于奥地利宫廷，芭蕾舞剧之于意大利、法国、沙皇俄国各王室，瓦格纳歌剧之于德国王宫贵族……以国家层面之力助推高雅艺术的现象比比皆是，中国京剧也不例外。

戏曲剧团受邀进入大宅门“唱堂会”之风气，一直延续到20世纪40年代末，如今想来，那也不失为一种助推艺术繁荣的方式。

3／光绪皇帝、慈禧太后的戏瘾

宫廷戏楼里的演出从来不惜工本，白花花的银子泼水一般豪洒。到了慈禧太后执政的年头儿，恩赏名角儿的重金到了“非理性消费”的程度。

慈禧太后不仅亲自改戏，还具体设计督办高档戏装、更新道具布景等，处处追求精致。皇家花银子制作的戏装布景道具，其精美豪华的排场是外面的戏班难以企及的。据小德张回忆，他在担任南府戏班总提调时，曾向慈禧太后请旨添置新戏装。找名店订制的戏装款式新颖、色彩鲜艳，龙袍蟒靠、凤冠霞帔等全套戏装都是“南绣拼金”工艺。仅一次添置新装就花了二十万两白银。

这样一来，以“皮簧”为主要声腔的新版演出便给人们呈献了绚丽多彩、赏心悦目的艺术盛宴。

戏服

说到绚丽多彩，还要归功于京剧的服装改革。早先的民间演出，女主角“正旦”多穿黑色的“褶子”，故称“青衣”。褶子，戏曲界称为“xué 子”，是一种参考明朝服装的宽袍广袖。直筒式袍子的好处是能够遮掩演员形体的不足。旧时戏班多起用男旦，而男演员腰肢不够苗条，服装如果“掐腰儿”只会欲盖弥彰。褶子，对男旦、老演员、胖演员都能起到弥补作用。

在慈禧太后的支持下，京剧先驱王瑶卿率先实践了对旦角服装的“花衫改革”，把青黑色褶子改为绚丽多彩的绣花戏服。后来，梅兰芳在《贵妃醉酒》《霸王别姬》《洛神》《天女散花》等名剧中，又把花衫和头饰之美推上了极致，增加“水袖”长度，也提高了旦角舞蹈的技巧难度与美感。

服装的华丽，带动了头饰、发型的华丽；青衣戏服的美化，带动了花旦、老旦、刀马旦戏服的美化；旦角儿戏装的多彩化，带动了老生、小生、武生、花脸、黑头、丑角儿各个行当戏装的多彩化；剧中人物服装头饰的优化，带动了道具、布景及一切演出细节的优化。京剧服装的改革，逐渐带动了全国各个地方剧种的效仿。“头羊”引领的多米诺骨牌效应，助推了中国戏曲革命性的美学提升。

《贵妃醉酒》剧照

慈禧太后改戏最为成功的一例是《四郎探母》。

或许因为清朝皇族都是满人，他们特别喜欢杨家将故事中的萧太后。宋朝萧太后率领的辽金军队是满族祖上的远亲，后人搞不清他们的服装样式，戏台上的旦角就参照“两把头”“花盆底儿鞋”的旗装。

慈禧太后建议《四郎探母》结尾增加“回令”一折，杨四郎奉母亲佘太君之命“回番”拜见岳母萧太后的情节，表现了民族团结的主题。

梅兰芳祖父梅巧玲扮演萧太后

宫中还流传着一段《四郎探母》的演出花絮。在一次庆典演戏时，梅兰芳的祖父梅巧玲扮演萧太后，经李莲英指点，他穿着和慈禧相同式样的旗装，念白的音调、走路的姿态都和慈禧毫无二致，惟妙惟肖。台下的皇族亲贵们都看出来他在模仿“老祖宗”，只是他长得又白又胖，逗得观众喝彩欢笑。慈禧太后看了十分高兴，直夸梅巧玲演得好。

光绪皇帝的戏瘾也很大，他喜欢乐器，亲自登台伴奏，尤其热衷打鼓。

中国古代讲究“鼓乐齐鸣”，而且以司鼓（俗称“鼓老儿”）作为乐队指挥。传说因唐明皇擅长打一种名为“羯鼓”的大鼓，所以戏台上乐队里司鼓的座位称作“九龙口”，备受尊重。

一次演出中，光绪坐在“九龙口”充当鼓老儿，打的曲子名叫【朱奴儿】。皇上当票友毕竟不熟练，打着打着忘了一段词儿，谁敢提醒他呀？皇上说话金口玉言，皇上打鼓一锤定音，别的乐手只好跟着他演奏，演员们也跟着乐队少唱一句词儿。从此那出戏演到那一场一律将错就错，还美其名曰“御制朱奴儿”。直到清朝灭亡以后，戏班演出才敢恢复原先的完整唱段。

说了归齐，京剧自打诞生就姓了“京”，富于正宗国剧的皇家气派和贵族气质。

4／慈禧太后当编剧

清宫京剧齐天大圣旗

慈禧太后热爱京剧和昆曲，爱到了“发烧友”的程度，亲自上阵当起编剧、导演兼舞台美术设计，可惜至今未见史料记载她清唱某些著名唱段。窃思戏迷不可能不唱，只是封建社会视优伶为下九流，太后“老佛爷”即使唱了，宫中也无人敢“爆料”。

裕夫人带着两个女儿奉召第一次入宫，就赶上了宫里演戏。所以，当时演戏的情景给德龄、容龄两个小姑娘留下了深刻的印象，她俩在后来写的回忆录中都津津有味地讲述了慈禧太后与京剧的故事。

太后很喜欢神话戏，便于设计武打场面，热闹！尤其喜欢喜剧式神话剧情，不仅热闹，还开心！因为太后爱听戏，修葺颐和园时特意设计了德和园戏楼和供太后看戏的颐乐殿。戏楼舞台分为三层，就是为了神仙剧天上地下、腾云驾雾的演起来显得逼真。

宫里演戏大都是吉祥喜庆戏，很少演哭哭啼啼大悲剧。太后熟读佛教、道教经书和古典名著，其中尤其对吴承恩的《西游记》感兴趣，对齐天大圣孙悟空情有独钟。她把孙悟空故事编成剧本，由南府戏班上演连台本戏。她亲自排戏并设计机关布景，自己觉得是一件很值得骄傲的事。

慈禧版的“猴子戏”分为三幕，第一幕“蟠桃会”，只见一个神仙驾着祥云从上层戏台降到中层戏台，来请各路神仙去参加王母娘娘的蟠桃宴。宫中戏楼利用三层舞台巧设了许多“机关布置”，表现神仙、菩萨的法力，莲花仙池的美景。第二幕也是中国人熟悉的故事，孙悟空用瞌睡虫儿催眠放倒了蟠桃会的卫兵和侍者，偷吃了蟠桃美酒。天兵天将来捉拿他，太上老君的炼丹炉烧不死他。第三幕仍是武打戏，托塔天王李靖的儿子哪吒大战孙悟空，当然也打不胜。最后西王母请来了如来佛和观世音，这才收服了顽猴，派他护送唐僧去西天取经。

昇平署扮相谱

这个在中国家喻户晓的名著故事，慈禧当然只是个改编者。但她这位编剧兼导演兼舞台美术设计排出的戏有三大“专利”：一则皇太后亲自执导。她熟悉南府戏班的小太监谁会什么武功，武打设计和布景设计都是遵照她的主张。二则全体演员都是太监，他们竞相展现高超的武功，不敢有一丝松懈，以免遭到毒打。三则宫里戏班具有外面剧团难以企及的优势：皇家财力 + 太后威权 + 太后的想象力。刚从巴黎回国的德龄说，从太后设计布景的构思来看，并不亚于当时欧洲剧院演出的神话剧。

慈禧太后喜欢《蟠桃会》，或许还因为她这个西太后自诩西王母，且暗喻朝野上下谁都逃不出她这位“老佛爷”的手心。

历史的巧合有时真有意思，无独有偶，“文革”出了一位江青，

《宇宙锋》

《断桥》

《铡美案》(《秦香莲》)

《玉堂春》

《群英会》

《击鼓骂曹》

也亲自改戏排戏，“抓”出的八个样板戏，比慈禧太后的“南府戏班”影响要大得多了。

5／清宫『戏画』

有个现象十分诡异，中国封建王朝的正史典籍极少涉及艺术史方面的内容，清史的记载也没有提到“画院”及其数量众多的绘画作品，只当它们不存在似的，这是为什么呢?

至今我们未能闹清楚正史忽略艺术分支的缘故，只是发现清朝分管绘画等艺术门类的机构“内廷作坊”虽属内务府造办处，但造办处的下属画院“如意馆”却从属于后宫，仅仅在“内府档案”中留了一些痕迹。可能这是画院及其作品未入史册的原因之一。

在人类尚未发明照相机的时代，绘画是唯一能够描摹物象的专业，画师是不可或缺的。封建社会奉行“万般皆下品，唯有读书高”，从地方私塾到各大书院都是只读圣贤文章而不设美术专业，戏剧被视为“下九流”，那就更甭提了。“皆下品”的“七十二行”，行行出状元，似乎也没有“画师”行当。

其实清朝帝王们都很喜欢绘画，设立专门机构负责征招画师。康熙大帝嫌宫内画师的技法泥古呆板，还聘用了郎世宁等“洋夷画师”。乾隆皇帝给画院正式命名为“如意馆”，馆址设在圆明园。

御用画师的主要任务是奉旨作画，“随事绘画”。所谓“事”指的是宫中重大活动，画师们就跟如今的摄影记者一样，将宫廷大事的人物、场面描绘下来，只是不如现在照相机迅速，需事后慢慢地画。例如清《康熙六旬万寿图》、清乾隆《崇庆太后万寿图》、《光绪皇帝大婚图》。

不知史学家和研究中国艺术史的学者们是否注意到，在御用画师的平庸之作堆儿里，有一枝独秀大放异彩——“戏画”及其姊妹篇“昇平署（戏曲）扮相谱”。殊不知，正是那位遗臭万年的慈禧太后强势推动了“戏画”这簇香花的绽放。

咸丰十年（1860）英法联军火烧圆明园，如意馆付之一炬，损毁了大批珍贵画品，画师们逃散，宫廷绘画坠入衰败期。光绪幼年登基后，慈禧太后执掌朝政，重新组建如意馆，重视文人画家，设“画士”（一曰画师）职称，授七品至二品顶戴花翎。

那一时期的宫廷画师除了“随事绘画”反映宫中大事庆典活动之外，主要任务就是尊慈禧太后喜好，根据剧本和演戏实况绘制“戏画”“昇平署扮相谱”“戏出画册”，等等。其中，《戏出画册》集成四册收入一百六十幅戏画，例如《铡美案》《断桥》《除三害》《（太白）醉写》等名剧。图册《性理精义》收入《群英会》《打金枝》《（击鼓）骂曹》等四十四出戏共一百幅“戏画”。还有一本《清人戏出册》，收入《空城计》《定军山》《（辕门）斩子》等十四出名剧的“戏画”。

“戏画”早已有之，并非慈禧太后的专利，但在她之前只是零星存在。明朝末年一些珍贵的“明杂剧扮相图”流失到日本去了，如今我们只能看到少量临摹画，有一幅表现奸臣的扮相图十分生动，可以领略明末清初“戏画”作品的精妙。

6／异曲同工之妙

慈禧太后由喜好京剧到组织宫廷画师完成“戏画”的规模化创作，堪称改革京剧声腔之后又一桩文化壮举。

笔者见到一帧帧“戏画”和“扮相谱”时颇为惊讶，这些色彩绚丽的妙品一反“宫廷画”帝后肖像的严肃呆板，几乎每一幅作品、每一个戏曲人物都生动传神，活灵活现，简直和演员们在舞台上的表现一模一样！

宫里演戏时，因为慈禧太后喜欢点几种戏：杨家将的故事、热闹的神怪故事，特别是《西游记》故事等，所以“戏画”描绘的这几类题材特别多。

慈禧太后喜欢看“猴子戏”，亲自参与改编《蟠桃会》剧本及其舞台美术设计。宫里为孙悟空设计的服装和“齐天大圣”旗至今还

《无底洞》

《女儿国》

在舞台上沿用。《女儿国》《无底洞》等戏画都表现了《西游记》的经典画面，孙悟空、猪八戒等角色个性鲜明，真善美与假恶丑的斗争主题突出。

京剧与西洋歌剧的区别之一是，在注重唱腔同时还以“武戏”见长。武打戏集中戏曲、舞蹈、武术、杂技等丰富的表演手段，人物姿态夸张，动感十足，富于戏剧冲突的张力。欣赏着这些静止的武戏“哑画”，耳畔仿佛听到节奏疾速的锣鼓铿锵；演员们的高难度动作跃然纸上，呼之欲出。尤其一帧表现《三侠五义》中的《(捉)拿花蝴蝶》，四员侠士将花冲(花蝴蝶)团团围住，其构图形成螺旋状转圜。这在中国画的布局章法中十分罕见，简直和法国“野兽派”大师马蒂斯(1869—1954)的《舞蹈》有异曲同工之妙了！

慈禧太后率众改编了240出杨家将故事的《昭代箫韶》，不仅实现了由昆弋腔变“皮簧”的声腔改革，而且也在服饰、

《通天河》

《(捉)拿花蝴蝶》

《舞蹈》［法］马蒂斯(Henri Matisse)

杨继业

佘太君

杨四郎

铁镜公主

萧太后

杨排风

化妆、布景方面进行了美化提升。所以，保存下来的杨家将题材的“扮相谱”“戏画”不仅数量众多，绘画技巧也属上乘，看来是出自高士之手。

《四郎探母》戏画

杨家将故事的“扮相谱”画得十分精致，人物性格鲜明、服饰华美，有杨继业、佘太君、萧太后、杨四郎、铁镜公主等，就连烧火的丫头杨排风都画得神采飞扬、眉目传神。

慈禧太后喜欢的其他神话戏之扮相谱，也是活灵活现、别具神韵，若非亲眼所见，真不敢相信百年前的清宫作品竟会呈现如此富于“现代艺术感”的画风。有一幅《阴阳判官》画的是在阴阳两界均能公正执法的包拯，他可以放冤魂返回阳间，判处恶人受到应有的惩罚。这个包公的扮相从官帽、脸谱、髯口到袍服都是一半黑一半白，形成白天与黑夜、阳世与阴间、生与死的对比，给人以强烈的视觉冲击力。

还有一位在阴间“六殿”任职的官员，其脸谱线条更具现代感，甚至有种“卡通人物感”。他有一张笔墨浓重的鬼脸，却又慈眉善目，张着血盆大口却毫不狰狞，半睁半闭的眼睛说明他很通融，乌黑的长髯说明他还很年轻。更妙的是他的翻鼻孔类似英文字母“M”，两颊还各有一个白色的英文字母“O”，而那年头儿的宫廷画师压根儿不知道英文字母。如此洋溢着喜感的鬼脸儿，在中国人物肖像画中可谓独树一帜！

《阴阳判官》

《六殿》

7／穿戴脸儿俱照此样

扮相谱中的神怪扮相佳作多多，令人击节赞叹。这部分脸谱有个共同点——造型鲜活，创意新奇，着色大胆，想象力丰富。例如"土地神"有地上、地下两个"脸儿"，画幅为土黄色调，十分生动形象。"翼火蛇"的"脸儿"竟然盘踞着一条橙红色的蛇，蛇尾蜷在额头，蛇身绕过右眼下睑爬过鼻梁向上绕过左眉，再顺着左颊绕过鼻翼，蛇头顺着人中盘到左颊昂首吐着火焰般的舌信子。"蟹将"的"红脸儿"上趴着一只绿色的大螃蟹，脑门儿上还有一对白色的大螯钳。

对于以上种种灵动飞扬的"人体艺术"，戏曲史专家们有个争论不休的话题：一些"扮相谱"上写着"穿戴脸儿俱照此样"八个字，这行字是谁写上去的，又是写给谁看的呢？

第一种说法是写给戏班演员看的，要求演员服装、化妆"俱照此样"，但一般演员扮戏只是遵循传统惯例。

第二种说法是昇平署及普天同庆班遵照慈禧太后旨意对戏曲人物"穿戴脸儿"进行了改革，画出彩样呈报，供她观赏收藏的。由谁来呈报呢？美国画家凯瑟琳·卡尔小姐回忆说小德张是"一直奉太后懿旨管理圣像（慈禧油画像）并配合我的工作"。小德张又是宫里戏班的总提调，涉及演戏和戏画的事，一般情况下都是他在太后与戏班之间跑来跑去张罗的，而他是多么乖巧的人呀！他给太后写呈报不会斗胆使用"俱照此样"这种结论性甚至带有命令式的口吻，定会像如今下级给上级打报告所使用的"拟……妥否，请示"一类模式。不管用词如何，此说支持的是"戏画""扮相谱"是供帝后把

土地神

翼火蛇

蟹将

黄天霸

刘金定

夏侯惇

玩的“御赏品”。

第三种说法是幼年溥仪登基后，朝野上下见大势已去，宫里宫外勾结偷盗成风，一部分“戏画”“扮相谱”散失街市。北京前门一带的字画商人为了强调这是“宫里出来的宝贝”，加写了“穿戴脸儿俱照此样”几个字。

诸葛亮

司马懿

岳飞

花蝴蝶

程咬金

王大娘

《蒋干盗书》

《空城计》

《五花洞》

《打金枝》

《探母回令》

《二进宫》

《除三害》

《穆柯寨》

《审头刺汤》

《三岔口》

《庆阳图》

《摩天岭》

以上几种说法似乎均为揣测，都无真凭实据。依笔者看来有一点倒是真的——这些珍贵的画谱对后世戏曲演出产生了深远影响，至今京剧和各地方戏曲演出时的“穿戴脸儿”都是按清宫传承“俱照此样”，成为跨越时空的保留剧目。

在慈禧太后和光绪皇帝的带动下，清朝各王府侯门也盛行演戏，蓄养戏班，戏装、道具样样齐全。《红楼梦》对此也有生动的描绘。小德张、庆王载振先后居住在庆王府，成为天津“公馆戏”的舞台之一。小德张是宫里科班出身不必说了，庆王的子弟也多为票友高手，经常呼朋唤友演大戏。他们的“穿戴脸儿”也毫不含糊，“俱照此样”，不减宫廷气派。

不仅戏曲演出，清宫“戏画”和“扮相谱”还对连环画创作产生了巨大影响。20世纪五六十年代以来，我国的连环画、小人儿书深受读者喜爱，其中历史故事、名著名剧改编中，古装人物的“穿戴脸儿”也大都是参考清宫传承“俱照此样”的。

总之，清宫“戏画”“扮相谱”是将美术与京剧联姻的文化瑰宝，很值得做系统研究，向当代人推介。

第五章 小德张命运间奏曲

小德张和慈禧

1 / 苦井与苦海

小德张能够获得去太后宫当差的机会，全凭他在戏台上的出色表演引起了“老祖宗”的注意。不然的话，他一辈子都没有出头之日。

他是直隶静海人，家中兄弟三人，他排行老二，父亲以打鱼为生，兄弟们也卖力劳作，家中勉强度日。光绪十四年（1888）他12岁时遇上华北大旱，田地绝收，全家人饥寒交迫过了年。正月初二他随哥哥去邻村亲戚家拜年，羡慕人家有辆大马车，遭到表兄的蔑视：“你们家一辈子也置不起这个大套车！”

他的自尊心深受伤害，愤然回家问母亲怎样才能发财。母亲叹道：“穷人家有什么法子？除非去干皇差，当‘老公’。”

他不懂得什么叫“老公”，一再追问，妈妈就简单地讲述了一下。岂料，他凭着一时冲动拿着一把镰刀，进了牲口棚就“自宫”啦！顿时血流如注昏死过去。妈妈发现后悲痛欲绝，悔恨不迭。爸爸打鱼换了点钱请来郎中急救，总算捡回一条命……

到了北京他才知道，宫里只待死了一个老太监才能替补一个小太监，为了求得一裕姓人家举荐，他给裕家当了三年“义子”，实际上是不发工资的小苦力。待到入宫时，他也才15岁。

初进宫时他被分配到茶坊当学徒，不料遇上一个以打人为乐的师父（太监里有一些心理变态者），无缘无故天天遭到那个虐待狂的毒打，眼看就要被活活打死了。

这一天哥哥去北京看望他，兄弟二人隔着一孔小窗失声痛哭。

小太监不得回家探亲，亲属来探望也不许进宫，只能透过小窗见见面，真跟犯人家属探监没什么两样。他拖着遍体鳞伤的身体见到胞兄哭诉自己挨打的苦楚，却又叮嘱哥哥千万别告诉母亲自己在宫里挨打，就说他在京城一切都好。他把自己挣到的散碎银两都让哥哥捎回了家……

和那些一辈子熬不出头的普通太监相比，他还算是幸运的，终于有一天时来运转——这一天，正巧南府戏班的首领来喝茶，见了面夸他"长得俊，看样子还挺机灵的"。他一听，愈发殷勤伺候敬茶。戏班首领看重他聪明伶俐，当即挑选他进了南府戏班，那一年是光绪十八年（1892）。

他已经16岁了，错过了学戏的最佳年龄，别人都是自幼就开始练功的，刚进戏班时人们都不看好他，他只能跑跑龙套。本来封建社会就视"戏子"为"下九流"，何况还是"太监+戏子"呢！后来，他认识到唯一的出路是下狠心付出双倍的努力从头学戏。他是抱着出人头地的梦想才进京当太监的，可入宫一年来后悔不迭，把自己变成残废来当太监太不划算了。皇宫和各王府大约有五千名太监，除了少数几个掌事的，大多数人连见到太后、皇上的机会都没有，终生做苦力，永无出头之日，被打死了，乱葬岗子一扔，喂了野狗。既然都是做苦力，还不如在农村老家受穷，何苦再时时事事自称"奴才"，还落个惹人耻笑的"阉人"名声？

来到了戏班，他才发现其实这里是宫中最苦、最累、最没保障的地方了，真是才离了苦井又掉入苦海啦！宫中戏班和外面戏班同样信奉"不打不成才"，而且要求更为苛刻，每天天不亮小太监们就起床练功，挨打是家常便饭。和在茶坊日日惨遭毒打相比，"打戏"的日子虽说也是苦不堪言，总归有个盼头儿，然而那个盼头儿实在太渺茫啦！

机会总是眷顾那些有准备的人。

这一天戏台上演出的是武戏《盗仙草》中白娘子盗仙草救许仙的故事。小德张扮演“鹿童”，站在舞台一侧，忽然他发现白娘子“踢枪”踢过了劲儿，眼看着枪就要掉到台上了，他手疾眼快一个筋斗翻了过去，用“双头蛇”（双脚朝天蹬）把枪挑了起来，“递”给了白娘子，不露破绽地给主角圆了场。

这个敏捷利索的救场动作赢得了满堂喝彩，慈禧太后看了很开心，赏了戏班五百两银子，大有大份，小有小份，“鹿童”只是个没台词的龙套，只能领到一小份赏银，但小德张心里甭提多高兴了！

散戏以后戏班同行围住他作揖道谢，这是因为太后看戏有一条“打全堂”家法——一人出错全戏班的人都要挨打！教这出戏的外请教师更高兴了，表示要好好栽培小德张。从此，他正式成为武生的苗子。

小德张19岁时正式登台当主演。有一天慈禧太后传旨上演《岳家庄》，他饰演岳云，戏份很重。这出戏又名《岳云出世》，源于《说岳全传》。说的是岳飞之子少年岳云的英雄故事：金兀术发兵偷袭岳家庄，岳云和姐姐银瓶不畏强敌率领家丁迎战，生擒了金将，保卫了家园。

一听剧情就知道这出戏需要展示岳云的出色武功。他为了这个角色做了好几年准备，下了很大功夫，今天终于有机会在“老佛爷”面前一展身手，一招一式都不敢掉以轻心，铆足了劲儿发挥得无懈可击。

慈禧太后看了很喜欢，顺口向站在一旁伺候的南府戏班首领问道：“他叫什么名字啊？”

得，金口玉言，只问了这么一句话，立马儿小德张就被挑到太后宫当差了。须知太后“老佛爷”能够注意到一个小太监，在宫里那可是非同小可的大事！多亏了京剧舞台给了他机会，不过，选到太后宫当差还只是第一步，太后宫有那么多大小太监，又有几人能够平步青云呢？

慈禧跟前有李莲英、安德海、崔玉贵一干人等，小德张是晚辈，傍不上前儿，所谓“当差”，其实还是随时恭候太后点戏唱戏。他很幸运，太后为了炫耀宫里也有人才，常常点他与外请名角合演。有些唱念做打戏份很重，他能够顺利完成角色，连外请的内行人士都很吃惊。

《破洪州》即《天门阵》，名角杨小朵主演穆桂英，小德张饰演

《同光十三绝》

杨宗保。笔者见到一帧清晰度不高的二人戏装合影，恐怕是小德张传世不多的剧照了。

他还有幸和京剧名家王瑶卿合演过《能仁寺》（又名《悦来店》《十三妹》），王瑶卿主演侠女何玉凤，他饰受侠女搭救的安骥，戏份虽不多却能近身向名角学艺。若不是慈禧太后硬性指派，小德张压根没有资格和那些京剧名角同台献艺，那一殊荣是他一生中最为辉煌光彩的一页。不过，目前也只有他的后人回忆录之孤证，个中是否有他自我吹嘘的因素无从核查。

说到王瑶卿不能不提起梅兰芳大师和他的祖父梅巧玲（1842—1882），梅巧玲也常常被慈禧太后召进宫里演戏，他是同治、光绪年间京剧早期发展史上的十三位奠基人之一，收入《同光十三绝》画谱。梅家至梅葆玖，为四代京剧世家。王瑶卿之父和梅巧玲同班演戏，梅兰芳成名前经常观摩王瑶卿的演出，两人兄弟相

称，亦师亦友。

王瑶卿（1881—1954）是京剧发展史上非同小可的人物，梅兰芳、程砚秋、尚小云、荀慧生四大名角都曾在他门下受教。他所创立的“王派”是京剧旦角艺术的基本流派，优化了青衣、花旦、刀马旦的表演水平，尤其是帮助梅兰芳完成了京剧旦角艺术的创新。20世纪30年代他在中华戏曲专科学校任教，新中国成立后出任中国戏曲学校校长。

几出戏唱下来，很快的，小德张就升为“太后宫回事的”，距离攀近慈禧太后只差一步之遥了。据张仲忱回忆，他祖父珍藏一本在宫里演戏的剧照相册，每每用放大镜仔细端详。可惜，在“文革”中张家人出于害怕给烧毁了。当年西方的照相术传入中国不久，只有裕容龄的哥哥裕勋龄被允许进宫为慈禧太后拍照。小德张和裕家兄妹关系不错，才求得了那些戏装照片，如此珍贵的历史图片的消逝实在太可惜了！

3／一招鲜，吃遍天

殊不知，学戏曲这一行有一条残酷的规律叫作“千顷地，一棵苗”，成功率极低，淘汰率极高。真正能够唱红的演员极少，半途被逐出戏班的小太监的下场那就惨啦！

在没有被选入太后宫当差之前，起步已晚的小德张知道，只有拼上性命争当那“一棵苗”，才是他唯一的出路。他笃信梨园行另一条格言“一招鲜，吃遍天”，只有练出超人的功夫才能博得命运的改变。因此他常常夜间练私功，脚踝绑上十几斤重的沙袋，踢腿、下腰、翻筋斗、打旋子、刀功剑术，咬紧牙关冬练三九、夏练三伏。三度春秋熬过来了，终于练出了一身硬功夫。他期盼着有机会能在舞台上露一手，只有那样才能叫慈禧太后看见自己，才能有一线升迁的机会……

戏曲界都知道想培养一个优秀的武生是很困难的，要求扮相英俊、身材挺拔、武功高强、嗓音悦耳，缺少哪一样都不行。可是十全十美的人太少了，武功尚能苦练而得，而容貌、身材、嗓音却只能源于天赋。许多演员功夫了得，却没有嗓子，唱功戏重的“袍带武生”演不来，只能扎上“靠旗”站二排，甚至有人一辈子只能翻腾过场混个“筋斗虫”罢了。武生的难度还在于必须边打边唱，武打之后的唱不能气喘吁吁，还要做到清亮高亢，对演员的体力、嗓音、肺活量都是严峻的考验。自幼看好的武生苗子还有一重风险，好不容易费了六七年练成了功夫，不料到了“换声期”嗓子“倒仓”了，只能演“扎靠旗”站二排的“哑巴武生”了。

说到京剧武小生的唱腔，路子更窄了。那是一种近似旦角假声小嗓儿，却又透出阳刚之气的“娃娃腔”，一般声音浑厚的男人是拿捏不出来的。小德张自幼嗓音嘹亮，再加上阉割后音色接近女声，以其特有的音质愈加适合演唱亦雄亦雌的武生腔了，这却是个残忍的意外收获。

小德张戏装照（电脑修复图）

裕容龄在回忆录中以西式语法称小德张为张德：“张德扮小生（这人后来是隆裕太后的大总管），还有一个小姚，专唱关公戏，拿手戏是《单刀赴会》。”

那时容龄只有14岁，自幼旅居国外，也分不清武生与小生的区别。一般小生是表演酸溜溜儿的书生秀才，以唱、念为主；而武生不但要擅长武打，也得有高昂的唱腔。

纵观小德张的人生轨迹，神奇的京剧艺术成为他的福星，是他残缺生命的一抹亮色，拯救他于水深火热，伴随他的青春岁月，成就他的发迹腾达，弥补优化他的灵与肉，一直到终老都是他晚年生活的慰藉。

他在37岁出宫到天津隐居以后的漫长岁月，仍然坚持天天练功。直到1955年他在天津家中过“庆九大寿”（79岁）时，还为贺客们表演不用手搬的“朝天蹬”（指踢脚过头顶），功夫不减当年，众人喝彩，他为此很自豪。

4／赏蟒袍一件

光绪二十四年（1898）戊戌变法推行新政，慈禧太后表面上不再垂帘听政了，终日以看戏消磨时间。有一天她点了外面的两位名角唱《雅观楼》，两人都说不会唱昆曲，她传旨叫小德张唱。幸亏他苦练过昆曲，也合该他出这个风头。《雅观楼》主角是晋王李克用之子李存孝，带病应战一个又一个敌将，经过几个回合恶仗最终取胜。

小德张扮演的猛将李存孝迎战众多强敌，必须完成武生腰功、腿功各种高难度动作，还要咿咿呀呀唱昆曲，同时还得表演带病打仗的状态。演出时好几位外请的武生艺人在后台扒门帘看戏，都替他捏了一把汗。

慈禧太后看完戏得意地说："外边都说南府戏班动不了这出戏，这回可堵住他们的嘴了！"

她还叫小德张再演一场，赏王公大臣们都来看这出戏。第二天，小德张就升为"御前近侍"，代管南府戏班总提调。他几乎每天都要给"老祖宗"唱戏，一直唱到庚子事变。慈禧太后很快又升他为御前首领，那一年他年仅22岁。

小德张的戏剧生涯最光辉的一页是为达赖喇嘛演戏。

八国联军入侵京津，慈禧太后、光绪皇帝西逃至西安，小德张一路护驾。"辛丑回銮"后，他升为"御膳房掌案的"，论身份可以不再唱戏了。1908年是慈禧太后七十三岁诞辰，古人人均寿命不长，素有"七十三，八十四，阎王不叫自己去"之俗语，所以清宫要

历史老照片（红线内为小德张）

小德张穿蟒袍（电脑修复图）

为太后“老佛爷”操办“万寿大典”。西藏活佛达赖喇嘛十三世到北京朝圣，跪诵《万寿经》，为太后增福增寿。慈禧分外高兴，宴请达赖时赏达赖点一出他爱看的戏，达赖点了《雁门关》。

《雁门关》又名《八郎探母》《南北和》，宋朝忠臣杨家将故事之一，与《四郎探母》剧情相似，只是剧情更复杂一些。萧太后与佘太君双方儿女历经恩怨情仇磨难，最后实现了息战南北和，是一出颂扬民族团结的戏。看来，达赖喇嘛点这出戏是满含深意的。慈禧太后听了更加高兴了，传旨十月初九日唱这出戏。这出戏已经不是一般的演出，而是被赋予政治意义了。

慈禧太后传外面的小生名角王楞仙等人入宫应差。不料，王楞仙表示唱文的可以，不会城楼武功。慈禧已经答应了赏达赖听这出戏，焦急地派南府戏班应差，点名叫小德张唱。小德张一听吓坏了，慌忙跪下：“回禀‘老祖宗’，内府戏班没排过这出戏。城楼那场是武生的重头戏，摔、翻、扑、跌、哭，还有大段儿对口活（两人对唱），奴才心里没根，恐怕给‘老祖宗’误差。”

慈禧哪听这一套，又传外班名角王瑶卿来演青莲公主，斩钉截铁地命令小德张：“叫王楞仙给你说说戏，后天一定唱出来。”

只有一天半的时间了，八本唱词对白，强用脑子记下来谈何容易！王瑶卿害怕地说：“这出戏不是现来来得了的，老艺人都怕唱这出戏，误了差事担不起。”

小德张劝慰他：“咱爷儿俩豁出去吧，撞运气，只要别愣在台上就行了。”

王楞仙只给他说了一遍戏，他废寝忘食看剧本背台词记唱腔，他把武功招式临时记在纸上。后半夜，太后睡了一觉醒来问他：“你念熟了没有？”

他跪答：“回‘老祖宗’的话，奴才还没有。”

演出时间到了，开场锣鼓点一敲，他硬着头皮披挂上阵了。圣命难违，他又仗着平日的苦练武功，豁出去啦！

幕间，只要有喘息之机从台上退至后台，他就端着本子背诵下一场台词，一丝一毫不敢大意，总算对付到了谢幕，最可怕的是“老祖宗”每次看戏都拿着本子比对台词唱腔，这回竟然没挑出大毛病来，或者是怜惜他仓促上阵不想挑毛病。

“城楼”一场戏是武小生危险的摔打戏，僵身、吊毛、踝子、抢背、倒插虎、甩发……

达赖喇嘛向太后问了扮演杨八郎的艺人叫什么名字，称赞道：“这个武生演得很好，武功很扎实。”

慈禧欣喜异常，当即传旨：“赏小德张蟒袍一件。”

那是她生命的最后一年，也是小德张在清宫戏台上的绝唱。

1957年小德张临终时，叮嘱亲属为他穿上那件象征至高无上荣誉的土黄色蟒袍入葬。

5／卡尔小姐笔下的小德张

关于小德张学习京剧和自学文化的事，先前只有其孙张仲忱回忆文章一人孤证，我们曾怀疑个中可能存在自我吹嘘的成分，后来找到一条有力的佐证，读来很是令人信服。

据中国第一历史档案馆所藏外务部档案记载，为慈禧太后画油画像的美国画家凯瑟琳·卡尔小姐，于光绪二十九年六月十五日（1903年8月7日）进宫，至光绪三十年五月十七日（1904年6月30日）离京，前后住在宫中近11个月。

宫里人叫不惯“卡尔小姐”，顺着谐音称她“柯姑娘”。她回国后写了《慈禧写照记》，中国于1915年出版了中文版文言文译书。我的文言文基础不厚，读起来有些吃力，捧着《古汉语常用字字典》认真研读，但是以文言文翻译西方人的散文式作品总觉得描写不够具体。可能受八股文的贻害，文言文无论写什么都爱套用现成的词汇，例如“天色苍然，照人襟袖”“予深感之”“与余辈周旋”“适与其柔荑之手”“明眸隆佳，眉目如画”，这类用词缺乏目击者的现场感，究竟是什么具体的情景感受呢？后来我们在网上购得故宫出版社于2011年出版的王和平译本《美国女画师的清宫回忆》，因是近年翻译的白话文，接近当代人的阅读习惯，对我们了解当年柯姑娘在清宫的真实情况大有裨益。

书中“第十章　三海宫苑”，描写的是慈禧太后让柯姑娘乘坐御用平底船畅游皇城三海（北海、中海、南海）的场面。从字里行间我们可以推测出来有容龄、小德张在船上作陪，卡尔小姐记述了小德张给她留下的印象。此前也曾有几位西方人写清廷，似乎她是第一位以欣赏的笔墨描写一个太监的外国人。

柯姑娘

> 船上有一名首领太监，属于宫中6个太监等级中最高级别的太监之一，一直奉太后懿旨管理圣像（慈禧油画像）并配合我的工作。

这当然指的是小德张了，因为慈禧命他负责安排“柯姑娘”的画室事宜。

身为一个不懂汉语的外国人，她对小德张的评价应该是很直观的。

> 此人聪颖开通，喜欢艺术，收藏了不少中国古代书画和古董。他少年时是太后喜欢的宫内戏剧演员之一，据说很有表演天赋，有着一副好嗓子，记忆力又强，能够背诵很多古典名篇，且口齿清晰。讲起故事来生动有趣，语言有着很强的感染力。船行于湖面，他立于船头，吟诵一首首诗篇，讲述一个个英雄故事，音调抑扬顿挫，极富韵味。我虽然听不懂他吟诵的内容，却能感受到那悦耳的声音和悠长的韵律。

柯姑娘既然听不懂汉语，怎么知道小德张“讲起故事来生动有趣，语言有着很强的感染力”呢？凡遇游玩的机会是少不了小容龄的。德龄侍奉太后的工作比较忙，平时主要是容龄为柯姑娘热情传译，容龄与小德张的友情由此可见一斑。

第六章 阉伶之殇安魂曲

《永恒的寂静》(*Over Eternal Peace*) [俄]列维坦(Isaak Iliich Levitan)

1／宫廷弄臣

小德张以唱戏讨得慈禧欢心，令人想到了"弄臣"一词。古代东方和西方的皇家宫廷都曾时兴蓄养弄臣之风，所谓弄臣是一些幽默滑稽的能人异士、小丑乃至侏儒，以插科打诨为君王消愁解闷。19世纪意大利音乐大师G.威尔第创作的著名歌剧《弄臣》，至今为西方观众所喜爱。

欧洲文艺复兴运动催生了众多颂扬人文精神、人道主义的优秀作品，"弄臣"的形象在西方绘画中也多有佳作。西班牙著名画家委拉士开兹（1599—1660）画了许多他在皇宫里看见的弄臣、小丑、侏儒、残疾人等，画家在画出这些人的外在形象的同时，敏锐地捕捉到他们的内心痛苦，着力刻画他们内在的尊严。"弄臣"穿戴着小丑服装，当他独处的时候眼神里难

《侏儒赛巴斯蒂安》（*Portrait of Sebastián de Morra*）
［西班牙］委拉士开兹（Diego Velázquez）

掩精神痛苦，甚至含有一种愤怒。著名肖像画《侏儒赛巴斯蒂安》，主人公虽然身体残疾，却有一张英俊端正、神色严峻、充满智慧的面庞，他直面歧视他的世人，眼里含着一丝怒气。

相比之下，李莲英、小德张们正是缺乏这种内在的尊严、人性的觉醒与人格的力量。在慈禧太后面前，他们是透里透外的奴颜媚骨，终生都是跪着的奴才。

受封建道德的局限，小德张给“老祖宗”当奴才是自觉自愿的。慈禧太后去世以后，他又为隆裕太后当了五年近侍。1913年隆裕太后去世后他才出宫，迁至天津英租界当寓公时年方37岁。他在后半生的漫长日子里经常对儿孙们讲述他对“两位老先主”的忠心，津津乐道于此类往事：

> 晚上，老祖宗在屋里睡觉，我站在屋外侍候。后半夜困了，就站着打盹，可是还得半睡半醒着。一有动静我马上进去，跪在地上，用双膝走路，这样没有声音。如果她醒了，我就问：老祖宗喝水吗，抽水烟吗？如果她问几点钟了，我能很快地答上几时几分来。如果老祖宗没醒，我再把被子盖好些，又跪下用双膝爬着退下来。三年后才赏给我一个垫子。

慈禧睡觉是很警醒的，夜里小德张的效忠，日子长了她会了如指掌，身边有这么一个聪明伶俐，忠心耿耿又能唱戏的俊奴才，她能够不喜欢吗？

以令人作呕的种种谄媚取悦慈禧太后的是李莲英。他是慈禧最忠实的走卒，肉麻地率先称呼她为“老佛爷”“老祖宗”，带起了宫里宫外朝野上下都不敢不如此称呼她的阿谀之风。

小德张比李莲英小28岁，在李莲英的眼里他不过是个逗“老佛爷”开心的小玩意儿。以西方用语来说，是个会唱戏、折筋斗，

《斯坦奇克》(*Stańczyk*) [波兰]扬·马泰伊科(Jan Matejko)

伶牙俐齿、嘴巴甜甜的“弄臣”。大概李莲英没有料到，到他垂垂老矣之时，这个小玩意儿不仅成了他的接班人，掌握了后宫实权，而且比他还玩儿得转，得到两任太后的信赖，最后赶在清王朝灭亡之前体面地出了宫，混了个“囫囵脸儿”。

20世纪50年代初期，天津市政府委派文史专家、著名作家阿英等人拜访小德张，希望他把曾在清朝宫廷的“亲历、亲见、亲闻”口述记录下来留给后世。但是，他的回答是“我不卖老先主(指慈禧太后)”。这个至死甘当奴才的愚忠之人揣着满肚子的清宫故事埋入黄土了。还好，他在天津长达44年的寓公生活中，茶余饭后喜欢给儿孙们讲述宫中往事，所幸其嗣子张书森、孙子张仲忱受过严格的私塾教育，均博闻强识，成为日后相关“口述历史”资料的讲述者。

2 『来自天堂的声音』

小德张有一副高亢嘹亮的好嗓子，当然是由于他的勤学苦练。但一个人的嗓音条件主要在于天赋，后天训练只是掌握发声技巧。练武功容易损害嗓音，所以“唱”“打”兼备的武生不可多得。小德张却能达到唱功、武功兼优，应该有其特殊的原因。

关于声乐艺术，东方与西方的唱法有很大的差异。

中国拥有种类繁多的戏曲、曲艺、民歌，自成特色。可惜的是“国粹声乐”唱法大多靠着演员的“大本嗓”或“捏小嗓儿”，例如京剧里的旦角、小生，唐山皮影戏、陕西信天游等，全靠演员自身声音的“本钱”。总之，尚无把“国粹唱法”作为一门声乐学科做系统研究。

还有一个现象值得商榷，我国的声乐传统似乎不大重视和声。川剧里有“帮腔”，但也不是完整意义上的和声艺术。比起欧洲来，我们的“原生态”民歌缺乏多声部合唱，壮族大歌独树一帜的有多

欧洲教堂

歌剧院

唱诗班

声部合唱，据说还是当初西方传教士教授的。“西花东移”而又融入当地民歌传统的壮族大歌，层次分明、声部丰富、极富创意，因此而驰名世界。

说到传教士，不能不承认天主教对欧洲声乐艺术发展所起到的作用。2006年，我们在德国德累斯顿市参加“亚洲之友”协会年会，会员们都是曾经在中国及亚洲各国侨居的老人，他们之间有很多人彼此并不熟识。大家在一座古老教堂追思创始会长米勒神父，唱起了赞美诗。我们惊异地发现，这个彼此从未排练过的“合唱团”，

梵蒂冈教堂内景

事先谁唱哪一声部都没商量，竟然达到了多声部浑然一体的和谐，男女声相互烘托。如果把那场临时拼凑的合唱录了音播放给人听，谁都会误以为是专业合唱团的演唱。这一不谋而合的神奇效果说明，参加追思会的都是自幼受过声乐训练的人，而且都是随父母去教堂唱诗接受的音乐启蒙。

西方音乐的多声部合唱起源于古代教堂唱诗班，唱赞美诗是教徒们重要的宗教活动，各国各地的教堂以拥有歌唱水准高超的唱诗班为荣。

教堂大厅向穹顶飞拢的弧形线条，意在引导教徒的灵魂升入天堂。数不清的尖券聚成的大堂犹如一座大音箱，设在祭坛高处的管风琴轰鸣奏响，颇能震慑人的心魂。唱诗班在这样的环境合唱赞美诗，有着极强的艺术感染力。有时不用管风琴伴奏，只有男童们无伴奏合唱，愈发显得音质清脆，音色纯美，被誉为“来自天堂的声音”。

殊不知，中世纪的教堂唱诗班那“来自天堂的声音”，却是来自地狱般的野蛮酷刑，它和东方封建宫廷的太监制度不谋而合，异曲同工，同样对天真可爱的男孩子痛下阉割之术！

3 / 阉伶之殇

小德张为何能够拥有一副高昂嘹亮的好嗓音？探究个中隐秘的原因，我们不由得想到了西方教堂的唱诗班和意大利的“阉伶”（Castrato）。

阉伶，也就是曾经名噪一时的阉人歌唱家。欧洲民间还有个俗称——“鸡鸣人”，意为其嗓音犹如雄鸡打鸣一样高昂嘹亮。

我们在查询西方音乐史资料时十分惊骇，隔行如隔山，不查不知道，一查吓一跳，人们公认的高雅音乐，婉转华丽高入云霄的“美声唱法”，竟然传承于欧洲中世纪的阉伶歌手！更加令人难以置信的是，阉伶歌手竟然来自以仁慈博爱著称的天主教堂！

欧洲各国各地的教堂以拥有歌唱水准高超的唱诗班为荣，各座有名气的大教堂都聘请通晓音律的神父专门负责训练唱诗班。然而，每个唱诗班都会遇到一个无法克服的难题——中世纪教堂唱诗班不许女孩参加，一律由男童唱高音声部。这么一来，那道无解的难题就不可避免了！各地教堂无一例外，好容易训练出来一班多声部和谐完美的唱诗团队却屡遭半途而废，原因是男童长到变声期嗓子就变粗变低，再也冒充不了女高音了。教堂里也曾尝试过以唱“假声”的男歌手代替，但“假声”发音特殊，很难天衣无缝地自然融入多声部合唱队，怎么办呢？

别的地方的教堂还能凑合，罗马教廷所在地——梵蒂冈西斯廷大教堂可不能将就。教皇大人在赞美上帝，向上帝表忠心方面不能有丝毫瑕疵，梵蒂冈必须拥有世上最完美的唱诗班！

不知哪个丧失人性的神父想到了一个极其残忍的主意，如今已无从查考是哪一任教皇批准了这一恶行，他们朝着教徒中穷人家的男孩子下手了！神父们以忠于上帝为由，诱逼信徒家长同意，或干脆从孤儿中挑选，趁那些嗓音优美嘹亮的男童尚未进入青春期，给其做阉割手术。果然经过严格的声乐训练，唱诗班的高音声部达到了至纯至美至柔、高耸入云的最佳效果。来自各国各地的主教们、信徒们纷纷到梵蒂冈朝圣，他们赞叹唱诗班合唱的赞美诗不仅是“来自天堂的声音”，而且是“最接近上帝的声音”了！在禁锢人性的中世纪，无人敢于诘问：仁慈的上帝能够接受这血淋淋的歌功颂德吗？

意大利人热爱唱歌，天主教在意大利又非常盛行，教皇带起的此风一开，各地教堂接踵效仿，阉童的需求量增大。这下子，穷人家的男孩子可遭了殃啦！阉割男童成了一种可怕的社会恶疾，很多无辜孩子被残忍的手术夺去了稚嫩的生命。

即使能够选入教堂唱诗班，日后也只有极少数人侥幸成为歌唱家。嗓音天赋极好的出类拔萃者，成年以后具有超高女高音的音域，有的人甚至酷肖甜美圆润的女低音。比起女演员来，他们有男性的胸腔共鸣和大肺活量，所以能达到男女歌手都无法企及的歌唱水准。

4/ 阉伶——美声唱法的先驱

17世纪初叶，阉伶风靡了整个欧洲，独霸歌剧舞台和各式各样的演唱会250年之久。当时在意大利，每年有多达几千名的男童受到阉割，他们的寿命大多不长（这令人想起了至今仍存在的泰国“人妖”）。他们忍受生理上的痛苦，过着畸形的生活，其中一些人还产生了畸形心理、变态人格。从某种程度上说，是阉伶推动了西洋歌剧的发展，甚至直到如今，意大利人仍然把“歌唱演员”看作是“阉伶”的同义词。

卡尔洛·斯卡尔齐（Carlo Scalzi）

阉伶的嗓音为何比正常的男女歌唱家都要美妙高超呢？

西方声乐理论阐释，人类成熟的声带由软骨组织和膜片两部分组成，柔软的膜片是发声的关键部位，膜片越短越薄，歌唱时能达到的音调越高。青春期以前的男女声带的长度几乎相等，女孩儿到了青春期声带变化不大，而男孩声带的长度却有明显增长，其声音就变粗变低了。被阉割的男童的声带因缺乏雄激素而停止了发育，成年后的声带不仅比正常男人要短，甚至比成年女人还要短而薄，因而具有比女歌手更加甜美的嗓音。而且，他们的声道会变窄，因而拥有很宽的音域，再加上比女人有大的肺活量及胸腔体积，本身就像一台音箱。上述种种因素，再加以严格的专业训练，使他们拥有了正常男女歌手都无法发出的非凡歌喉。

因此，自欧洲歌剧兴起之初，一些优秀的阉伶就走出教堂唱诗班登上了歌剧舞台，几乎所有的歌剧演出都由阉伶担任主要角色。作曲家专门为其创作了高难度的咏叹调，音乐教育家和乐团指挥家们又针对他们的特殊音质进行了更为专业的发声训练，形成了系统的“美声唱法”。由此，欧洲出现了以“正歌剧”为代表的“美声歌唱的辉煌时代”。可以说，阉伶是声乐发展史上美声唱法的先驱。

享誉全欧的意大利歌唱家菲利并未接受阉割术，而是因为幼年遭遇了意外事故。他的声音具有极强的表现力，擅长演唱咏叹调华彩乐段，颤音明快多彩，而且气息惊人，拥有超出常人的肺活量，可以连唱好几段长乐句而不用换气。他的音准极其出色，据说能够不用乐器伴奏，一口气唱出上下往复的颤音，然后准确地落在起音。

素有“歌王”美誉的塞涅西诺音色较女中音偏低，清澈有力，圆润甜美，颤音出色音准上佳，演唱风格单纯细腻。

还有一位歌唱家卡法雷利擅长慢板和悲剧性歌曲，演唱华丽风格的歌曲也同样出色，尤其半音节华彩乐句的技巧无与伦比。但他缺乏高尚的人格，经常惹是生非制造丑闻。尽管他劣迹斑斑，只因他唱得太好了，观众还是一次又一次地原谅了他。

关于另一位伟大的歌手法里内利有一段佳话，说他17岁时演唱一首用小号伴奏的咏叹调，人声与号声此起彼伏、一争高低。众所周知，小号的音量是很大的，吹起来节奏也很快。当小号手精疲力竭后，他仍能从容不迫地演唱带颤音的快速华彩乐段。小号手为

从左至右依次为多明戈、卡雷拉斯、帕瓦罗蒂

之折服，人的肉嗓儿胜过了金属的声音。

那个时代杰出的“阉伶”还有很多，标志着以阉人歌唱家为主角的正歌剧美声唱法之高峰。

阉伶消逝了，美声唱法却传承下来，后来由男演员和女演员各自担任自己的性别角色。相比之下，他们学习美声唱法要困难得多，音乐学院在挑选学生时也更加注重其天赋条件。

20世纪享誉世界的“三大男高音”帕瓦罗蒂、多明戈、卡雷拉斯都是“纯爷们”，他们也能发出“最接近上帝的声音”，那就更加伟大非凡了。

5／最后的阉伶

欧洲最后一位阉伶
亚历山德罗·莫雷斯奇
（Alessandro Moreschi）

1870年，意大利政府终于公布阉割行为违法，才制止了那种残忍的不人道现象。

无独有偶。意大利立法遏制住阉伶之风的6年之后，小德张在东方文明古国出生了。当他12岁“自宫”时，欧洲最后一代阉伶还在担任歌剧舞台的主角。他16岁时入南府戏班学戏，到了1908年他为慈禧太后和达赖喇嘛演出《南北和》，意大利禁止阉童的法律已经颁布38年了！

可惜本书属于非虚构文本，只能在尊重史实的前提下略做文学描绘。如果像写“穿越剧”那样天马行空，我们就能邀请一位意大利阉伶来大清朝走一遭了。请谁呢？还是请那位嗓音战胜小号的法里内利来华吧！欧洲观众对他崇拜得五体投地，疯狂地高呼：“你就是神啊，法里内利！”“天上有一个上帝，地上有一个法里内利！”他不仅在歌唱艺术上无人企及，还具有高尚的人格和谦虚的品性。太后“老佛爷”规矩大，他来了不会惹是生非。

看到这里研究音乐史的朋友会摆手：打住！穿帮啦！法里内利的时代觐见的应该是乾隆爷，而不是140多年以后的慈禧太后！哈，您就别较真儿啦，既然是“穿越”，那就时空交错呗！他们意大利人爱串门儿，利马窦是第一个来华的传教士，还有马可·波罗、郎世宁呢！只要不悖大的逻辑就行啦！

法里内利在西班牙宫廷供职22年，小德张在清宫供职22年，简直是惊人的巧合！别看法里内利熟悉西班牙宫廷，他若是来看了紫禁城、颐和园，一定会大吃一惊！

“老佛爷”看到来了个洋太监很高兴，自打“庚子之乱”八国联军侵犯北京，她知道了洋枪洋炮的厉害，见的洋人也多了。听说这个远来的“谙达”会唱洋戏便传旨：会唱戏好，那就去南府戏班当差吧！

法里内利登台一唱，把“老佛爷”吓了一跳，笑得合不拢嘴儿：哟，一句也听不懂，唱的这是什么行当？比老旦的调门儿还高，比青衣的小嗓儿还柔，比黑头的嗓门儿还大……听那音儿怎么跟从后脑勺上发出来似的？得，唱得不错，赏银500两，陪他到处遛遛去吧！

他若在两面宫墙夹着的长胡同这么一唱，那胡同能像传声筒一般给他的声音来个大满贯，传得老远老远……

他若在天坛回音壁跟前这么一唱，他一准儿百思不得其解：怎么会有若干个自己在唱歌呢？欧洲观众要是能听到回荡着这么多“最接近上帝的声音”，那还不得高兴坏了……

他若在德和园戏楼的舞台上这么一唱，发现自己的声音被无限放大，舞台上方的藻井设计了天然的音响效果，他会喜出望外……

然而，当他来到南府戏班一看却高兴不起来了，东方也有这么多的阉伶！可怜的孩子们被人用鞭子抽着，用棍子打着翻筋斗、练功夫……同病相怜，惺惺相惜，同是天涯沦落人啊……

他伤心地走了……

迟至清王朝灭亡前夕，小德张还在为挑选和训练东方“阉伶”大卖力气。他亲口讲述了“末代阉伶”的命运：“升了（御膳房）掌案的，‘老祖宗’仍然让我兼管南府戏班。我手下有几十个徒弟，

《法里内利和朋友们》(*The Singer Farinelli and Friends*)
[意]雅各布·阿米格尼(Jacopo Amigoni)

都是亲自过目挑上来的。个个长得都很俊，也挺机灵，年纪大致在十二三岁，专门排练京戏，按科班传(教)戏……”

过不了几年，随着宣统皇帝宣布逊位，宫廷裁撤大批太监，那些未成年“阉伶”的下场将会怎样的悲惨！

相比欧洲，中国封建王朝的太监制度的历史更长，结束更晚，小德张和他那群少年“徒弟”的经历算是最后的尾声……

第七章
蝴蝶与玫瑰圆舞曲

容龄为慈禧太后演出《如意舞》

1／蝴蝶与玫瑰

1903年之春，对于清宫来说真是个不寻常的春天。

忽然间，从遥远的大洋彼岸——花都巴黎飞来了两只蝴蝶，飞过了禁锢的宫墙，落在了颐和园昆明湖畔的玫瑰花丛。

玫瑰花，只是这座皇家园林的点缀，慈禧太后喜欢的是牡丹花，宫里培育了许多名贵的牡丹品种。玫瑰、月季同属蔷薇科，本是野草闲花，因花期长、生命力顽强，中国月季远走欧洲，经优化改造演变成花色品种众多的玫瑰。月季虽然开枝散叶走向世界，在中华故土却始终抵不过被封为国色天香的牡丹。翩翩而落的两只蝴蝶只是奉命在宫里逗留，这里不是她们的久留之地，因此她们也不想高攀牡丹，只喜欢带刺的玫瑰花丛。

她们是清廷驻法国公使裕庚的女儿，姐姐德龄时年17岁，妹妹容龄年仅14岁。其母裕夫人是中美混血儿，她俩也就是老百姓俗称的“三毛子”了。裕庚夫妇育有三子二女，容龄排行第五，出生于天津，自幼即随父母旅居日本、法国。这家人的显赫地位和东西方多重文化背景，在欧美很是引人注目。英国《名流》杂志于1901年7月10日载文介绍这母女三人，说裕庚夫人有一半中国血统一半美国血统，却是一位地地道道的巴黎夫人。她的两个女儿都是十分迷人的姑娘，可爱又活泼，是巴黎上流社会最时髦的小姐。

经庆亲王奕劻的长子载振贝勒向慈禧太后举荐，太后召裕公使回国，裕氏举家回到了北京。

一双美丽的蝴蝶飞落后宫禁地，一石激起千层浪。

GOSSIP OF THE HOUR.

Lady Yu, the wife of the Chinese Minister at Paris, although she is half Chinese and half American, is the most Parisian of Parisiennes. Before her marriage she was a Miss Pearson of Shanghai. Yu Keng himself has the reputation of being a thoroughly good fellow and clever as he can be. He was War Minister during the fight between China and Japan, and was sent to Tokio to establish relations after the war was over. When he returned to Pekin he became a member of the Tsung-li-Yamen, and came to Paris after Tsching-Tschang, the last Minister, had not proved altogether a success.

Lady Yu and her two daughters are in quite the smartest set in Paris, and go everywhere. Lizzie and Nellie Yu are two charming girls, pretty and vivacious. As even in China they have always lived in European style they have had no need to change their manners or habits in Paris. Yu Keng and Lady Yu have two sons, John Shuinling and Charles Hsingling, the change in what we should call their surname being accounted for by the fact that the sons of all the Manchu families in China invariably alter their names when they come of age.

The taste for European customs in the Yu family has not been without attendant disadvantages, not to say dangers. It needed all Yu Keng's diplomacy to obtain permission from the Dowager to adopt European customs in his household at a time when a European and "a foreign devil" were popularly regarded as synonymous. Even now Yu Keng is often alluded to as the "foreign devil" by the mob in his own country. It is quite possible that if the Yu family were to find themselves in a crowd of mafficking Chinamen the consequences might be unpleasant. But among the more enlightened of his countrymen Yu Keng's patriotism is above suspicion.

The immediate connection between Harrow and hops is not obvious, but it is a fact that the heads of nearly all the big breweries were educated at the school on the hill. Lord Burton is an old Harrovian, as was also another member of the firm of Bass, the late Mr. John Gretton. The firm of Ind Coope derives a flavour of Harrow from the well-known old Harrovian, the late Mr. Octavius E. Coope. Macaulay's schoolboy knows how Dr. Johnson sold to Barclay and Perkins "not a parcel of boilers and vats, but the potentiality of growing rich beyond the dreams of avarice."

One of the present directors of Thrale's old brewery is Mr. T. G. Barclay, an old Harrow boy. Barclay and Perkins may claim to be the only brewery which, thanks to Dr. Johnson and Mrs. Thrale, has still an aroma of literature. The Buxtons, who for so long were associated with the firm of Truman, Hanbury and Co., are a family of Harrovians.

Lady Algernon Gordon-Lennox, who acted as honorary secretary of the Lifeboat Fête at Stafford House, whose portrait I have already published, is one of a family of beautiful women. She is the sister of Lady Warwick and half-sister of the Duchess of Sutherland, Lady Westmorland, Lord Rosslyn, and Lady Angela Forbes, who is the least handsome of the family, but shares with the others the smartness and "vim" which is not the least of their charms. All the family also are addicted to the doing of good works, and spend in charitable organisation as much time as they spend in pleasure, for Lady Rosslyn's daughters are one and all *tout ce qu'il y a de plus fin de globe* and belong to the smartest set. Lady Algernon Lennox is very tall and slight and looks so young that it is difficult to believe she is the mother of quite a big girl. Her house in Chesterfield Street is one of the prettiest in Mayfair. Lord Algernon is in the Life Guards.

Among notable men of science in this country Sir Joseph Dalton Hooker, C.B., G.C.S.I., who on June 30 entered on his eighty-fifth year, may justly be regarded as the *doyen*. Away back in the fourth decade of last century Sir Joseph Hooker was serving as surgeon and naturalist in Sir James Ross's Antarctic Expedition, and in the years 1847-77 he visited as a naturalist various regions of America and Asia. Sir Joseph Hooker's connection with Kew Gardens embraces a period of thirty years, from 1855 till 1885, and the venerable scholar, who includes the collection of Wedgwood ware and portraits of eminent men among his recreations, has given to the world a number of volumes embodying the results of his observations and researches. Educated at Glasgow High School and University it was befitting that his *alma mater* should, on the occasion of the jubilee celebrations the other week, honour her distinguished son, who has held both the office of President of the Royal Society and President of the British Association for the advancement of science.

The Marchioness of Lansdowne, whose portrait appears on the opposite page, is the wife of one prominent member of the present Government and the sister of another. Her husband is, of course, the Foreign Secretary, while Lord George Hamilton, the Secretary of State for India, is her brother. Both of her sons are soldiers and have served in South Africa. Lord Kerry, the elder son, is in the Irish Guards and was for some time A.D.C. to Lord Roberts; his brother, Lord Charles Fitzmaurice, is in the 1st Dragoons. Lady Lansdowne has two daughters; the eldest, Lady Evelyn, married in 1892 Mr. Victor Cavendish, who is heir-presumptive to the Duke of Devonshire, while her sister, Lady Beatrice, married four years ago the youthful Marquis of Waterford.

LADY YU KENG
Wife of the Chinese Minister at Paris

MISS NELLIE YU KENG
One of the daughters of Yu Keng and Lady Yu

MISS NELLIE YU KENG
In the fancy costume of a Japanese dancing girl

MISS LIZZIE YU KENG
Another of the daughters of Yu Keng and Lady Yu

英国《名流》杂志1901年7月10日文章节选

中国驻巴黎公使裕庚的夫人路易莎·皮尔森

裕德龄

裕容龄

这两个放肆的“西方女孩”顽皮地用石子斜着掷向昆明湖水面，砍出一串串飞溅的水花儿，荡起一圈儿又一圈儿的涟漪。那斜掷的石子也砍向了深宫女人们的心潭，打出一串串飞溅的水花儿，荡起一圈儿又一圈儿的涟漪……她们难以入睡了，心境难平地寻思着：却原来……女人也可以像她们这样活着……

她俩烫着满头卷发，穿着听说是巴黎当时最时髦的长裙，露着胳膊和脊梁背儿……长裙后摆拖起一条大尾巴，听说是为了显得屁股翘。“老祖宗”不但没斥责，还夸她们娘儿仨是“三个拖着长尾巴的仙女”……我们穿着“花盆底儿”鞋只能稳稳当当慢慢走，可她俩穿着叫什么高跟鞋走路飞快，踩得大殿里地面嘎嘎响……

自从她俩从天而降，让深宫女人心潮难平的新鲜事儿还多着呢……

唉，就咱们那位万岁爷，见了谁都绷着个脸，可是只要见了她俩就露出笑模样儿。听说她们去爬万寿山，山上大殿里有一架西洋钢琴，也不知道万岁爷什么时候学会的弹钢琴，当时德龄那丫头一央求，万岁爷就坐到钢琴跟前弹起来了，弹的还是一首外国曲子！那两个疯丫头就随着曲子跳起了西洋舞！那天跟上去的太监不多，没人敢说出去。但是太后的耳目那么多，能没得着信儿吗……可是，过去好几天了，风平浪静的，什么事儿都没发生……

2／『老祖宗』这是怎么啦？

让深宫女人们更加惊愕的是慈禧太后脾气的变化，一向待臣下严苛的她老人家对这俩野丫头却不立规矩。

“老祖宗”这是怎么啦？有一天竟然也向她俩打听在外国和男人跳舞的事儿：“你们真的和男人一同跳舞吗？”

她俩就厚着脸皮比画如何和男人拉着手，男人如何挽着她们的腰……“老祖宗”不仅没申斥，竟还笑道：“我很想看看这种跳舞，你们能不能表演一下？”

她俩的兴头儿更大啦，奏请“老祖宗”同意，叫人从“老祖宗”房里搬来一台名叫“格拉风”的手摇唱机，还从曲谱里找到一种名叫华尔兹的曲子，曲子一响，姐妹俩就搂着跳起舞来了。周围许多人都好奇地观看，她俩疯了似的旋转着，转了一圈儿又一圈儿……

你们猜“老祖宗”看完怎么说？她老人家笑着说：“我就不能这样，你们一圈圈地转着难道不觉得头晕吗？腿脚一定也很累了吧？很好看，几百年前中国美女就会跳舞。”

幸亏“老祖宗”又补充了几句：“如果一个男人和一个女人这样一起跳总不大好看。男人的手围着女人的腰，那太难看了。我喜欢看女孩子和女孩子一起跳，中国女孩子是不许和男人接近的，外国似乎不大讲究这些，这就显得外国人比中国人大方。”

得，只这么轻描淡写地就完事儿啦！换作了别人，“老祖宗”能这么好脾气儿？她们不就仰仗着能说外国话，“老祖宗”有意和洋人相处好了，还有心在洋人面前显摆我们中国女人也会说洋话么！

德龄（左）、容龄（右）在法国巴黎

其实，裕庚夫人对两个女儿管教很严，他们回国以后，举荐人载振贝勒又派专人教会他们宫中礼节仪规，两姊妹的举止言谈是不会出格的。不知为何，她们来宫里好久了，太后还叫她们穿着巴黎时装在宫里跑来跑去。许多守旧官员听说了，便认为伤风败俗，竟为这事儿一道道奏折呈递太后。也不知太后拧的哪股劲儿，愈发跟白胡子“爱卿”们执拗上了。

其实，无论是深宫怨妇，还是那些顽固老臣，都没能看透慈禧太后的心机。她这样做是出于“软性外交”之政治考量，是摆出开明的姿态做给西方国家看的。

不管怎么说，清宫里的玫瑰花丛飞来了两只美丽的蝴蝶，这道前所未有的亮丽风景，给清冷的深宫吹进了一丝早春的暖意……

3 / 现代舞之母邓肯的亲传弟子

早在20世纪初，中西文化艺术交流史上出现了一个奇迹——著名现代舞大师伊莎多拉·邓肯的舞蹈艺术，流传到千年禁锢的中国皇宫，堂而皇之登台演出了。邓肯开创的现代舞流派被认为离经叛道，以顽固保守著称的慈禧太后却笑眯眯地观看邓肯亲传弟子裕容龄优美的舞姿。

真实的文化艺术史在很多时候超出了人们的想象力，若不是有众多史料的佐证，我们很难把顶级"叛逆"舞蹈家邓肯和封建专政代表人物慈禧太后联系起来。艺术就是这么奇妙，一个14岁的小姑娘容龄，就把西方与东方两个风马牛不相及的名人给联系起来了。

容龄自幼喜爱舞蹈，父亲出任驻日本公使时，年仅7岁的容龄随家人在日本生活，她学会了日本舞蹈《扇舞》《鹤龟舞》，爱上了

舞蹈。起初母亲并不支持她学习舞蹈，认为她整天蹦蹦跳跳的有失清朝格格的身份。

1899年，裕庚调任驻法国公使，携家人迁往巴黎。裕庚夫人的母亲是美国人，她受到巴黎开放风气的影响，支持两个女儿去学习舞蹈。

裕庚夫人同意德龄、容龄去学习舞蹈有两方面的原因：一是受到巴黎开放风气的影响。巴黎上流社会经常举办舞会，作为中国公使的千金，去参加舞会是一种很好的外交方式。母亲让两个女儿去学习舞蹈也是为了让她们的气质更优雅，那是西方贵族小姐的必修课。另一个更为重要的原因是母亲非常崇拜美国舞蹈家伊莎多拉·邓肯。那段时间邓肯正在巴黎授课，母亲为女儿们报名，投师学习舞蹈。

姐妹俩跟随邓肯学习舞蹈长达三年之久，开始班里有4个学生，后来另两个女孩不来了。虽然每个学生每堂课只收5美元，邓肯还是继续培育裕家姐妹。她在忙碌地准备自己的舞蹈晚会，但每到该上课的时候从不失约，等于给两姊妹开了一个个别教授的班。为了让她们理解舞蹈动作，邓肯老师还常常带她们去卢浮宫讲解那些艺术大师的雕塑，启发她们揣摩人体动作的美感。

训练是非常艰苦的，邓肯是一位严厉的教师，同一个动作总是要求她们反反复复练习。她们累得几乎要倒下，还得一遍一遍地练习，直到老师满意为止。

小容龄满身大汗，天真地问：“老师，需要多久我们才能像您一样成为一个好的舞蹈家？”

邓肯说：“这要求你们坚持刻苦的学习。在真正开始舞蹈之前，至少要花一年时间练习基本功，先要使身体变得柔软。”

容龄是个心眼实在的孩子，既然老师这么说，自己又这么喜欢舞蹈，她就一扑心地下苦功夫练舞了。

邓肯在授课过程中发现了容龄的舞蹈天赋，有意重点培养她，那段时间正是容龄从9岁到12岁的练舞最佳年龄。她身材高挑、腰肢纤细，脖颈和双腿都很长，不仅生就一副舞蹈家的好身段儿，还独具一种在西方人看来十分神秘的东方神韵。邓肯对这个弟子寄予厚望，教课也就格外精心。

容龄不负邓肯老师期望，几年以后成了一个能在巴黎登台演出的出色的小舞蹈家。

姐妹俩的归宿，本书将在后面叙述。

那时她们还是徜徉于塞纳河畔的幸运姐妹，每个星期有3天去找邓肯老师上课。邓肯的母亲弹钢琴为她们伴奏，邓肯单独为她俩做示范动作，这是多么难得的人生际遇啊！更加幸运的是，那段时间她俩目睹了邓肯为了那场震惊世界舞坛的现代舞首场演出而准备

的排练过程。聪明的小容龄还学会了老师的许多舞蹈片段。

邓肯一边排练一边讲解自己的艺术主张：

> 舞蹈是我的生命，我的灵魂随着音乐飞翔。
>
> 我不愿意模仿别人，总愿意自己创造，一个艺术家必须这样。
>
> 当我跳舞的时候我必须有创造性。

邓肯为了现代舞首场演出准备的节目，既不同于经典的芭蕾舞，也不同于流传于欧洲几百年的宫廷舞，她独创了一种逃离程式化羁绊、贴近生活、洒脱自如的舞蹈语汇，真实自然地，甚至可以即兴发挥式地表达内心情感，张扬现代人渴望自由与个性解放的精神追求。

自伊莎多拉·邓肯启始，创立了“现代舞”舞蹈流派，因此在西方舞蹈史上，她被称为“现代舞之母”。

5／巴黎的舞蹈盛会

容龄和姐姐有幸在艺术圣地巴黎度过了少年时光，更为幸运的是，她俩恰巧亲历了邓肯老师成名前后的关键时刻。

邓肯的现代舞首场演出获得了巨大成功，喜欢标新立异的巴黎观众从未见过在舞台上赤脚跳舞的舞蹈家，而且冲破了传统舞蹈的“规范”程式，自然地甚至随意地舒展肢体。她编创的《蝴蝶舞》，穿着薄纱缝制的舞裙，天使般飞翔的翅膀不断地旋转着，闪出五彩缤纷变幻的光斑，博得观众一阵又一阵的掌声。

容龄站在舞台侧幕后面揣摩老师的每一个动作，看得着了迷。其实，在排练厅时她已经把《蝴蝶舞》的一招一式都学会了。

各大报纸纷纷报道“赤脚舞蹈家”邓肯别开生面的演出，一下子在全欧洲把邓肯捧上了声名的顶端。权威专家们盛赞她的舞蹈“充满了新鲜的创意”“是一场舞蹈革命”，甚至称她本身即是“以身体实践人性解放的独立宣言”。

邓肯

邓肯成了风靡一时的大明星，到处都邀请她去演出。有一次，容龄随父母家人参加美国驻法大使馆举办的化装舞会，在舞会上邓肯应邀扮演埃及艳后克里奥帕特拉，举

手投足都充分显现君临天下的女王气派。

容龄和姐姐为有邓肯这样有名气的老师而感到无比荣耀，老师的光辉像太阳一样照耀着她们。她们想告诉每一个人：我们是邓肯老师的学生！

后来，邓肯忙于去各国巡回演出，去了匈牙利、捷克、俄罗斯、美国……还创办了几座舞蹈学校，无暇再亲自教她们跳舞了。

德龄的兴趣转移到别的领域了，容龄仍旧痴迷地热爱舞蹈，又进入巴黎国立音乐舞蹈学院深造。著名教授萨那夫尼知道了她是邓肯的学生，看了她的表演大为赞赏，同意教授她学习芭蕾舞。

“两大名人弟子”的名声，给她带来了在巴黎公开登台演出的机会。

1902年，13岁的容龄登台演出了舞蹈《希腊舞》《玫瑰与蝴蝶》《西班牙舞》《水仙女》等。巴黎观众非常喜爱这个美丽的少女，因为她的舞姿不仅深得邓肯亲传，惟妙惟肖，而且比邓肯还多了一分神秘的东方风韵。报纸评介文章赞誉她为“东方的蝴蝶仙子”，她还在一次慈善选美活动中当选为美少女冠军。

容龄这样一位来自巴黎的蝴蝶仙子翩翩飞落清宫大内，真乃中国艺术史、舞蹈史的一大幸事！天生丽质难自弃，她的艺术才华在自己的祖国也得到了一展芳姿的机会。

6／『老祖宗』让容龄研究舞蹈

有一天，慈禧太后一时高兴问裕庚夫人：“你喜欢音乐吗？”

裕太太说：“回‘老祖宗’的话，奴才对音乐没有研究。奴才的二女儿很喜欢音乐，在外国的时候学过好几年音乐和古典舞。”

她只讲了容龄在法国学过古典舞，没敢说女儿跟邓肯学的是现代舞，个中有怕太后怪罪的顾虑。

太后一听便说：“那好极了，以前明朝有个田贵妃，舞蹈很好，可惜现在失传了。我总想让王府格格们研究舞蹈，但总找不到相当的人。既然容龄会跳舞，就让她在宫里研究吧！”

这是怎么一回事呢？原来，容龄常往南府戏班跑的事，传到了太后耳朵里。以太后对戏班的关心，她一定会把小德张找来询问。小德张便把容龄喜欢音乐舞蹈，进宫以后也喜欢上了京剧之事一五一十回了话。

太后跟裕夫人拉家常聊闲天儿，不过是卖个顺水人情，说过去也就抛在脑后了。小容龄得了尚方宝剑可就来劲啦！只要一有空儿，她就让小德张带她去藏画的库房浏览古画。他们专找古装仕女的舞姿，和一些神话画上飘飞的仙女们。小德张从南府戏班乐队挑选了几个懂得音乐的小太监，帮助容龄研究伴奏的乐曲。从此，南府戏班乐队不仅要为京剧排练伴奏，还要陪着“五姑娘”编练中国古典舞。他们的“研究成果”秘不宣人，但母亲从她得意的神色看出来她收获颇丰。

春光明媚，百花盛开，大家跟随老太后住在颐和园，却总不见太后有带领大家去游园的兴致。由于日俄战争的关系，慈禧担忧日本与沙俄双方谁打赢了都会殃及中国。李莲英看到“老佛爷”整天愁眉不展，想了各种法子引太后开心。听戏吧！听什么戏呀，都是那些老剧目，听腻啦……逛逛园子吧！春天的景致可好呢！园子里各处景致都看过了，看，还不是老样子么……

李莲英没招儿了，来找裕太太商量说：“太后心里很烦，有什么法子可以解解闷儿？”

裕太太表示：“我也看出来‘老祖宗’有心事了，陪着‘老祖宗’去遛遛园子，可能会好一些。”

李莲英摆手摇头：“问过啦，没心气儿！听戏，也听腻啦，有什么新鲜主意吗？”

裕太太暗自纳闷，这个说一不二的李大总管今天怎么找自己讨主意来了……她正在寻思，只听李莲英笑道：“听说五姑娘会跳舞，让她跳给‘老佛爷’看看？”

裕太太赶忙应承下来，立马儿去找容龄。

7／『老祖宗』要看容龄跳舞

李莲英找裕太太说让容龄给“老祖宗”跳舞？明白人一听就猜出了这件事的蹊跷，就凭他那颗顽固守旧的脑袋，会想出这样的主意？他肯定先问了机灵鬼儿小德张，小德张正被五姑娘迷得什么似的，献殷勤还忙不迭呢，一张三寸不烂之舌向大总管汇报了“老佛爷”如何让容龄研究舞蹈，自己如何带着戏班乐队陪五姑娘排练，五姑娘跳的那舞如何新鲜好看……李莲英这才找裕太太商议，他知道“老佛爷”喜欢容龄。

裕太太找到小女儿问：“你对中国古代舞研究得怎样了？”

容龄说：“我倒是练了好几个了，一个荷花仙子舞，一个扇子舞，一个如意舞，还有几个也都已经练熟了。外国的跳舞服装，我从法国带回来几件，可是没有乐队。”

裕太太带着容龄找李莲英回话，正巧小德张也在。李莲英说：“外国音乐不成问题，袁世凯有西洋乐队，可以把他们从天津叫来。”

小德张不失时机地说：“每次演戏，戏班都报戏目单子请‘老佛爷’点戏，五姑娘会跳什么舞，也报个单子请‘老佛爷’挑选吧！五姑娘说，我来写！”

他知道容龄中文底子差，自告奋勇帮她写好了节目单，交给李莲英。

李莲英禀报了太后，太后传旨叫袁世凯的乐队进京承差。

太后看了节目单，李莲英没想到太后点了两个外国舞蹈——西班牙舞、希腊古典舞，只点了一支中国的如意舞。

裕容龄

太后又吩咐给容龄做两套跳舞服装，李莲英要亲自张罗，小德张也揽了去：“这些活儿还用大总管费心吗？”

演出时间定于农历五月初四，因为端午节前一天各王府的福晋、格格们都要进宫拜见太后，太后请她们一同看舞蹈。

艺术的奇迹出现了！东方的高墙深宫里打起了西班牙急如骤雨般的响板……

乐寿堂的院子里铺上了一张大红地毯，一边是袁世凯派来的西乐队，一边是南府戏班太监们组成的中乐队。第一支曲子为西班牙舞伴奏，当然是西乐队派上了用场。

各王府的福晋、格格们都来了，恭候“老祖宗”驾临，大家才敢落座。

光绪皇帝也兴致勃勃地来捧场了。

乐寿堂殿外回廊一角临时挂上了布帷子，权当后台兼更衣室。容龄换好了跳第一支舞的服装，俨然变成了一位热情似火的西班牙女郎。她从帷幔后面一出来，把在外面伺候的小德张看呆了……

8／清宫大内传来西班牙舞响板声

西班牙舞曲响起，节奏一出就让清宫女眷们心里怦怦乱跳，她们从来没听过这种“不安分”的曲调。

袁世凯西乐队的乐手们演奏十分卖力，这种节奏急促的西班牙舞曲只有他们才能驾驭，他们一边演奏一边神气地乜斜着南府戏班的中乐队。太监乐手们听到这种陌生舞曲个个目瞪口呆，暗暗攒着劲儿等待轮到他们时再好好亮亮身手。

小德张跑前跑后不够他忙活的，李莲英却在慈禧太后身后一站，气定神闲跟个“副国王”似的。

序曲响过，容龄登场了。

她这一亮相，把在场观众看了个瞠目结舌。她烫成满头卷发，两鬓戴着两朵大红花，本来就很俊秀的脸儿化了浓妆，勾出眼线弯眉、涂上红唇，更加美艳照人、明丽妩媚。她纤细的腰肢裹一条长长的缀着飞边儿的黄缎裙子，裙子下摆宽得能够撩到头顶！她披一条红色的带穗子的披肩，一会儿斜披在秀肩上，一会儿抖起来狂扇，那叫一个撩拨人！随着她双臂的起落挥舞，腰肢的剧烈扭摆，红花、黄裙、红披肩闪转腾挪，飘飞交错，恰似一团熊熊燃烧的火！更为奇特的是，她足下蹬的鞋子后跟足有三寸高，却能大跨度地跳跃，即使隔着红毯也能在地面上发出马蹄般踢踢踏踏激越的脆响。

还有绝妙的一招呢！她一边双手各拿一副桃形响板，一边打出节拍为自己的舞步伴奏。西乐队适时地停顿静音，让观众细听她打的响板，忽而惊涛拍岸，忽而天筛摇珠，像风、像雨、又像流沙，

西班牙舞

真真为舞蹈增辉添色！

幽居在大内或王府高墙深院里的女人们哪里见过这等奔放妖冶的舞蹈？一个个耳热心跳、面孔红涨、额头冒汗，却又矜持地不露声色。一曲终了，西班牙热舞戛然而止。偌大个“露天剧场”上百口子观众鸦雀无声，人们竟像被孙悟空吹了瞌睡药似的，一时难以从梦境中清醒过来。

容龄以西方演员谢幕的姿势向观众鞠躬。人们都窥视慈禧太后的脸色，不知该做何反应才是。

有一个人按捺不住拍起了巴掌——光绪皇帝，他从来都是随在“老祖宗”后面才表态的，此时却情不自禁自作主张了。

老祖宗也头一次不和万岁爷拗劲，喜笑颜开地一拍宝座喝彩：“好！”

观众席上的人们齐刷刷地喝彩起来：“好！好！好！”

只有光绪皇帝、裕太太、德龄鼓掌，他们这是从了洋人的礼数，大清朝那会儿还没兴鼓掌呢！听了“老祖宗”的称赞，裕太太的胖脸儿笑开了花。

袁世凯西乐队

蝴蝶舞

如意舞

霸王别姬

扇子舞

菩萨舞

希腊舞

容龄去换服装的工夫，袁世凯乐队又为大家演奏了他们在接待外国贵宾时常演的曲子《威廉皇帝练兵曲》，给大家助兴。可惜，当代人没法儿看见那场面，也听不见那首曲子，若是看了、听了，非笑喷了不可。那支乐队的乐手们一律身着宫廷太监们的礼服，头上顶戴花翎，却又洋鼓洋号异腔异调。我们听上去，《威廉皇帝练兵曲》的曲子就是中国人民解放军的《三大纪律八项注意》！原来，延安时代的音乐家为那支德国曲子填了新词儿“革命军人个个要牢记……”，敢情是移花接木，旧瓶装新酒！

9／美丽的中国古装仙女

小德张跑来了，示意西乐队停止演奏，又朝太监乐队一挥手。

南府戏班乐队的小乐手们早就憋足了劲头，一曲笛子前奏，即刻把人们引向悠远静穆的佛国净土，古筝、琵琶、芦笙、胡琴、京胡、板胡、编钟、木鱼、大鼓小鼓、锣钹飞镲……接踵响起，营造了祥云缭绕的西王母瑶池福地……

一曲舒缓深情的箫声，引出了一位美丽的古装仙女，容龄编创的《如意舞》登场了。只见她高髻广袖，彩带飘飞，跑圆场走台步不露鞋履，犹如一阵清风掠过水面……熟悉京剧旦角台步的观众先就给了一个迎头喝彩。容龄在国外虽然没学过京剧旦角台步，但经南府戏班师傅一点拨，很快就能走出“水上飘”了。慈禧是内行，看了频频点首。大家都看出来“老祖宗”的态度，场上气氛欢快起来。

容龄手持一柄纸糊的大如意，以假乱真，做工甭提多精巧了。这当然是南府戏班美工的杰作，小德张亲自督办的。“如意”是古代传下来的一种礼器，由美玉雕刻而成，象征吉祥如意。真如意分量太重，耍不动，一不小心把美玉摔碎了就坏事了。容龄舞动这柄纸糊的如意得心应手，她一忽儿托着它绕场打起了旋子，一忽儿肢体做出各种好似如意的弯弯曲线，博得观众一声声惊叹。最妙的是她还把它作为一支琵琶，模仿古画上的仙姬做出各种弹琵琶的舞姿。乐曲忽告停顿，她把如意置于背后来了一个“反弹琵琶”之经典舞姿，不知何时南府戏班的乐手们每人都换上了琵琶，合奏忽起，大珠小珠落玉盘，又博得全场一片喝彩。

《如意舞》终了，容龄轻移莲步至慈禧太后面前双膝跪下，双手高举如意献上。

李莲英替太后把如意接过来，刚要递给小太监，不料“老祖宗”笑着伸出双手接过了如意，以前她从来不亲手接过别人呈献的礼品。

她没料到如意的分量这么轻，双手一接用力过大险些搂到自己怀里，逗得宫眷和女客们开心欢笑，她自己掂了掂纸如意也扑哧一声笑了。

第三支舞《希腊舞》就要开始了，容龄在帷幔里换服装时心里很激动。她没想到会有机会在清宫大内表演这个得到邓肯老师真传的舞蹈……

可惜那年头儿宫里还没有录音机、摄像机，未能把容龄的美妙演出留下影像资料。不知勋龄是否在现场拍照，如果拍了照片后来又流落何方，笔者一时也难以查找。

莫非那位美丽的蝴蝶仙子随着岁月沧桑，真的就隐没在历史的尘埃中，让后人难以想象她优美的舞姿了吗？

第八章 青年皇帝咏叹调

1／悲剧英雄

影视剧、通俗戏说、野史稗史中的光绪皇帝，都是个懦弱无能的奶油小生，只知和珍妃谈情说爱，变法失败甘当傀儡，总是苦兮兮地哭丧着脸，让人觉得他的人生毫无意义。

或许正是他的悲剧人生和身后的被忽视，使我们对他产生了浓厚的兴趣。

以“比较文学”的视野做横向对比，哈姆雷特王子的一段著名台词，让他名垂人类文学史、戏剧史：“生存还是毁灭，这是一个值得考虑的问题；默默忍受命运的暴虐的毒箭，或是挺身反抗人世的无涯的苦难，通过斗争把它们扫清，这两种行为，哪一种更高贵？”莎士比亚的经典句式，让人类的心灵震颤了几个世纪。李尔王在荒野上奔走于暴风雨中诘问苍天的大段内心独白，至今被世人尊为戏剧文学的顶峰。其实，他只是个被逐出皇宫的失败者。

西方人的“英雄崇拜”观，既歌颂成功的英雄也推崇失败的英雄。而我们这个看重功利的民族，自古以来却盛行“胜者王侯败者寇”的价值观，尊重“失败英雄”的个案怕是只有西楚霸王项羽一例了。

光绪皇帝支持的戊戌变法失败了，作为封建帝王，他能够率先提出维新改革，应该算作一桩爱国图强的壮举。两次鸦片战争、中日甲午战争的教训使他深受刺激；慈禧太后让他“亲政”，使他误以为实现抱负的时机已到。他想当一个有作为的君王，仿效日本的明治维新，引进西方先进的工业文明和宪政制度。但是，年轻的皇帝亲政不久，缺乏治理国家的政治经验。他恨不得尽快让中国强大起来，犯了操之过急的幼稚病。以慈禧太后为首的保守势力向维新派发动了疯狂的反扑，尤其是袁世凯的背叛告密，而光绪手里没有军队……

戊戌变法的主将康有为、梁启超、谭嗣同诸位“书生改革家”，向皇帝提出了一些超前的过激方案，下达了许多变法的诏书，一揽子就想进行全面改革。变法触犯了八旗贵族集团的核心利益，即使没有袁世凯、荣禄的助纣为虐，保守势力的反扑也势在必行。

颇具讽刺意味的是，“后党”已在磨刀霍霍之际，康梁等“莫谓书生空议论”还在力劝皇帝同意“君主立宪”。争论的焦点只不过是中国该仿效英国王室“虚设执政”模式呢？还是像德国皇帝“实权＋宪政”那样好呢？谭嗣同等六君子“头颅掷处血斑斑”，正是印证了在中国改良之路是走不通的，“君主立宪”也只能是一种空想。归根结底，还是辛亥革命的炮火推动中国走向了共和之路。

变法维新失败了，但是光绪付出了一国之君应有的作为。向世界宣告中国要变法图强，其敏锐，其勇敢，其悲壮，也称得上是“千古一帝”。他的故事若是写入希腊悲剧，也会有李尔王式的大段内心独白，也称得上是悲剧英雄了。

不以成败论英雄，生命的过程才是生命的意义。当我们对那位早夭的悲情皇帝重新评价时，愿意借用当代人爱说的那句话：他努力了，他付出了，这就足够了。

2／挨饿的小皇帝

昔日中国老百姓都知道“旗人礼儿多”，这事就怪了，满族入关之前是个骑马射箭住帐篷的民族，哪有工夫规定那么多繁缛的礼仪呢？

这就说明华夏文化有着多么强大的同化力了。清王朝虽然攻入紫禁城，但他们很快就发现，只有融入汉文化，才能统治这片孔孟之道积淀丰厚、人口众多的江山社稷。或许因为他们唯恐自己学得不到位，愈发矫枉过正，甚至变得比汉族仪轨还要啰嗦了。中晚期朝廷愈发墨守祖制，严重阻滞了王朝的进步与发展。

清朝八旗子弟的腐化堕落、醉生梦死，也是晚清日渐衰落的原因。皇族一代代的近亲婚嫁，造成了人种的退化弱化。从帝王画像上可以看出，王朝上升时期的努尔哈赤、康熙、雍正、乾隆诸位皇帝威武魁伟，阳刚之气十足。后来的皇子皇孙们一代不如一代，脸儿瘦得跟瓜条儿似的，咸丰、同治、光绪都体质欠佳，短命而亡，到了末代皇帝宣统，干脆连男性功能都失去了。

光绪自幼失去母爱，度过了悲惨的一生。他三岁时即被抱进宫中，慈禧不许他的奶妈跟随进宫，让一个有婆子气的太监照顾他。她还听信某太医的蠢话，说不许孩子吃饱，饿得他跑到御膳房去抢抓食物吃。

夜里，小小孩儿没有妈妈或奶母陪伴，他独居深宫非常害怕。尤其是遇到雷雨之夜，他吓得哇哇大哭，从此落下了一生怕雷电的毛病。后来长大了，每逢夜里电闪雷鸣，也得由值更太监们一齐喊叫，帮他壮胆儿。

努尔哈赤　　皇太极　　顺治

康熙　　雍正　　乾隆

更加可怕的是政治风雷在等着他。

“百日维新”变法失败之夜，一道险恶狰狞的宫廷政变闪电袭来，他却蒙在鼓里毫无察觉，当在睡梦中被一阵震撼朝野的万钧雷霆惊起来的时候，已经沦为瀛台囚徒了。

这一囚禁就是两年多，直到“庚子事变”“两宫西巡”，他才得以以慈禧跟班的身份逃出紫禁城，一路上看到破碎的江山，心中好不悲凉。“两宫回銮”之后，他仍然只是个沉默的摆设，跟着慈禧去颐和园。他住在一处面临昆明湖的宫殿，认真读书，学习英语。对呈上来的奏折他明明知道只是在形式上走个程序，只能随着慈禧

嘉庆

道光

咸丰

同治

光绪

宣统

的旨意表示同意与否，或干脆表示没有意见，但是他仔细地从奏折字里行间捕捉外面的信息，他那颗年轻的心还抱有希望愿景。

从“清代纪年表”上看，“光绪年间”持续了34年，前20多年一直由慈禧太后垂帘听政，他“亲政”时间不长，就当了10年“政治犯”，驾崩时不足四旬，正应该是年富力强、大有作为的年纪。

慈禧太后比光绪皇帝年长36岁，光绪一直以为时间是属于他的，一直在等待，一直蓄势待发。然而，命运跟他开了个很大的玩笑，他没有熬得过慈禧的寿命。或者应该说，是慈禧发誓绝不会死在他前面！

慈禧与光绪几乎同归于尽，个中的象征意味，令人唏嘘！这一“巧合”恰恰说明了，改良主义道路在中国是走不通的。积淀了几千年的封建堡垒太顽固了，只有以革命斗争的方式摧毁它才行。

3／事败之夜

小德张寓居天津的漫长岁月，闲来无事，茶余饭后，他时常给儿孙们讲述宫中旧事。有些故事已经说了多少遍了，儿孙们还是很爱听。这一天，他说到了那个惊悚的“变法事败”之夜……

光绪二十四年（1898）六月，皇上在康有为、梁启超、谭嗣同的辅佐下推行新法，即戊戌变法。这一新政遭到保守势力的疯狂抵抗，慈禧太后召见心腹大臣秘密商讨，准备在十月初利用帝、后到天津阅兵之际发动政变，废掉光绪皇帝。光绪皇帝闻讯后万分焦急，手中又没有强大的军队，随时都有被罢黜的危险。

袁世凯大耍“两面派”，表面上表示拥护维新，迷惑了谭嗣同。

袁世凯油画肖像 ［荷兰］胡博·华士绘 首都博物馆收藏

谭嗣同书生气，促成光绪皇帝信任了袁世凯。九月十六日皇上召见袁，他信誓旦旦地保证在天津阅兵时救出皇帝，把老太后软禁在颐和园，不许她再过问朝政。

荣禄

二十日袁世凯赶回天津，下了火车直奔慈禧太后的亲信大臣荣禄府上，把皇上给出卖啦！荣禄一听吓坏了，连夜坐火车进京，事不宜迟，他马不停蹄直奔颐和园。太后已经睡下了，他也不得不以重大军情惊动“老祖宗”起床，把袁世凯透露的情报密呈老佛爷。

下面发生的事情，小德张就是现场目击者了，他生动具体地回忆了当晚的亲身经历：

> 那天夜里，熟睡的太监们都被砸起来了，候旨回宫。所有的人都很奇怪，私下里猜测：老佛爷从来没有起来这么早过，出了什么大事了呢？一会儿的工夫，颐和园里的灯全点着了。
>
> 这时，我也被老祖宗传去，进到寝宫以后，除去李总管、崔二总管在场外，还看见荣禄大人也在场。老祖宗气得脸色煞白地说：“载湉（即光绪），他好大胆子啊！”
>
> 开始时，我还摸不清是怎么一回事，也不敢多问，好一会儿我才弄明白，原来万岁爷要兵变，我吓得倒吸了一口凉气。这时只听老祖宗说：“传旨回宫。”
>
> 我马上传下去，马车备好后，老祖宗坐在马车里，我们骑着马，一路急驰，从颐和园直奔西直门，进城后到了紫禁城。

深夜三点就把皇上砸起来了，老祖宗怒气冲冲地说："你这个没良心的，是我把你养大成了皇上，如今你要我老婆子命。"

她说着捶了皇上两拳，皇上说："我没有那个意思。"

老祖宗下令把康有为、梁启超等人的奏折全部抄出，又命人把皇上囚禁到中南海的瀛台，拉起吊桥，关闭宫门，任何人不得私自出宫……

4 『珍妃卖官案』之谜

有一个现象令人煞费捉摸，那就是小德张与信修明的关系。两个均有文化的年轻“同事”，在宫里肯定共同经历了不少事情。不知为何，他俩的回忆和讲述都很少提及对方。小德张倒是对家里人说起过宫里有个有学问的“剧本提词儿的”，语气并无敌意。信修明对小德张的寥寥数语却不友好，说他哄骗隆裕太后发了大财，似有羡慕嫉妒恨之嫌。

珍妃

我们费力搜寻这两个人的资料，是因为想揭开当时轰动一时的“珍妃卖官案”之谜。关于戊戌变法失败以后珍妃为什么被囚禁，后来又被投入井里淹死，信修明和小德张同为事件的知情人，其说法却南辕北辙、大相径庭。

信修明说：

珍妃卖官一案既出，满城风雨。珍妃很好用钱，又常施惠于群监，近之者无不称道主子大方。钱不足用，即想开源之道。当时外官通过她的胞兄志锜的门路，伙同内廷不守规矩的太监，介绍卖官收钱。御史得之情形便上折参奏，上谕将其胞兄革职，永不叙用，并对珍妃严加管束。后来珍妃之死，实由此因。之后其兄志锜被革职，逃往上海，暗操报馆生涯，极力宣传珍妃之冤枉。世人不知宫内之秘密，也随声附和，多为抱屈。

信修明是慈禧太后的“铁杆粉丝”，这一叙述完全符合“后党”的“宣传口径”。

奇怪的是，同为“后党红人儿”的小德张说起“珍妃案”，却完全是另一个版本：

光绪皇上事败后，想法派出心腹太监聂十八、寇莲才密传旨意，放走了康有为、梁启超。老祖宗派人去抓捕，前后脚的工夫扑了个空。

紧接着，全国大搜捕，谭嗣同等六君子在菜市口被砍头。临刑前，留下了这样悲壮的诗句：“我自横刀向天笑，去留肝胆两昆仑。”

光绪皇上变法时，珍主儿曾参与出谋划策，而变法失败后派出太监聂十八、寇莲才出宫送信的真正主使人是珍主儿。老祖宗查明后，对她恨之入骨，同时也把珍主儿的住处圈了高墙，即北京故宫内，西路北三所，是一座小院，仅有三间房子。对外捏词儿说：“珍妃的娘家人，托光绪皇帝的人情，放出两个巡抚，卖官鬻爵，得贿银四万两……犯了大清国的家法，才圈了高墙的。”老祖宗传下口谕：“太监聂十八立毙杖下，寇莲才发配新疆，永禁不回。”

小德张是慈禧太后信任的人之一，属于“核心机密”圈里人。“事败之夜”、圈禁珍妃，他都是目击者。他的版本的关键词是“捏词儿”。古往今来哪桩冤案不是“捏词儿”捏出来的呢?

1913年小德张出宫时年仅39岁，在天津定居。漫长的寓公闲散生活，向家人忆旧，他会口吐真言说出一些历史公案事实真相的。因此我们更相信光绪与珍妃都是政治斗争的牺牲品，而非贪腐案件罪有应得。

小德张的机敏过人、八面玲珑，还表现在他处理“后党”与“帝党”的关系上，背着慈禧悄悄地讨好光绪，为自己留一条两全之路。

维新变法失败之后，慈禧不许珍妃和光绪见面，把她圈在北三所高墙里，每日送些冷饭凉粥，不久她就病了。她姐姐瑾妃花钱买通了看守珍妃的小太监，偷偷地到北三所去看望妹妹，姐妹俩相对而泣。

不巧，小德张奉慈禧之命去北三所查看，正要进门，只见另一个小太监慌慌张张跑进院子，朝屋里说：“胖主儿，张首领来啦！赶紧走吧！”

他一见这情景，便假装什么也没看见，借故想起别的事躲开了。后来瑾妃见了他脸上便多了一丝笑意，不用说破，不言自明。

光绪生日的前一天，小德张忙了一天，夜里难以入睡，他想：万岁爷才29岁啊，往后的日子长着呢！可是老祖宗已经老了……明天皇后、瑾妃都会去给皇上拜寿。我得想个法子支开皇后，让皇上借过生日的机会能和瑾妃说几句私房话。

转天上午，太后果然命他陪着隆裕皇后和瑾妃到瀛台探视皇上。他便支开监视皇上的太监们说：“皇后娘娘来了，你们到外面伺候着吧！”

光绪和皇后一向不睦，寒暄虚礼过后就冷了场，皇后很尴尬。小德张乘机向她使了个眼神，她觉察到他的示意，心里费了一番猜忖，她也觉得太后和皇上两头儿都不能得罪，说到哪儿皇上也是自己托付终身的夫君……于是她对小德张笑道："听说那边有一处好景致，你陪我遛遛去。"

屋里只剩下光绪和瑾妃了，光绪急忙探听珍妃的近况。瑾妃把珍妃已经被圈在高墙里，并正在生病的消息告诉皇上。光绪也只有叹息垂泪而已，但知道了爱妃还活着比什么都强。

此事他们三人都未声张，把"老祖宗"给瞒哄过去了。从那以后，小德张再到瀛台去送奏折时，皇上见到他不再冷眼相对，脸色变得温和了。他敏感地觉察到个中微妙的含意，但他什么也没说，沉默是金。

从宫里步行到中南海瀛台的路很远，小德张每天得跑一趟。有一天刮大风，他迎着沙尘跑到那里都睁不开眼睛了。光绪见他满身是土，亲自给他掸土，一遍掸一边低声说："你很关照珍主儿，是那天瑾妃告诉我的。她去看珍主儿你是知道的，没和老太后说，帮胖主儿避免了一顿暴打。"

他听了，只敢用眼色表示叩谢皇恩，瀛台内外的耳目太多了。

细节往往是最具雄辩性的证据。"掸土"这一细节太生活化，太有人情味儿了，身为皇帝，能够亲手为太监掸去衣服上的尘土，体现了光绪本性的善良，也说明了他处境的险恶。太监帮了这么一点小忙，他都铭记在心、知恩图报。有时人的肢体语言胜过口头表态，这个细节还说明了他对珍妃的深爱，为了珍妃而改变了对"后党"小德张的成见。

小德张帮助光绪、瑾妃私谈和沙尘暴里送奏折，两次都强调了"什么话也不敢说，周围的耳目太多了"，浓浓地渲染烘托出清宫大内的恐怖气氛，令人不寒而栗。

第九章 三女性协奏曲

光绪皇帝

1/卡尔小姐笔下的光绪

凯瑟琳·卡尔

中国封建时代称皇帝的面容为“龙颜”，古文用语多为“龙颜大怒”或“龙颜甚悦”，至于“龙颜”究竟长相什么样儿，谁也不知道。因为有严苛的礼仪规制，臣下及百姓均不能抬起眼皮瞧皇上，只能垂首伏跪于地，皇上不说“抬起头来”是不能抬头的。所以，对于绝大多数人来说，谁也没见过皇上的模样儿。

慈禧太后在宫中拍了许多照片，却不许给光绪拍照，所以光绪相片留世极少。不过，他被来自西方国家的颇具现代意识的三位女性以不同的文字描绘过容貌和性情，比较一下煞为有趣。

凯瑟琳·卡尔小姐不但敢于以美国女性的大胆目光仔细打量光绪，还以画家特有的洞察力深入描绘了他的容貌形象与内在气质。她在宫中住了11个月，恐怕是唯一能够近距离接触光绪的外国女人了。我们不妨从中文译书《美国女画师的清宫回忆》中抄录几段，以飨读者：

从外表上看，他是一个典型的东方人：身材匀称，姿态优雅，身高大约5.4英尺，头形极佳，眉宇间透露着文气，一双棕色的大眼睛，眼睑有些低垂。与大多数皇族一样，他也是高鼻梁，即所谓的“富贵相”。口阔，唇薄，上唇曲线略显傲气，下唇略微靠前。瘦削的下颌线条分明，比前额略微突出。胡须修剪得非常干净，似有一种苦行僧的味道。

他的皮肤不像其他皇室贵胄那样白皙，但却长发如漆，有着丝绸般的光泽。

他的身体看起来有些虚弱，但内在的力量又似乎很强。

他性情温和，但从那低垂的眼睑之下，却不难发现蕴含其中的精明与智慧。他个性腼腆，不善交际，但这并不是因为缺乏自信或魅力不足。

在我眼里，光绪皇帝是我想象中的理想的东方君主。他的微笑就像斯芬克斯之谜，令人难以捉摸。从他的目光中，可以感觉到一种平静，坦然，同时又包含着一丝冷眼看世界的傲慢。

起初，很难说清楚他的这种状态，是否反映出因为大权旁落而表现出的郁郁寡欢？但从那坚毅自制的表情和敏锐的目光，却可以看出他内心的抱负和力量，以及希望有朝一日大展宏图的愿望。他的脸上传达着这样一种情绪：一种自我压抑的，几乎是消极的精神状态。

他梦想有朝一日再度成为一个伟大的君主吗？第一次改变中国的尝试失败了，现在只能隐忍和等待。然而，再展雄心的机会就一定会到来吗？不可思议的人，真是难以揣测。他仿佛已经完全意识到，当初的改革选择了错误的时间和方式。那双扑朔迷离的眼睛蕴含着足够的耐心，显示出他的改革决心未变，眼下只是在等待机会的到来。

援引这几段译文，我们是想感谢原著作者与译者，让我们了解到光绪的外表与内心。“柯姑娘”不懂中国话，她细腻的描绘几乎全凭着画家的观察能力和敏锐感觉。她是来为慈禧太后画像的，每天围着“老祖宗”转，光绪不会喜欢她。若没有德龄、容龄当翻译，她极少有机会跟皇上作语言交流。她能够如此准确地写活一位受到挫折的青年皇帝，则是来自画家的文化教养与艺术素质。

2／德龄小姐笔下的光绪

裕德龄以一本英文回忆录《清宫二年记》在美国一举成名，跃升为著名华人英文女作家。她一发不可收地又写了许多清宫故事，但她的狗尾续貂之作加入了太多的文学虚构，只能当作小说来读，如果把她的所谓的“见闻”当成史料证据，那可就上当了。

裕德龄

国内史学界关于她多有争论，其中一大非议是她给自己戴上了“公主”头衔。他的父亲裕庚只是个三品官衔的外交官，其家族并非皇室，因此她不可能被称为公主。有人为其开脱，说可能因为西语词汇没有严格的“公主”“郡主”之区分。我们视“德龄公主”为她的笔名。

德龄炫耀自己是光绪的英文教师，往万岁爷那里跑得勤，会不会引起了慈禧的警觉呢？德龄是个工于心计的巴黎时髦女郎，西方列强期待着光绪皇帝东山再起，或许她有着某种为日后打算的隐秘想法……珍妃去世以后，光绪只有一后一妃，皇后驼背弯腰瘦得跟半个人儿似的，瑾妃又胖又笨，宫里没人拿她当一回事儿，皇上见了她俩连理都不理……

我们从德龄的记述中，可以从字里行间看出她对光绪的深情厚意：

光绪皇帝羞涩地和我们握了握手。他身长大约有5英尺7英寸，相当瘦弱，但是有一副坚毅的表情；高鼻大额，光亮乌黑的大眼，宽阔的嘴，洁白整齐的牙齿。总而言之，他可以算是一个美男子。我发现他似乎有着重重的心事，虽然在我们面前他始终装出一副笑容。

我每天早晨碰见光绪皇帝。他常常趁我有空的时候，问我一些英文字。我很惊奇他知道的字这么多。我觉得他非常有趣，两眼奕奕有神。他单独和我们在一起的时候，就完全变成另外一个人了。他会大笑，会开玩笑。但一见到太后，就变得严肃、忧郁，有时候甚至使人觉得他有些呆气。有许多在上朝时见过他的人，曾告诉我他是个迟钝的、话都不大会讲的人。我却知道得更清楚……他，在中国实在是一个聪明又有见识的人，他是一个出色的外交人才，有极丰富的脑力，可惜没有机会让他发挥他的才能。

我曾和皇帝有好几次长谈，并且发现他是个有思想、能忍耐的人。他一生的遭遇是很不幸的，从小就失去了身体的健康……他生来喜欢读书。他是一个天才音乐家，无论何种乐器，一学就会。在朝堂上就有好几架壮丽的钢琴。他对于西洋音乐有极深的嗜好，我教了他几支华尔兹，他能够弹得很合节拍。我觉得他确是一个好伴侣。他也很信任我，常常把他的困难和苦痛告诉我。我们常常谈到西方文明，我很惊异他对每一事物懂得那样透彻。他屡次告诉我他对自己国家的抱负，希望中国幸福。他爱他的百姓，每逢饥荒水旱的时候，他几乎愿意牺牲一切来救助他们。我可以看得出他对这些事情是如何地关切。

德龄是一个好作家，但不是一个好的“口述历史”的讲述人，后者需要对史实绝对忠诚，而她似乎分不清（或者不想分清）“非虚构文本”与虚构的文学作品之间的区别，也许她为了在美国取悦出版商及读者故意混淆两者的区别。

从上述几段她的记叙看，身陷险境的光绪喜欢和“海归”聊天、弹琴是可能的，但若是说“他也很信任我，常常把他的困难和苦痛告诉我”“他屡次告诉我他对自己国家的抱负”，就显得有些夸张了。谨慎自保的光绪对她就口无遮拦了？他并不了解她的来历，何况她还是慈禧的亲随……

当代人会冷静地发现，作家德龄很有图书市场的商业眼光，为了让自己的作品成为畅销书，她在打“光绪牌”，先把自己晋升为“公主”，再把自己说成是中国皇帝的红颜知己。果然，她的系列作品先在西方蹿红，又打回亚洲和国内，一度取得了巨大成功。

其实，比起德龄来，光绪更信任小妹妹容龄。

3／容龄小姐笔下的光绪

裕容龄

容龄笔下的“万岁爷”写得更加生动丰满，活灵活现，而且属于独特的“这一个”悲情皇帝。

容龄进宫时只有14岁，是个天真活泼的美少女。她笔下的光绪，带有哈姆雷特式的忧郁王子的韵味。在她看来光绪“身材不高，相貌中常，但眼睛很秀，眼神中微带忧郁”。

看来他是很聪明的，由于在慈禧的压抑下，他的聪明无法发展。他经常待在自己宫里，很少出来，他到慈禧宫里，也只是为了礼节的缘故。当他不在慈禧跟前的时候，有时很淘气，有说有笑。每天清晨，他来给慈禧请安，我们在院子里遇到他，也给他请早安。因为那时我年纪小，他把我当小孩子看待，所以还对我笑一下，说几句话；别人给他请安的时候，他为了避嫌疑，总是点点头，不说话。皇后和瑾妃给他请安的时候，他连理也不理。

慈禧在中午总要睡个午觉，容龄和小太监们在后院闲谈。

> 忽然看见光绪走过来，后面跟着几个小太监。他和我说了几句话，问了我的年龄。他掏出一个嵌珠子的很精致的怀表，时针正指着一点三刻，问我说:“你会说英国话，英国话一点三刻怎么说？”我非常淘气地用中国话说:“英国话不说一点三刻，说两点差一刻。”光绪笑了一下说:“这样的英国话倒是好说。我看你是很顽皮的。”我说:“是的，奴才在家里向来淘气。”光绪便笑着对太监们说:“好，以后我们都管她叫小淘气吧！”于是我便给光绪请安说:“谢恩，万岁爷赏奴才这个名字，奴才很高兴。”

把容龄这个从巴黎回来的爱跳舞的小姑娘关进高墙禁地，实在是很残忍的事。她的回忆录还讲了一个生活细节，有一天她趁“老佛爷”午睡溜到院子里:

> 因为我爱玩，身上总带着毽子，这时我便把毽子拿出来踢，我忽然把一只鞋踢掉了。我正在一只脚跳着的时候，光绪走过来，他看见我的样子便笑着说:“一只鞋没有了，还在跳！我从来没有见过一位女官穿着礼服，在院子里蹦蹦跳跳。”这时太监把踢掉的鞋替我拾回来，我把鞋穿上，然后对光绪说:“万岁爷，大内里规矩太多，哪里也不能去玩，太闷得慌，今天踢一会毽儿，不过是解解闷。”光绪叹了口气说:“你说得对，大内里实在是闷得慌！”

这些叙述虽然都是“琐记”，却透露了许多真实的令人动容的细节。这在以往记录帝王生活的史料中是从来没有过的。从字里行间我们可以读出戊戌变法失败以后光绪皇帝的艰难处境，在后宫到处都是慈禧的耳目，他只能沉默着当一个傀儡皇帝。但是，从他抓紧一切机会学习英语这个行动来看，他那颗年轻的心并没有真的沉寂，对未来还抱有希望。认真读书，掌握一门外语，他是想吸收西方国家先进的工业文明，甚至还憧憬着走出国门去看看外部世界。他在提高自己的文化修养，等待机会，一旦重振朝纲，他还有雄心壮志当一个治理国家的明君。

不过，目前这一志向只能隐藏在心里，不能流露出来。偌大个皇宫内苑，他连一个说说话儿的知心人都没有，容龄小妹妹天真无邪，只有对容龄可以不设防。因此，他见了她总是很高兴地说说笑笑，跟在别人面前的表现判若两人。他和容龄共同发出了“大内里实在是闷得慌”的叹息。

容龄是从外部世界回来的女孩，封建规制对她来说犹如囚笼和枷锁，精神压抑、渴望挣脱，光绪正是从她这里得到了心灵的沟通与共鸣，控诉皇宫“太闷了”，可以说是人性的呐喊。就连这么一句拉家常式的宣泄，让慈禧知道了也会成为弥天大罪。

对于孤立无援的光绪来说，随着他俩心领神会地守着越来越多的“秘密”，她俨然成了他的小小的盟友。一个成年男人，尤其是一位皇帝，只能信任一个比他小上20多岁的小朋友，愈发彰显了光绪的悲剧命运。

光绪很羡慕容龄，她还处于少年不知愁滋味的豆蔻年华。他知道，这只美丽的蝴蝶飞落在宫中只是暂时的，她还会飞向自由的天空。他多么希望跟着她飞出去看看世界呀，他觉得自己还年轻，还有时间，还有机会，他在等待着……

4 『鬼节』之夜

容龄记述了她于农历七月十五中元节晚上在中南海岸边遇见光绪的情形。当时她年纪太小，还不懂得那个夜晚有着多么凄凉的悲剧意味。

今人若要体味容龄寥寥数笔所传达的多重信息，先须了解什么叫中元节。中元节是中国传统节日之一，佛教称为盂兰盆节，民间俗称“鬼节”。这一天要举行两大活动：一是祭祀祖先，敬奉天神，用收获的新米向天神和祖先报告今年的收成，感恩祈福；二是祭祀亡魂，家家户户不仅要扫墓祀祖，还要祭慰孤魂野鬼。传说中元节夜间，阴曹地府会放出全部鬼魂，让他们回到人间看看。有家坟的鬼魂可以回去接受子孙的祭拜，那些无家坟可归的孤魂野鬼可怎么办呢？特别是那些屈死的冤鬼，他们心中怒气未消，总想在这个世界讨还公道，迟迟不肯踱过奈何桥去投胎，“往生”未来的轮回。

佛教的慈悲不仅普度众生，也关怀到鬼魂。按照传统风俗，这一天晚上人们要放水灯，用彩纸做成荷花托在小木板上，花心里放上一盏小蜡烛放入水里，满河满湖便漂着闪闪发光的朵朵莲花，顺流而去引导着冤魂野鬼投奔新的生命去了。灯灭了，吉祥的莲花也就完成了引渡冤魂野鬼走过奈何桥的善举了。

对于这样一个令人悲喜交加的节日，14岁的容龄只是把它看作一场游戏。她写了七月十五那天在中南海的情景：

> 慈禧和大家吃素一天，晚间七点多钟，慈禧带着我们乘

无篷船游湖……另外有三条船，坐着皇后、瑾妃和王府福晋、格格们，跟在慈禧的船的后面。船上带着许多荷花灯，随走随把荷花灯放在水面上，漂浮着很多荷花灯，看起来非常好看。这天上船的时候，光绪也在码头上，我问他："万岁爷，您为什么不来游湖？"他向我笑一下说："你是小孩子，不懂事，我不喜欢逛，我喜欢一个人清净。"

所有的贵妇、小姐们都不会问皇帝这个问题，大家都心照不宣。只有天真无邪的小容龄口无遮拦，光绪也只能貌似轻松地这么回答她，他总不能冲着一个稚气未脱的小少女倾诉自己的满腔苦水吧！

恐怕连容龄自己也未曾料想，她的这番近乎白描的简洁记述，却有着很深的感染力。她为那一夜究竟发生了什么事情提供了真实的梗概，你尽可以在字里行间的空白生发想象与推测。慈禧太后及

慈禧太后泛舟　卡尔绘

其爪牙在宫廷杀人如麻，“鬼节”夜里会有多少冤魂游荡于紫禁城角角落落哀哀哭泣？所以，慈禧很重视这个节日，但她以吃素一天和放莲花灯就为自己开脱了。她并不想让光绪上船坏了她的游兴，光绪也不愿意上船，但又不得不依礼前来送行。等到前呼后拥的游船驶远了，岸边只剩下光绪这位孤独的青年皇帝，他会想些什么，做些什么呢？这便是文学要完成的补白了……

他在岸边久久徘徊，作为一国之君在这个庆祝收获的节日，他当然会想到江山社稷，祈盼五谷丰登、百姓安居乐业。但是望着远远近近晶晶莹莹的荷花，花心的烛光在湖面上闪闪烁烁，犹如泪珠点点。怀念深爱的珍妃，他欲哭无泪，珍儿就是被慈禧老妖婆命人推入井里淹死的呀！转眼间珍儿已经屈死三年了，今夜你的冤魂在哪里？是去看望你父母、亲人了，还是回到了我的身边？

他朝着近侍孙太监招了招手，孙太监又朝着在不远处的太监们招了招手，太监们便抬来了一盏盏荷花灯。

光绪犹豫了片刻，他想蹲下身子自己放河灯，但他很快地就

不得不放弃了这一愿望。身为君王如果自己动手，那样做是不寻常的，周围的耳目太多了，一会儿老太婆游湖回来就会得到密报……他站在岸边朝打着灯笼的孙太监使了个眼色。孙太监心领神会，一切尽在不言中，把灯笼交给别人，从小太监手里接过一盏荷花灯。他怕湖面扑来的夜风把花心里的蜡烛吹灭了，用手心护着烛光小心翼翼地放入湖中。

那朵晶莹闪烁的荷花依依漂在湖边久久不肯离去，光绪眼噙泪花垂首默祷：珍儿，我对不起你，空担个皇帝之名，连自己的爱妃都无力搭救……你走吧，别顾念我，早早投胎转世吧！去奔个好人家……我说的好人家不是侯门富宅，更不是帝王之家，我知道你几生几世再也不会进帝王之家了……哪怕是黎民百姓，柴门村舍，只要是善良的好人，只要懂得疼你……

一阵微风吹来，那朵晶莹闪烁的荷花轻轻盈盈漂走了……光绪不由得长叹一声，朝着夜空拱手作揖依依惜别。

瞅着皇上的眼色，孙太监缓缓地往水里又放了六盏灯。光绪肃立着在心里默念：谭嗣同……康广仁……杨深秀……杨锐……林旭……刘光第……诸位君子，一路走好……

孙太监又捧起一盏灯瞅着皇上。光绪迷茫地踌躇不决，这盏水灯是该放还是不该放呢？康有为……是死是活，杳无音信……

5／『这件事千万不可让任何人知道』

容龄以她朴素平实的文笔还透露了另一件事，更加具有震撼力。《清宫琐记》第47节的标题就很奇怪，叫作“问‘康’”。

> （有一天，光绪身边的孙太监）到我房间来，趁着没有别人，他掏出一只表来给我看，表的蒙子有一个朱笔写的字，他指着这个字对我说：“万岁爷叫我问你，知道不知道这个人在哪里？”我拿着表看了半天，也不认识这个字，我便说：“很对不住，我不认识这是个什么字。”他笑着轻轻对我说：“五姑娘，这是一个‘康’字。”我想了半天，才明白指的是康有为，这把我吓了一大跳。我便告诉他：“我实在不知道他在哪里，我可以问问我母亲看。”他便说：“五姑娘，算了吧，你别去问裕大太太啦，万岁爷说，这件事千万不可让任何人知道。”他便走了。
>
> 过了两天他又来找我，手里拿着几本《论语》和《孟子》。告诉我：“万岁爷说，让我给您拿来几本书，没事的时候念念书，你就不会不识字啦。您没事的时候向那个识字的谙达学学。”我站起来接过书放在桌子上，叩了三个头，他走的时候我对他说：“你回去对万岁爷说，容龄谢赏。”

光绪发现容龄虽然会说法、英、日几国语言，中文底子却很差。他特意命太监送来孔孟著作，勉励她多读书。“那个识字的谙达”指的是小德张，看来光绪也知道容龄和小德张的关系不错。

这一节仅有400余字，却传递出大量重大历史事件的信息。

怀表蒙子上竟有皇帝写的“朱批”，这件怪事说明了什么？关于“朱批”，台北故宫博物院曾在其发行的纪念品上印上“朕知道了”几个红字，引起热卖大赚了一笔，游客们觉得很好玩。到了被监视的光绪这里，他连在纸上写出一个“康”字都不敢，只能偷偷地把“接头暗号”写在小小的怀表蒙子上，派心腹太监像个“地下工作者”似的去找容龄，可悲可叹！

看来光绪心目中的可托之人只有容龄了。封闭的大内禁地仅有五个外来者，美国人“柯姑娘”来为慈禧画像，裕勋龄来为慈禧照相，总是前呼后拥的。裕庚夫人、德龄、容龄交游甚广，每过一段日子慈禧都会允许她们出宫省亲，比宫里人要消息灵通。光绪肯

康有为

定是经过慎重思忖的。裕夫人唯恐言语不慎祸及家族。那么，光绪为什么不找年长几岁较为成熟的德龄呢？可能聪慧的光绪看出来她性情孤傲、工于心计，一味讨好慈禧，友情归友情，内心深处对她还是不能不设防。相比之下，容龄天真可爱、心直口快，如果她在外面听说了什么消息，她一定会告诉她尊敬的“万岁爷”的！可惜，年幼的容龄让光绪失望了！

但是，容龄虽然“实在不知道他在哪里”，却恪守了万岁爷的叮嘱“这件事千万不可让任何人知道”之承诺，直到若干年后撰写回忆录时她才透露这件事。光绪的选择是正确的，她是个值得信赖的朋友，没有像袁世凯那样叛变告密。

“问‘康’”一节说明直到戊戌变法“百日维新”过去了四五年之后，光绪仍然没有放弃维新改革的政治抱负，仍然关心康有为的音讯安危。

第十章 小德张的爱情梦幻曲

容龄在巴黎女扮男装照

容龄旗装照

小德张

1／四辈相传的爱情故事

张仲忱回忆录中有一节，标题为“未遂心愿的一段姻缘”，说小德张与容龄有过山盟海誓私订终身。一些“历史发烧友”以此为根据写文章，抄来抄去散发于报刊、网络。果真有这么一回事吗？

张仲忱在书中说“这是多年后曾祖母对我父亲讲的”。也就是说，小德张告诉了他母亲，唐氏老太太告诉了孙子张书森，张书森又告诉了儿子张仲忱。当年唐老太太作主把其长子之子过继给小德张当儿子，也就是说唐老太太是张书森的亲奶奶，一般情况下奶奶是不会骗孙子的。如此这般捋下来，那段往事历经了四辈人的转述。这个家传的故事不会是空穴来风，但事情的真相究竟是怎样的呢？

我们怀着很大的兴趣查询史料，翻遍了有关小德张、裕容龄、裕德龄、裕勋龄、凯瑟琳·卡尔、信修明等人的回忆录，以及几位老太监的口述资料。网上的文章虽然有些八卦，不足为凭，我们也不放过个中的蛛丝马迹，从中搜寻线索。

小德张告诉母亲，容龄非常美丽，聪明可爱，他俩一见钟情，一起聊天儿，在颐和园湖边散步，拍照。两人不仅私订终身，还拍过定情合影，这事儿险些被“老祖宗”发现了，若真被发现了就完蛋了。

> 有一天我正跪着给老祖宗装水烟，她见我戴着一只手表，表链上有一个鸡心，内有裕老五（容龄）与我合照的小相片一张，嵌在鸡心里。老祖宗看着挺好玩，就要过去仔细地看了看，用手摆弄了半天，万幸没有打开。如果打开就露了馅儿了！非交散差（指杖刑）不可，心里捏了一把汗，裕老五也吓得脸色都白了。出来后，我就把表链摘了下来，再也不敢戴了。

这段貌似细节凿凿的故事，略做思忖便会发觉诸多经不住推敲之处：

其一，它不符合慈禧太后专横跋扈的性格，她自己打不开表链上的鸡心坠，定会命令小德张打开，就这么善罢甘休了？

其二，早在20世纪之初中国人很少戴手表，手表除了表带也不会另有可摘下来的链子，即使有链子，链子上的鸡心那该有多么小哇？里面怎么可能装入照片？当时他应该戴的是用金链挂在衣襟纽扣上的怀表。怀表比手表大多了，即使如此，其链子上的鸡心里也装不下照片。

其三，据溥仪《我的前半生》一书介绍，当时照相机在皇宫里还是新鲜物件，会拍照的人很少。很多史料都证实了，慈禧太后晚年所拍照片，均为唯一的“御用摄影师”裕勋龄所拍。勋龄是容龄的二哥，难道这位留洋归来的贵族公子会为自己的小妹跟一个太监拍“定情合影”吗？即或有别的小太监心灵手巧给勋龄当助手学会了摄影技术，那也不合情理，莫非小德张和容龄二位拍“定情合影”不但不背着摄影师，他们自己还精通洗印术，懂得如何把照片缩小吗？所谓合影，应该是众人簇拥慈禧太后的大合影，他有意挨近她，事后他偷偷把照片剪成只有他们两人，那倒是有可能的。

再说了，还有工艺操作上的问题，西方怀表盒盖内的人物肖像是一种特殊的珐琅艺术，若想把两人合照嵌入“表链鸡心”里，简直需要微雕技术了！

综上所述，几乎可以肯定这只是小德张的爱情梦幻曲，他在宫里的舶来品中见过怀表盒盖内的洋人肖像，于是给母亲讲了这么一段温馨的浪漫故事。

那么，小德张与容龄之间的关系……

2／小德张初会小容龄

多亏裕家出了个“御用摄影师”勋龄，给后世留下了许多清宫照片，当然也有不少他们家人的留影。

从照片上看，容龄比德龄漂亮多了。裕庚公使的尊容不敢恭维，大嘴巴小眼睛，还耷拉眼皮。不幸德龄长得像父亲，从她和慈禧太后的合影不难发现，她脸上化了浓妆还遮不住大长脸、眯缝眼儿、大嘴岔儿。她能不嫉妒妹妹吗？

混血不一定漂亮，就看他能不能集中东方人与西方人的优点。裕夫人生了三男两女，其中二哥勋龄号称“绝世美男”，容龄也美丽出众。德龄相貌平平，不知那两位哥哥什么模样。勋龄只顾给别人照相了，自己却只留下一张照片，据说是一个日本摄影师拍的。从照片上看他确实是个美男子，但他是个深度近视眼，若戴上眼镜可就逊色不少了。

人家小容龄就会长，大眼睛、翘鼻子、小嘴儿、鹅蛋脸儿，长得像妈妈，而妈妈的眉眼儿长得像他们的美国姥爷。容龄除了拥有中西合璧的美貌，还因为自幼学习西方舞蹈而身姿婀娜、步态轻盈，别有一种艺术韵致，这样的美少女曾在巴黎选美时夺得金牌那就不奇怪了。

容龄在宫里活泼贪玩、心直口快，而且知书达理，是个人见人爱的小姑娘。就连严厉的“老祖宗”都偏爱她，由着她的性子玩耍淘气，从不多加管束。德龄孤傲自许，那么卖力气地讨好“老祖宗”，临了儿“老祖宗”反倒恩赏小容龄一个“山寿郡主”的封号。

裕容龄

两姐妹侍奉太后两年，主要是在“夫人外交”活动中做英、法、日等语言的翻译，陪同太后接见各国公使夫人。平日里她们还为太后译读外文报纸，讲述海外见闻，德龄还充当了光绪皇帝的英文教师。慈禧正愁日子过得太枯燥，很喜欢这对能够生出新花样的姐妹，要她们天天陪伴自己。宫里各色人等也都稀罕这一对姐妹花，无论是谈天说地、穿衣打扮、化妆美容、游玩看戏、写字观花、用膳闲聊，她们都能带来外部世界的新气息，这对于禁锢在高墙内的人们来说太宝贵了。

年轻力壮的小德张更是如此，他时年27岁，虽为净身之人，在心理上仍然充满着对异性的倾慕。“留洋姐妹”进宫时，德龄17岁，容龄年仅14岁，小德张一眼就迷上了天真烂漫的小妹妹。

我们可以想象小德张初会巴黎选美冠军裕容龄时的心理感觉。对他来说，简直就如《红楼梦》中贾宝玉惊叫的“天上掉下个林妹妹”。

说到《红楼梦》，书中有个人见人爱的薛宝琴。翻遍全书你也找不到薛宝钗的堂妹薛宝琴为何能够成为主要人物，她出场不多，来无踪去无影，除了“雪里寻梅”一节，也不见她做了什么大事，有什么悲剧或喜剧命运故事，贾宝玉暗恋她也只能限于遥不可及的朦胧情愫。读者对她印象深刻只因为她为侯门禁地大观园吹来了一股海外新风。可以说，德龄、容龄就是真人版的薛宝琴，印证了曹雪芹早在雍正年代就接触过从外部世界而来的知识女性。

小德张在宫中见到的女人，不是拘于繁缛礼规的后妃贵妇，就是低眉顺眼战战兢兢的宫女，偶尔来几位觐见太后的命妇、格格，也是忸怩作态的封建女子。容龄的出现，带来了花都巴黎的浪漫气息，活泼大方，率性随意，对封闭守旧的人们来说，这个另类女孩儿无论是从感官上还是从心理上的刺激都太大了。

那么，容龄又是如何看待小德张的呢……

3 开不得的玩笑

《清宫琐记》中，容龄有两段文字提到小德张，其中一段写道：

> 有一次我陪慈禧吃饭，小太监张德站在旁边伺候，吃的是“菜包鸽松”。张德包好跪着递上去，慈禧觉得很好吃，便叫张德给我也包一个。张德在一旁包的时候，我慢慢走到他跟前，半开玩笑地轻轻问他：“你洗手了没有？”被慈禧听见，她问我：“你说什么？”我说：“奴才问他洗手了没有。”慈禧笑了笑对张德说：“真格的，你到底洗手了没有？”张德吓得脸也红了，跪下说：“奴才洗手啦！”
>
> 吃完饭后，我们大家都在后廊上闲谈，张德过来同我说：“五姑娘下次可别这样闹啦，可真把我吓坏了。”皇后和格格们都来问什么事，大家听了都笑了，我母亲有些生气，刚要说我，我又跑到慈禧殿里去了。
>
> 此事在大内后宫传为笑谈。只有小德张余悸难消。谁都知道伴君如伴虎，弄不好要掉脑袋的。

通过这段记述我们可以读出下列意思：

首先可以看出在容龄心目中，“张德”只是个“小太监”。此处的“小”，应该指的是和李莲英、崔玉贵相比的年龄，因为那时的小德张已经是御前近侍，不是干粗活的小太监了。他能够亲手伺候慈禧用膳，也说明慈禧对他的器重和信任，真正意义上的小太监是傍不上前的。

容龄与慈禧太后

宫中规矩森严，皇后及以下宫眷得等慈禧用膳后再吃饭，而且都得站着用餐。容龄说："平常，慈禧总是单独吃饭，有时她嫌寂寞，便找一个人站着陪她一块儿吃饭，但总没有找过皇后和瑾妃。因为我年龄小，又爱说话，并且她给我什么就吃什么，所以慈禧要我陪她吃饭的时候最多。"因此，太后赏她也吃"菜包鸽松"是对她的特殊宠爱，她也正是仰仗"老祖宗"的纵容才敢去跟小德张开玩笑的。

文中透露的最本质的含义，容龄如此随便地开玩笑，说明她和小德张是很熟的好朋友，不过他俩的关系也仅止于朋友层面。如果他俩有男女私情，处于险恶的宫廷环境下她就会小心翼翼地维护他，不会这样恶作剧地给他"刨坑"了。

关于小德张与容龄是否有爱情关系，还有一个问题是年龄的差距。容龄进宫才14岁，小德张已经27岁了。当然年龄不是主要问题，古人成熟早，不像如今三四十岁的人了还觍着脸"卖萌"。《红楼梦》里宝、钗、黛爱情悲剧写得那么动人，三位主人公中的长者"宝姐姐"18岁，"宝哥哥"17岁，"林妹妹"才16岁。容龄妹妹和黛玉妹妹年纪相仿，少女怀春，青春萌动，情投意合倒是可能的。

容龄很淘气，孩子气很重，那个她踢毽子踢掉了鞋，遇见光绪皇帝的故事，生动地表明她几乎还是个小顽童。那段描写富于生活气息，形象地刻画了容龄的活泼顽皮、童心未泯，以及她和光绪皇帝心灵沟通的共同语言。光绪看到她穿着礼服，而穿礼服时脚下蹬的是"花盆底儿"鞋。她能够足蹬"花盆底儿"鞋踢毽子，说明她技艺的高超和身手的灵活。这么一个天真烂漫的小女孩儿，并无林黛玉式的忧郁早熟，也就不大可能陷入"早恋"。

不过，这段四辈相传的爱情故事，最早是小德张说给母亲听的，而且是时过境迁、他家定居天津以后，母子之间拉家常聊出来的旧事。一般情况下，当儿子的若没有特殊动机，不会欺骗母亲。

"爱情故事"的本源究竟是什么样的呢？

4 / 当芭蕾舞遇上京剧

在小德张与容龄之间还有一条重要的心灵联结纽带——他们都热爱艺术，当西方的芭蕾舞、现代舞与中国戏剧之巅京剧相逢，那会碰撞出怎样炽热的艺术火花！

德龄、容龄的回忆录都以大量篇幅描述了宫中演戏的盛况："御剧场"、戏楼、颐和园湖畔戏台……容龄回忆录中对小德张排戏和演出有一段生动的描绘：

> 宫内的小太监愿意学戏并有天分的，可以另请老师傅传授。小太监学会了，也可以在演出时登台。小太监演戏在戏单上注明"本家"。
>
> 小太监中有一个名叫陈德的，他是跟谭鑫培学的，唱腔与谭鑫培一般无二。一个名叫陈福的小太监，学青衣，嗓音很好。还有一个名叫小福，最拿手的戏，叫《马上缘》。张德扮小生（这人后来是隆裕太后的大总管）。还有一个小姚，专唱关公戏，拿手戏是《单刀会》。

从这段忆述中我们可以了解到容龄与南府戏班小太监们的熟络程度，只有经常去看戏班排练的人，才能对演员们的行当了解得这么清楚。小德张说过当初因他在台上表演出色，太后看戏时问："他叫什么名字？"很快地他就被派到太后宫当差了。此事说明贵族主子们叫不上来小太监演员们的名字，只有容龄经常去戏班玩耍，才能对大家这么熟悉。不过，小德张的行当是武生而不是小生，看来从巴黎归来的洋小姐还不清楚小生与武生的区别。

容龄对小德张演戏还有一段生动的描述：

> 有一次小姚与张德排一场武戏对打场面，为了避免打乱，排演时两人一面打一面念着“该你啦”“该我啦”。后来在台上演出的时候，两人竟不自觉地信口说着“该你啦”“该我啦”。慈禧在颐乐殿听见他们口中念念有词，却又听不清说的是什么，便叫他们停住，问他们说些什么，他们才想起来。

通过这些详细介绍，说明容龄来到宫里以后对京剧产生了浓厚的兴趣。

政治史、军事史充满了凶险诡异，而艺术史却不乏美丽的“玫瑰与蝴蝶”之相逢，更不乏在交通阻断信息闭塞的年代东西方互不相干的艺术家之间令人惊喜的心有灵犀和不谋而合。

在裕家母女三人进宫之初，容龄不会注意小德张这个年轻太监，但当她看过他在戏台上扮演武生的英姿，开始引他为“艺术知己”了。当时小德张是御前近侍、总管太监兼南府戏班总提调，很快地他俩成了好朋友。

当容龄这位来自浪漫之都——巴黎的蝴蝶仙子飞落在紫禁城御花园翩翩起舞时，自诩京剧武功高手的小德张一下子就看呆了！当容龄看到南府戏班演出京剧，一下子就迷上了这种绚丽多彩美轮美奂的东方艺术。小德张在舞台上表演的武生扮相英俊、高大、帅气，武功利落，嗓音嘹亮，把个容龄钦佩得如醉如痴。同样是舞蹈，与她过去所学有着天壤之别，在追求美的路上却又殊途同归。东方与西方两种截然不同的艺术发生了不可思议的碰撞、融合，以及相互之间的欣赏与理解。

在20世纪之初，京剧与芭蕾舞能够在神秘而森严的紫禁城相逢、相交、相知，堪称人类艺术史的奇迹！相比之下，小儿女情态已经不重要了。

5／难忘红颜知己

德龄姐姐很忙，容龄依仗年幼，总能偷懒找小德张玩耍。他俩切磋艺术，研究舞蹈与武功，交流各自的文化观点，成了无话不谈的好朋友。

如果说到爱情，在“爱情之都”巴黎长大的容龄，在感情上肯定是热情奔放、追求自由的。一下子被圈入大内深宫，那真如小鸟入笼，难怪她和光绪皇帝同声呐喊“闷得慌”。身边有这么一位英俊高大、在舞台上一派英雄气概的小德张，她怎么会不喜欢他呢！

不过，她在巴黎受到了完全不同的文化熏陶，时髦小姐与多情公子们做做爱情游戏是不在话下的。但是，西方人谈婚论嫁也是十分冷静谨慎的，在政治地位、经济实力、门当户对等“硬件”面前，其实“爱情”是最为脆弱的。在这方面。西方与东方虽然表现形式不同，本质上却差别不大。

以容龄游遍东洋西洋的见识，她不会不懂得“太监”是怎么一回事。此处还要提到她在巴黎时的老师伊莎多拉·邓肯，邓肯是“性解放”的旗手人物，以其“杯水主义”著称于世。这等名师的学生容龄，是浸润在巴黎上流社会堂而皇之登台献舞的社交名媛，不可能不懂得男女性爱的健全要素。她再怎么喜欢小德张，也不会把自己的终身托付给他。

裕庚是清朝赫赫有名的驻外公使、八旗贵族。有裕夫人陪同两个女儿进宫，再加上慈禧太后之淫威，封建王朝的权力顶端怎能容得下自由恋爱？而且还是主子小姐跟一个阉伶……

就算裕夫人这位监护人有疏忽之处，宫中的森严礼制也不允许青年男女越雷池一步。

综合上述种种，那段“未遂心愿的姻缘”只能是小德张对容龄的单恋、暗恋，由梦中情人身上生出的某种“性幻想”。他的传奇人生由被贫穷逼得入宫当太监，因演戏受到慈禧太后提拔而发迹，又因皇朝末日全身而退定居天津坐拥巨富，生活什么都不缺，只是太缺少正常健康意义上的男欢女爱了。天长日久甚至连他自己都相信了那些美好的幻想是真实的存在，于是便添枝加叶演绎出爱情故事来安慰母亲了。对于容龄格格来说，那段浪漫早恋只是随手泼掉过后不思量的“杯水”，而对于小德张来说，容龄却是他终生难忘的红颜知己。

因为那段故事太美好了，张家人四辈代代相传，每一次转述都会平添一层夸张的色彩，便把一个残缺男人的暗恋、单恋说成是一桩真正的爱情了。

小德张少年时因家贫而受人耻笑，回家问妈妈如何才能发财致富，母亲顺口回答“穷人的孩子除非进京当太监”，不料他真的走了这条路。为此母亲一生都对儿子感到愧疚，她津津乐道那段“姻缘”是一种自我心理安慰，无非是想说别看我儿子残废了，还是有那么漂亮的贵族小姐看上了他！至于当初小德张对母亲说他的“艳遇”，无非是想安慰母亲，让母亲相信他是幸福的。

但是，他以善意的谎言骗得了母亲却骗不了当代读者理智的分析，过于浪漫的渲染就显得不真实了。他对母亲说他和容龄不仅海誓山盟，还有定情合影，在今人看来那就弄巧成拙了。

不管怎么说，禁锢阴森的深宫太需要翩翩起舞的美丽蝴蝶，和那一抹哪怕是稍纵即逝的玫瑰色了……

第十一章 文曲星文昌星宣叙调

中年德龄回国在上海扮演慈禧太后

1／慈禧太后三次替德龄指婚

不知慈禧太后一向喜欢为臣子赐婚，还是她想以婚姻拴住“海归”德龄，把德龄永远留在自己身边当翻译官，她竟然三次为德龄指婚。

1904年早春二月，这一天是裕家母女三人进宫一周年的日子，要不是太后有意提起来，德龄早已忘记了。经太后这一提醒，德龄心里深受感动：太后日理万机操心朝政，还记挂着这等小事，可见对我们母女的器重。

太后亲切地询问：“你来宫里一年了，过得快乐吗？还想念巴黎吗？”

德龄慌忙表示：“回老祖宗的话，宫里的生活很有意思，我不想再到外国去了。”

太后话锋一转说：“总有一天你们会厌倦了这里，逃到外国去的。只有一个办法，就是赶快出嫁。”

德龄听了一愣，沉吟着不知如何回答。太后又追问：“上一次我问你，你说你不愿意出嫁，为什么不愿意出嫁呢？就是出嫁了，也不一定天天留在家里，仍旧可以像以前一样到宫里来。不必怕，有我在，谁也不敢把你怎么样。”

原来，慈禧早就为德龄物色了一个门当户对的贵族子弟，但是说什么德龄也看不上对方。太后一时也不好勉强。

这一次，德龄仍然表示不愿意出嫁：“只要老祖宗不嫌弃，我希望一直在宫里伺候您。”

德龄与慈禧太后

太后沉下脸来，又不好催逼太甚，嗔道：“你太固执了！你这种想法总得慢慢转变过来才是。”

此事就算缓下来了。太后未再提及，德龄松了一口气。

到了中秋节前一天，宫里戏园演出月宫玉兔的戏，来了许多皇族贵戚。德龄正要从太后宫出来，只见一个太监领了一个年轻人来给太后叩头。这在宫里是很少见的事，人们偷眼儿观瞧，纷纷注目。德龄紧走几步出了太后宫，回廊那一头有两三个宫眷窃窃私语，见了她便笑着招手叫她。

她来到跟前，她们一指宫门问：“那是谁呀？”

德龄说：“不认识，挺丑的。”

她们一听齐声笑了：“你嫌他丑呀？”

德龄奇怪地反诘：“什么叫我嫌他丑啊？他的长相本来就丑极了嘛！”

不知为何她们全都挤眉弄眼儿地怪笑。

当德龄瞅见那个男人离开以后，回到太后宫。太后郑重其事地告诉她：“他是满洲一个大官员的儿子，父亲死了，他袭了封爵，而且得到了许多遗产。你觉得他怎么样？”

德龄只好如实相告：“我觉得他很丑。”

太后有些不高兴，但没再撺掇。

德龄把此事找母亲诉说，向母亲求助，裕太太说：“我知道了。”

果然，几天以后太后找机会和裕太太闲谈，拿出一张照片来给裕太太看，问：“你看这个人长得体面吗？”

裕太太端详着照片评价：“不很体面。”

太后没料到一向温顺的裕太太回答得如此干脆，竟一时语塞。

2／打出樊笼第一关

裕太太为了女儿的前程豁出去了，明确表示看不上慈禧指婚的男子。

太后听了不好说什么，脸色明显不悦："这也不可过分苛求。"

太后睡午觉醒来，看见德龄立于榻前伺候，趁机又说："我很希望你能和那个人结婚，你的意见如何？"

德龄只能一个劲儿地表白："我只想一辈子伺候您，不想出嫁。"

太后很不高兴地嗔怪："我不想听这种话了！我已经跟你母亲商量过，很奇怪你的母亲，反而说最好先跟你商量。因为你跟别的宫眷们不同，不然我早已代你决定了。"

在她看来，儿女婚事由父母决定，何况还是她这个执政的皇太后指婚，此乃君命不可违，是天经地义的事。她之所以耐着性子跟这丫头商量，不就是因为大清朝缺少她这种懂好几国洋鬼子话的贵族女翻译官嘛！

德龄发现"老祖宗"面色阴沉，只好以哭泣当武器，哭了个抽抽嗒嗒，上气不接下气。太后知道一时勉强不得："好好，让你再仔细想想吧，要是你不中意我给挑选的这一个，还有许多别的人选呢！"

听这口气此事她是管定了。德龄只好采取拖延战术，拖过一天是一天。

后来，有一天忽然有一个宫女跑来偷偷告诉德龄，太后又要为她准备婚事了。

慈禧太后这回动真格的了，不容置疑地通知德龄："我已经为你选了一个好丈夫，就是京城的一个王爷，一切我都为你准备好了。”

德龄声泪俱下，跪下恳求：“父亲正在生病，听见我要出嫁心里难受，病情就会加重。父亲的病不好我很不安，不能在这样的时候出嫁，请老祖宗把这事稍微搁一搁。”

太后大怒，申斥：“忘恩负义的东西！不知好歹！”

德龄只有跪地不起，嘤嘤啜泣。太后挥了挥手，她这才敢唯唯告退。

宫里允许裕家母女每月回家两次，所幸探亲时间快到了。德龄回家告诉了父亲，裕庚也极力反对，全家人商量来商量去也没有好办法。裕庚长叹一声，嘱咐女儿回宫去拜托李莲英，说只有他能劝说太后回心转意。

德龄回宫以后求李莲英帮忙，起初李不答应，还说她不应该拂了太后的好意。经不住她再三恳求，李莲英终于答应了。果然，太后未再催逼婚事。对于一贯任意生杀决断的慈禧来说，这可是不多见的让步，可能她顾及宫里许多洋务活动少不了德龄，对于这种受外国教育长大的女孩，若逼急了逃到美国领事馆或法国领事馆去，反而丢了大清朝的颜面。

后来裕庚病重去上海医治，裕家母女再三恳请太后批准她们去上海陪伴。慈禧一拖再拖，最后只好放行。德龄赴沪时间不长，太后就传诏叫她回宫。1905年冬裕庚病危，德龄返沪，不久父亲病逝，按照祖规她们要扶灵守孝，有正当理由不再回宫了。

由慈禧太后指婚的清朝贵族男女，只有德龄做到了“打出樊笼第一关”。

3／德龄对光绪有爱吗？

信修明在回忆录中写道：

> （裕家母女）进宫内有至大的目的，总愿意与光绪接近，将来好做娘娘之选。她们不知道皇上不爱女色，常勾引与皇上接近的太监做引线的联络，不达目的不止。尤其借以探听宫廷秘密，又叫美国柯姑娘给慈禧太后画像……

有“德龄追光绪”这么回事吗？

要想弄清事情的真相，有必要先了解一下作者信修明这个人，他在清宫熬到“中层管理”，出宫以后进了道观，后来当了道长。或许因其宗教人士身份而令人相信书中内容的史料真实性。笔者经仔细研读，并和他的同时代人的回忆录比照分析，发现他对于历史人物的评价和史实的叙述有不少瑕疵。究其原因，一则他的职位仅相当于财务会计或账房先生，上头还有主管大太监。他本人很少有机会进入太后宫，就是太后传召问他事情，他也只能跪伏在地回话，不能举首平视太后。在他与慈禧太后之间，至少还隔着李莲英、崔玉贵、小德张等六大太监呢！他对高层核心内幕并不很清楚，很多时候也是事后听太监们的传闻，而普通太监大都是文盲，对问题的理解容易肤浅走板，以讹传讹。二则他的政治观点倾向于封建守旧派，效忠慈禧太后，对宫里出现的受西方文化影响的新鲜事物看不惯，一味贬斥。例如：他把美国女画家卡尔说成是德国人，把裕家母女三人也都说成是德国回来的，但又说美国公使康格夫人纠集她们一伙来骗慈禧太后钱的……这就连当时的中美关系、中德关系（因德国公使被杀而引来八国联军）的常识都违背了。

信修明说德龄讨好光绪想当皇后，也违背清朝祖制规定。眼睁睁的事实是有皇后隆裕的存在，而且隆裕是太后的侄女兼外甥女，除非出现政局巨变，德龄是不可能当皇后的。裕庚只是个三品外交官，虽属贵族却非皇族，况且他的妻子还有外国血统，即使隆裕皇后病逝，注重皇家血统的封建王朝也不会选中德龄当皇后。如果是当小老婆，普通嫔妃，又岂是心高气傲的德龄能够甘心的？

再说了，光绪会像爱珍妃那样爱德龄吗？即使光绪有意，德龄是受西方教育长大的女孩，她早已知道清王朝已近末日，不会轻易让自己陷入这片泥潭的，这也是她几次胆敢违抗慈禧太后赐婚的深层原因。

然而，德龄在《清宫二年记》中提到光绪的文字很多，笔墨中也确实饱蘸了感情的浓汁。说她对光绪有点一见钟情的意思，也并非空穴来风。初次见面她即写到“他可以算是一个美男子”。当天同时见到光绪的容龄小妹却说他“身材不高，相貌中常”，姐妹俩到底谁的眼光准确呢？德龄这样评价算不算是情人眼里出西施呢？

德龄到了美国以后用了很多文字写她和光绪的关系，其中有一句惊人之语：“我觉得他确是一个好伴侣。”

伴侣，不同于朋友、伙伴、搭档，尤其是表述青年男女交往的用词，一般不会混淆“伴侣”与“朋友”的不同含义。如果不是译者对英文原词理解有误，而是忠实地翻译了德龄英文用词的含义，“伴侣”二字是轻易能说的吗……

4／容龄吃出了饺子里的小银元宝

宫里大年初一的早饭吃饺子。御膳房在包饺子的时候，会在一个饺子里放一个很小的银元宝，谁要是吃到这个饺子，便会顺心顺意、大吉大利。

慈禧太后和光绪皇帝用完早膳离开了，宫眷们围在一起吃饺子。容龄很想吃到那个藏着小元宝的饺子，怎样才能吃到呢？那就只有多吃，吃多了概率就会大一些。她就玩命吃，吃了一个又一个，果然吃到了小元宝！她高兴地举着小元宝炫耀，大家都笑了，皇后带头祝贺："你一定运气好！"

不料，这样一种营造欢乐的过年游戏，却把德龄惹恼了。她也非常希望吃到能够带来幸运的小元宝，这一回又让妹妹占了先，她愤然不顾淑女仪态了，非常生气地训斥妹妹："小元宝被你吃到了，哼！什么都是你！你吃了这么多饺子，也不怕撑坏了！"

自诩为"慈禧太后御前第一女官"的德龄，大年初一一大早儿为了这么一点小事失态，暴露了她内心对妹妹的积怨。本来有一个妹妹做伴是很幸福的，但是妹妹的存在使她的自尊心自幼受到了一次又一次伤害。无论是在日本还是在法国，无论是家里来了客人，还是父母带她们去参加一些聚会，人们都夸赞妹妹漂亮，随后才加一句："大小姐也漂亮"。听到那个"也"字，她就想大哭一场。

德龄隐忍已久的不快，到了年关一下子爆发了。德龄心中暗想：小容龄身材越长越高挑苗条，双腿越长越修长匀称，谁见了她俩都惊讶，妹妹个子好高啊！连老太后不也这么夸她吗？本来自己并不很矮，也并不胖，也并不丑，也会跳舞，也会弹琴，也会唱歌，都叫容龄这丫头给比下去了，让样样也很出色的自己显得样样都不那么出色了！

最叫人忍受不了的是在巴黎学习舞蹈时邓肯老师对容龄的偏爱，使我沦为妹妹的陪练！有了邓肯老师的重点栽培，容龄得以去巴黎国立音乐舞蹈学院深造，才13岁就登台公开演出《蝴蝶舞》，巴黎观众给她封了一个“东方蝴蝶仙子”的美称！

容龄这个丫头偏偏还生就一副好性格，天真活泼，爱玩爱闹，爱说爱笑，在宫里人见人爱，连整天阴着个脸的万岁爷都喜欢逗她。我整天伺候“老祖宗”，哪一拨洋人来了，我不得字字句句给双方传译呀？这么辛辛苦苦的，只落得“老祖宗”一大堆口头上的甜言蜜语，还几次逼婚想让我嫁给北京的土包子男人！

看看“老祖宗”是怎么偏爱容龄的！她只小我三岁，什么重活儿都不用干，只管去玩儿就成！“老祖宗”独自用膳没意思，找个人陪膳。皇后、大公主、母亲和我陪膳时只能站在一旁伺候，立了个腰酸腿疼。听小德张说，“老祖宗”最喜欢找容龄陪膳，还赏她吃的，赏什么她都说好吃，赏多少吃多少。她还是个话痨儿，“老祖宗”问一句，她能回一大车话，也不知瞎扯些什么，逗得老祖宗胃口大开。若是单论口才，谁又是个嘴笨的？可是在老祖宗面前谁敢呀？

就因为她能哄着“老祖宗”多用膳，李莲英、小德张他们都变着法子撺掇“老祖宗”传她陪膳。真闹不懂老天爷怎么就这么偏心，她胡吃海塞也不发胖！

5／在颐和园长廊哭泣的女孩

做慈禧太后的侍从，最难过的关是睡眠不足。太后有起早的习惯，每天黎明5点钟太监就敲德龄的窗子叫醒了她。到了太后宫里几乎整天都得站立着，连用膳都不能坐下来吃，而且穿着“花盆底儿鞋”只能直挺挺地立着，腰腿想打个弯儿，活动一下，身体都难以保持平衡。太后有睡午觉的习惯，侍从这时才能坐下来打一会儿瞌睡，但每天得留一半宫眷静坐在太后宫里候着，大家轮流值班。

进宫第一天还没轮到德龄值夜班，她在御前侍立了一整天，回到自己房间瘫坐下来，瞌睡即刻难以抑制，身子疲倦得不能动弹。

想到今后得值夜班，她真想大哭一场。夜里太后睡觉要有两个太监、两个宫女、两个老妈子，加上两个宫眷整夜不睡值更。身份够得上宫眷的不足10人，也就是说四五天她就要轮上一次熬夜。

不仅是体力上的消耗，更苦的是精神紧张。初到宫里需时时事事牢记不得触犯宫规，低眉顺眼但又要观察太后的脸色，揣摩太后的心思。太后问话，如何回答得句句小心，冲撞了老祖宗，全家人都会遭殃。

就连太后上朝她们也得跟着，躲在屏风后面恭候。别的宫眷此时可以坐在远处低声聊天，德龄得立于屏风后面倾听，散朝后太后会询问她的见解。外国使节觐见太后时双方的交谈内容涉及国内外事件，她只有了解朝政才能当好翻译。

这么一天天熬下来，初到宫中的新鲜感、兴奋劲儿已经淡漠，野鸟入笼般的束缚、前途无望的茫然、少女内心的寂寞，渐渐地弥漫开来，驱赶不走，积郁胸中的压抑难以纾解。宫中处处都有太后的人在盯着你，就连在自己卧室里也不能失态，谨防隔窗有耳。

好容易有一天太后娘家来了亲属，聊家务事不需要她站班伺候，她才偷得半日闲，独自一人跑到园子里散散心。

来到了颐和园长廊，她瞅瞅四周无人，一屁股坐在长凳上大声哭泣起来。她哭了个梨花带雨，痛快淋漓，一边哭一边问自己：我是不是得了思乡病，想家了？可是，家在哪里？东京、巴黎是故乡吗？那都是异国他乡啊！可是……可是我在那里度过了快乐的童年、少年时光，巴黎的夜晚，看舞剧，听歌剧，参加舞会跳到后半夜，回到家5点钟才睡觉，可是来到宫里5点钟就得起床了……我心里非常寂寞，非常孤独，我是豪华奢侈宫殿里的一个囚徒……若是有机会再回到巴黎去，还能那样无忧无虑么……父亲爱说“回到北京”，可是，北京是故乡吗？家里在京城的房子被义和团烧毁了，如今连一处家宅都没有……满族的故乡在关外，可是父亲祖上本姓徐，并非满族，后来才归了正白旗汉军旗……妈妈的父亲又是美国人，她的故乡在哪里？我是谁？从哪里来？为什么来到这深宫大内？还要在宫里待多久？出了宫又到哪里去……妹妹多幸福哇，贪玩儿，跳舞，吃好吃的，宫里人都拿她当小孩子。我比她大不了几岁，怎么心里就这样苦，这样苦哇……

颐和园长廊

6／上帝为她又开了一扇窗

来到宫里后，德龄的自尊心受到的最大的伤害，是太后为容龄办独舞演出。德龄心中想着：母亲也偏爱妹妹，跟太后说了容龄会跳舞，太后就让她在宫里研究舞蹈。她和小德张他们可就当了真，成天在南府戏班排练。起初我并没有当成一回事，以为她只是贪玩而已，不料还真捣鼓出来一台节目！“老祖宗”还传旨趁中秋节亲贵们进宫赏大家看她跳舞，那风头儿出的！在巴黎时我也是邓肯老师的学生呀，怎么不论在国外还是来宫里，这种风光露脸的事儿都没有我的份儿呢……

女孩子之间的这种嫉妒心理，德龄从来没表露出来，但是已经埋藏在她心里多年。“羡慕嫉妒恨”的种子已经扎了根儿，伴随着她们的成长发芽、生枝、长叶儿了！呜呼，既生瑜何生亮！

上帝听到了德龄的怨言，笑着摇了摇头，蓝空如洗，山野寥廓，万寿山冷峻沉寂，昆明湖粼粼无语……

过了些年，德龄跟随丈夫去了美国。两年的清宫阅历成了一笔独家财富，上帝为她打开了一扇窗！她写的《清宫二年记》先在美国一炮走红，随之蜚声欧洲，成了一位著名的英文女作家。

或许连她自己都没有察觉，她写了那么多真真假假以清宫为题材的书，书中却很少提到妹妹，甚至把妹妹的事移花接木写到自己头上。同胞姐妹天各一方，嫉妒的心思仍然在作怪……

话说当年裕庚公使在上海病危，德龄、容龄随母赴沪探视。父殁守孝，再加上慈禧太后自顾不暇，姐妹俩这才逃过了重返清宫一

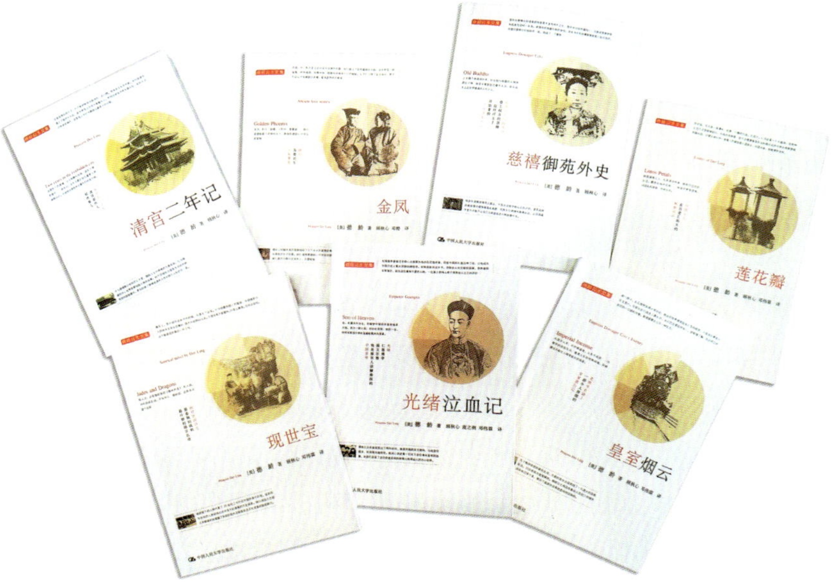

德龄著作

劫。德龄在上海嫁给了一个美国人，随夫赴美国定居。朋友聚会闲谈时人们总爱向她打听清宫故事，她决定把难忘的清宫经历写出来。可惜是美国的出版商约稿，只能写英文书稿了。

1911年，德龄写的《清宫二年记》在美国出版，因其独家史料新闻价值迅速走红，成为畅销书，后来在欧美国家多次再版。1915年由顾秋心译成中文在国内出版，几十年销量始终很大。这本书绝大部分写的是她的亲身经历，清史专家评价可以作为回忆录看待，也就是说有史料参考价值。但是书中也由于她个人的局限性被后世专家指出这样那样的错误。对于我们文人读者来说，并不在乎严格推敲历史情节的真实，而是从字里行间读出了作者的人格与文格。她难免给人一种文过饰非、自我标榜之嫌，这倒很像美国人的性格，而极少保留东方女性的含蓄内敛了。

德龄在美国以一部《清宫二年记》成名，跻身于华裔英文女作家之列。出版商纷纷找她继续约“清宫故事”，可是她仅在清宫待了两年，年仅17岁至18岁，又是只在后宫侍奉慈禧太后，并未参与晚清时期国际国内重大历史事件，哪有那么多真实而又新鲜的“清宫故事”一写再写呢？于是，她变成了名副其实的靠文学虚构的女作家了，创作了一批以清宫乃至清末民间生活为素材的文学作品。后来出版的《瀛台泣血记》《御香缥缈录》《清末政局回忆录》《御苑兰馨记》等都应该归为小说门类。但是，出于她个人的经历与特殊身份，加上西方人不了解中国历史，误导了许多人把她后来的虚构作品也作为真实的史料来援引。例如《御香缥缈录》仍然以“我”为第一人称讲述慈禧太后坐火车回清朝故都奉天（今沈阳）的“经历”，很多人信以为真，其实慈禧太后根本没有去过奉天。

7 / 文曲星文昌星遇上缪斯女神

当年德龄在颐和园长廊的哭声，惊动了天上的文曲星和文昌星，他俩下凡来看个究竟。不料，老远地他俩看见几个披着金发长着大翅膀的白袍仙女在长廊上飞来飞去。德龄却什么也没看见，只顾哽哽咽咽哭得一塌糊涂。

中国神话传说中有了文曲星，为何还要供奉一尊文昌星呢？别看文曲星诗词歌赋、琴棋书画样样全能，但他只是才华横溢的文人；文昌星则是主管文运的星宿，决定文人秀才金榜题名、文官的仕途升迁，相当于文化部、组织部、教育部三权合一了。因此，文昌阁在民间的香火更盛。文曲星早就发现了德龄的才华，拉来了文昌星想帮帮这个聪明的姑娘。

不料，没等他俩靠近，几个洋夷女仙已经围住了德龄，只见主管音乐、舞蹈、绘画、表演等一位位女神都飞走了，主管文学的女神笑道：女子聪明不漂亮，只能去当女作家啦！说罢金发碧眼的女仙们都飞走了。

文昌星不高兴了：怎么洋夷女仙跑到咱这地界儿来了呢？

文曲星笑道：或许这姑娘日后到她们那儿成事儿呢！

二仙凑近了德龄相看，文昌星击掌曰：那位云游女仙所言极是，但她命中不归我管，还是归尔等文曲星下凡罢！

文曲星便朝着德龄一挥广袖，德龄即刻止住了哭泣。

天机不可泄露，只等瓜熟蒂落。

多年以后，东方与西方的“文化神仙”的预言果然应验啦！

或许因为德龄的品性有缺陷，伴随着她的成名，各种非议不断。

其实，清史专家学者们对于一个海外英文女作家有些苛求了，公主也罢，郡主也罢，平民作家也罢，部分史实的谬误也罢，德龄以亲身经历为独特题材创作了“文学的真实”，是毋庸置疑的。她自幼深受西方写实主义文学影响，为当代读者提供了清宫日常生活的种种细节，把慈禧太后作为一个鲜活的女人来描写。尽管作者难免有立场的偏颇与矫饰，总比让人们只知道一个妖魔化、符号化的慈禧太后强多了！

职业作家要想常写常新是很难做到的，很多作家的处女作成了他自己一辈子难以超越的高峰，德龄的作品也是如此。1927年，她为了补充生活素材回到上海，又到天津来找妹妹和小德张。“老同事们”帮她重新回忆当年的清宫生活，为她后几部作品提供了帮助。

总而言之，清王朝在临近覆灭前夕，能够有德龄、容龄、卡尔小姐三位女性写下了后宫生活，并能够以现代文学写实手法比较忠实地再现了一系列后宫人物的性格与命运，为后世留下了宝贵的参考史料，立下了很大的功劳。还多亏了那位唯一“御用摄影师”勋龄，让后人从清晰的图像中领略清宫昔日风貌，和慈禧太后等历史人物的容貌形象。

中国历史上有两位女皇，慈禧太后沾了现代科学技术的光，留下了“庐山真面目”。比她要伟大很多的武则天，单凭那幅似是而非的画像，后人无法一睹她的“女性龙颜”。关于武则天，也缺少一部比较客观的写实主义的传记作品，或者御前近侍的翔实的回忆录。上官婉儿没有做这件事，真是太可惜了！

8/她俩在万寿山顶唱起了洋歌剧

囚困在清宫大内太憋闷了，是这一对性格不同的姐妹共同的苦恼。

有一天，她俩好不容易逮住一个太后与大臣们议政，不需要她们陪侍的机会，回到寝室脱掉了“花盆底儿”鞋，换上了平底绣花鞋，抱起了一包舞裙舞鞋撒丫子就往万寿山上跑。姐妹俩一边爬山一边说笑，累得气喘吁吁。迎面吹来昆明湖的爽风，心里甭提多畅快了！

此时，在万寿山另一面山坡上，小德张正用鞭子驱赶南府戏班的小武生们爬山。这些小太监们都是他收的徒弟，他逼着徒弟们脚踝上拴着铁槌或沙袋快速登山，谁爬慢了就得挨他一鞭子。他们经常到山顶去练武功，山顶有一块平坦的场地，是练功的好地方。

还没等他们一队人上山，小德张忽然听到山坡背面传来女孩子的说笑声，他听出了容龄的声音。如果只有容龄，这倒是说话儿的好地方，但是还有德龄！他一向不喜欢端着格格架子的德龄，她整天不离太后左右，须防着她。他急忙朝徒弟们一挥手，命令他们下山。小太监们意外得到赦令，一个个跟放生的鱼儿似的一溜烟儿地消失了。

小德张很好奇地悄悄爬上山顶，躲在松树后面窥视姐妹俩。

德龄、容龄到了山顶，气喘吁吁，坐在石凳上大笑。缓过气儿来，她俩蹦起来朝着天空伸展双臂，然后双手像是捧住了什么……小德张奇怪地望望天空，蓝天如洗，连一朵儿云彩都没有，怎么她们俩跟喝了天降甘霖似的……

她俩坐回石凳上，从织锦兜儿里拿出来两双式样奇怪的鞋。两个人换好了鞋，扎紧了鞋带子，迈着八字脚来到了场地中间。忽然，小德张几乎不相信自己的眼睛了——她俩立着脚尖儿跳起了舞！全靠脚尖儿支撑身体，还能做出各种轻盈的动作！只见她俩旋转起来，转了一圈儿又一圈儿，还在转个不停……后来她们各自跑到场地的两端相向而跳，一步大跳竟然脚尖儿几乎倒踢到自个儿的后脑勺！

她俩跳累了坐下来歇息，小德张以为这就完了，正要悄悄退去，只听德龄问："唱一段儿大歌剧？"

容龄欢叫："好呀！唱什么？"

"在巴黎时母亲不让咱们去看《茶花女》，会唱吗？"

容龄热烈响应："会！我偷偷学过，就唱《茶花女》！"

《茶花女》剧照

她俩亮开嗓音用法语唱起了《饮酒歌》：

让我们高举起欢乐的酒杯，
杯中的美酒使人心醉。
这样欢乐的时刻虽然美好，
但诚挚的爱情更加宝贵！
当前的幸福莫错过，
大家为爱情干杯！
青春好像一只小鸟，
飞去不再飞回……

容龄（右）、德龄（左）

小德张听不懂她们唱的是什么，却被这种高耸入云、千回百转的花花儿腔儿给迷住了。她们跳的什么舞，这么新鲜！唱的什么歌，这么好听呢……

他知道自己的身份，平时和容龄再怎么要好，此时也不能凑到跟前去，人家毕竟是格格！若是叫德龄发现了自己，到老祖宗那里告我偷看她们，那还了得！

他悄悄地躲进树林里，蹑手蹑脚地顺着山坡溜了下去……

德龄在她的书中用了很多笔墨描述光绪学习英文的细节，赞美光绪的英文水平：

> 夏天我比较空闲，每天能有一个钟点的时间帮皇帝补习英文。他很聪明，记忆力又惊人的强，所以进步很快，然而他的发音却不很正确。不久他就能够阅读（在欧洲）一般学校英文读本中的短篇故事了，而且能够默写得很好。他的英文文字写得非常美丽，对于古字、美术字等尤为擅长……

读了这些文字，我们为光绪皇帝深感惋惜。可惜历史没有留给那位青年皇帝机会，如果给了他再次亲政的机会，他还会是一个勤于了解世界，努力跟上欧洲工业文明的“变法皇帝”。

他甚至曾经期望德龄帮助他劝说慈禧太后同意试行新政，但德龄是个很务实很功利的“外来者”，不会为了朋友得罪慈禧太后，哪怕这位朋友是皇帝。德龄写道：

> 这些工作使我有很多机会和皇帝谈话。一日，皇帝对我说我从前曾答应替他劝太后推行新政，似乎并不见什么效验……皇帝说，到适当的时候——假使能够有这么一个时候到来——他一定有用到我的地方……

裕德龄

光绪却真心实意帮助过德龄。

小德张之孙张仲忱在其回忆录中说，面对慈禧太后的指婚："光绪皇帝设计帮助德龄离开清宫去了上海。"至于光绪提供了哪些具体帮助，"设"了什么"计"得以逃婚，张仲忱并没有说清楚。我们宁可相信真有其事，盼望有朝一日能够收集到那段精彩故事。

告别的时刻来到了。德龄这样记述那最后的告别时刻：

> 皇帝说他当然不希望我们离宫，他又说他知道我在外国住过多年，当然在宫中住不久的，我要离去，他也没办法阻止我。……接着又向皇帝、皇后话别，光绪只摇着头用英语祝我们幸福……

从以上文字看，显然德龄很喜欢光绪。但是，这个以自我为中心的女子是很势利的，不肯为了光绪得罪慈禧太后。

那么，该如何界定她与光绪的关系呢？时过境迁，光绪已经作古，她在美国说他是“好伴侣”，则是一种商业炒作，通过打“光绪牌”抬升自己的身份。

真实情况应该是这样的，德龄这个来自巴黎的交际女郎，在清宫大内囚居了两年，面对的全是些封建老朽和旧式女人，她只有和光绪才有共同语言。男女相悦，情趣相投是有的，但若说她有当皇后的阴谋与手段，那就是捕风捉影了。

从光绪方面看，自从珍妃被害以后，他不近女色。皇后、瑾妃每次见到他都毕恭毕敬请安，他理都不理。和德龄这样少见的从国外归来的知识女性相遇相交，他当然很喜欢。但他深知自己被软禁的处境，不可能作非分之想。年轻的皇帝心中的政治理想尚未熄灭，因此才说出了那句满含深意的告白：到适当的时候——假使能够有这么一个时候到来——我一定有用到你的地方。

可惜，那个适当的时候，他俩都没有等来。

第十二章 缪斯女神浪漫曲

1／美国公使康格夫人的建议

2／凯瑟琳·卡尔小姐进宫了

3／柯姑娘的苦恼

4／『圣像』出洋一路风光

5／又一个老外来给『老祖宗』画像啦！

6／华士补画了一幅老年慈禧太后肖像

1／美国公使康格夫人的建议

希腊神话传说天神宙斯有九个女儿，通称缪斯女神。她们主管所有的文化艺术方面的事情，具体负责哪些艺术门类，希腊神话、罗马神话有各种版本，大致有音乐、诗歌、戏剧、舞蹈、绘画、历史、哲学、艺术灵感，甚至还包括数学、天文学等，比如今文化部的管辖范围还要宽泛。

长了翅膀的缪斯女神们没有忘记东方这块文化沃土，这不，分管绘画的缪斯女神飞到紫禁城和颐和园的上空来了，她给了美国驻华公使康格的夫人某种昭示。

康格夫人（前排中间）

康格夫人忽然有了个艺术灵感，她立即请求觐见慈禧太后。

“两宫回銮”以后，清廷和美国的关系不错。据传在入侵北京的八国联军中，虽说美国兵第一个在天安门城楼插上了星条旗，但美军表现得还不算最残暴。由于美国宪法的制约，美国也没有提出在中国设立“租界”的要求（美国曾在天津分到一小块“租界”，后来私自并入英租界）。而且，美国把清廷的赔款用于招收中国“留美幼童”的教育经费，还准备在北京援建一座医院（即后来的协和医院）。在列强瓜分中国的险恶形势下，美国聪明适时地扮演了开明角色，后来的事实证明，其实他们获取了最大的利益。当时，清廷也正需要在列强中找一个拉拢对象，愿意通过美国改善同西方的关系。于是，清宫大内与美国驻华公使馆有了比较多的交往。

美国驻华公使康格的夫人是个精力充沛、热情洋溢的女人，她和慈禧太后建立了比较好的私人关系，太后几乎从不拒绝她的求见。

1903年春天，这位太太向太后建议邀请一位名叫凯瑟琳·卡尔的美国女画家，来为太后画一幅肖像油画，送到美国圣路易博览会上去，让美国人民都能瞻仰太后的风采。

慈禧听了这番话，脸上显出了很窘的样子。出于礼貌，她表示谢谢康格夫人的好意，但是给了这样的答复：“什么事我都不能一个人决定，凡是重要的事情我总得先和大臣们商量。”

康格夫人哪里晓得，场面尴尬的原因是，在旧时代中国只有人死了才画像，那时没有照相术，有钱人家请画师给死者画“影”，出殡时供“影”的轿子叫“影亭”。“影”供奉在祠堂里，是给后代子孙祭祀用的。

没有一个清朝臣子敢向太后提出这种胆大妄为的建议，然而这个主意是康格夫人出的。她当然是为了向其国内显示自己丈夫多么有能力，自己展开的“夫人外交”多么有成效。既然她没有歹意，太后也就不会草率拒绝，得罪了美国人因小失大。

事情暂缓答应，太后向裕家母女三人垂询："油画究竟是怎么一回事？"

"为什么一定要我坐着来画像，能不能叫别人来替代我？"

"我不知怎样才能婉转谢绝康格夫人的要求……"

聪明的德龄从老祖宗的口风已经听出来了，她不会为这等小事拂了康格夫人的好意，继而得罪美国……

2／凯瑟琳·卡尔小姐进宫了

德龄、容龄姐妹俩和她们的母亲都了解慈禧爱出风头的性格，她不会错过美国人把她的画像送到博览会去供民众欣赏赞美的机会。善解人意的德龄便不失时机地进言：“我在巴黎时，卡尔小姐给我画过一张像。”

太后一听，马上叫她把画像拿来看看。很快地太监就去裕家把画像拿到宫里来了。太后看得很仔细，用手去摸油画布上凹凸不平的笔触：“真奇怪，这么粗的画法从来没有见过，这好像是用油来画的？”

心直口快的小容龄刚要说“油画油画嘛，当然是用油画的呀”，老祖宗已经惊异地质问了：“为什么德龄的面孔是一边黑一边白的？你的脸并不是一边黑一边白的呀！怎么你的脖颈也一半黑一半白呢？这位画家会不会把我也画成这样？这画要是拿到美国去，我可不愿意让美国人以为我的脸是一半白一半黑的。”

德龄解释说这是阳光与影子的关系，画家是依照她所看到的影子的浓淡深浅画出来的。

慈禧完全听不进去这种陌生的绘画理论。中国画自古以来就不注重“光”的问题，而是讲究线条的勾勒。即使是山水画，画家也省略了阳光与阴影，更甭说给人画像了。

中国画中很少给活人画像，肖像画只有在西方绘画中才能自成一个门类。慈禧太后的审美观点认为画人的脸部必须涂色均匀，绝不能“一半白一半黑”。而油画正是靠着逼真地画出阳光与阴影，才能表现面部的轮廓、特征、立体感与皮肤的质感。

凯瑟琳·卡尔小姐进宫了。宫里人叫不惯她的外文名字，都喊她柯姑娘。

她生于1865年，1882年毕业于美国田纳西国立女子学院，后去巴黎师从两位美术名家，曾在巴黎一些画展上展出过绘画作品。她以给名人画像为生，因其兄在中国海关任职，故来华采风旅行，遇上了为慈禧太后画像的机会。她竟然在清宫住了11个月，离开清宫时，获得了丰厚的报酬。日后，她以自己的清宫经历写的《慈禧写照记》(*With the Empress Dowager*)又成了畅销书，几方面的因素使得这个普通的肖像画家名扬四海。

卡尔小姐在其回忆录中自诩:“以外国人的身份进宫为太后画像，在中国悠悠历史长河中，实属破天荒之举。”

此话表达的意思不太准确，不知是英文原著写得不严谨，还是中文译文有语病——如果单说为慈禧画像，她确实是第一人，但加上后来为慈禧画像的荷兰男画家胡博·华士，统共只有两个外国人。如果“悠悠历史长河”是泛指西方画家进宫为帝、后画像，比她早188年就有意大利人郎世宁捷足先登了。

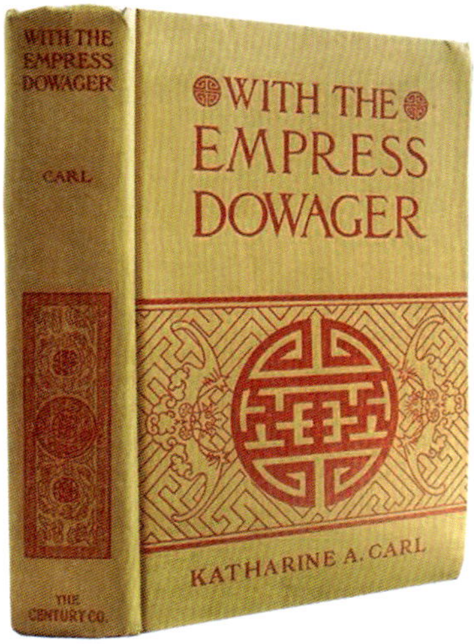

《慈禧写照记》英文原著

3／柯姑娘的苦恼

有一个细节说明慈禧太后对西方绘画艺术全然无知，德龄受美国公使康格夫人之托，力促卡尔小姐进宫画像，她请太后看在巴黎时卡尔给她画的肖像，太后发现油画是用油调和颜料时感到非常惊奇。

卡尔为慈禧画像时，皇后、嫔妃、宫眷们都来围观瞧新鲜，小德张奉命带领太监们为柯姑娘把画布钉在框架上，大家都没摸过这种活儿，需要柯姑娘亲自动手示范。这些现象说明，宫里上上下下所有的人都没见过早年郎世宁的作品。

看来，封建帝王对先帝们的书画收藏大都奉若神明地封存着，并未让那些艺术珍品对后世发生文化传承的影响。

柯姑娘跟随慈禧太后在颐和园画像，太后回到紫禁城，宫里也为柯姑娘在紫禁城准备了一间画室。她发现这间大殿作为画室光线太暗，试了两三天实在无法作画，不得不将实情告诉负责她画像事宜的首领太监小德张。为了得到充分的光线，她建议在大殿突出到廊檐外的部分布置成画室，把窗户上方的糊纸换成玻璃。

小德张一听她的要求，不敢妄自决定，说："那样一来改动很大，不仅花钱不少，而且还要破例，宫里还没有哪一座殿的上层窗户换上玻璃呢！"

她见小德张不敢为此向太后禀报，只好自己向太后讲了无法工作的理由。太后一声令下，太监们在两天内就把玻璃窗装好了。

大殿里有一座大象造型的自鸣钟，连同底座占据了很大面积，为了让画室更宽敞一些，柯姑娘提出把大钟及其他陈设搬出去。小

庆亲王奕劻　[美]凯瑟琳·卡尔绘

德张仍然不敢做主："主子说这座钟已在那里放了150年了。"

她只得又找机会请示太后，才如愿以偿拥有了一间光线明亮、场地宽敞、适宜画巨幅画像的画室。

把照不进阳光的糊窗户纸换上玻璃，这点儿改变都成了一场"革命"！封建社会的墨守成规停滞不前到了何等地步，可见一斑。

宫里连细枝末节都很难改动的小故事，令我们想起来参观故宫时的感受，那时我们就发现大殿里光线太暗。红墙里有那么多宫殿，正殿都是坐北朝南，本应阳光充足。但是，每座宫殿都有"山"字形大屋顶，屋檐挑出老远，而且檐下还有回廊，阳光顶多

凯瑟琳·卡尔的清宫素描作品

能够探到回廊甬道上。窗子本来不小，但是糊了大面积的窗户纸。这样一来，任何朝向的门窗都透不进阳光。莫非各朝各代的帝王后妃们就是在这种终年晒不到太阳的昏暗房间里过日子吗？慈禧太后在室内得不到一丁点儿阳光，出门还叫太监打着遮阳伞，太不可思议了！

相比之下，柯姑娘在清宫长达11个月画的两幅慈禧肖像，虽说也很成功，却不如郎世宁的同类作品成熟自然。她抱怨“被坚如钢铁的中国传统紧紧束缚”，也和她的纯粹西方画法来到东方水土不服有关系。可能她预料到画像送到美国圣路易博览会参展，西方同行们将会如何评说，于是为自己开脱道："画面上不能应用透视法，所有部分都要画得均匀，没有阴影。油画应有的凹凸和生动效果得不到任何体现。"

如果站在西方绘画理论的立场上看，她的画确实介于写实风格与装饰画风格之间，显得生硬浮华，就像对一个面团儿没有揉熟熥。

4／“圣像”出洋一路风光

中国封建王朝的君主们都是把自己幽闭在高墙深宫大殿里，并没有看见过自己的江山社稷。少有的几次出巡，也是一路上驱赶百姓戒严街市，只和沿途接待的大员接触。正是因为“子民”们谁也没见过皇上，才发挥想象力编出某某皇帝“微服私访记”一类的坊间传说。其中“乾隆下江南”的故事流传最广，可是谁又有幸一睹龙颜呢?

卡尔小姐以美国女性的目光将中国帝王的封闭生活说得很形象：

> 中国皇帝所处的特殊地位和环境，就像是庙里的菩萨，整日封闭在宫中，近乎与世隔绝。因此，他们必须会培植亲信，随时了解外面的情况。对于女性君主而言，皇宫更是一座镀金的牢笼，闭塞的神龛，所以环境比男性皇帝更为封闭。除了大殿里的朝见，她不能私下会见官员，即使皇族的成员也不例外。这样一来，太后手下主管太监的权力，自然也就比皇帝的主管太监大了许多。

自古以来，朝臣们都给皇帝编一个美好的梦幻——“普天之下莫非王土”，可是“天下”（地球）是个什么概念，君君臣臣都不知道。连自己的“王土”都不了解，更甭说了解世界了。一代一代封闭的君王治理下的中国，又怎么能不落后呢?

这回行了，慈禧太后要出洋了！不是她本人出洋，是“圣像”

要漂洋过海远赴美利坚了！

“圣像”出洋这可是大事，别看“后党”守旧老臣们别的本事没有，这件大事该怎么办，“妈妈例儿”比谁都多。逗哏儿的是，宫里不仅要求人家金发女画家必须在吉日吉时动笔，连封笔完工都必须定在某日午后某时完工，既不能提前也不能拖后。柯姑娘爽快地答应了，她只要拿着画笔在已完成的画面上虚晃到“吉时”再收笔不就妥了嘛！

太后心气高，邀请外国使节夫人们进宫观看“圣像”，得到了一片赞叹声。她又传旨王公贵族进宫瞻仰“圣像”，可是男人们不能进入后宫呀！于是，她命太监们把“圣像”搬到外面的庭院中。画像很大，为了安放牢固（摔倒了可不得了）特意搭了脚手架，把画像稳稳地插入底座。王公贵族们鱼贯而入，谁到圣像跟前都跪倒在地，然后站起身来仔细观看。庭院里又是不绝于耳的啧啧称赞，太后感到非常高兴。

后来她听说各路高官都叩请一睹“圣像”，更是心花怒放，恩准把圣像移至外务部。此时便有宫中礼仪规矩的明白人表忠心了，严令运送途中不许把“圣像”颠倒。毕恭毕敬送到外务部，各国驻华使节、公使馆的外交官们和中国官员们都身穿大礼服前往瞻仰圣容。对于许多人来说，他们这是头一次见慈禧真面目。无论是中国人还是外国人，大家都知道太后的年龄，却没有一个人问这画上的妇人怎么这么年轻呢？

君王、王爷、长官、老板，在下级属员们面前听到的永远是赞扬。

“圣像”运往天津时被装入明黄色绸缎夹衬的樟木箱内，外面再蒙上明黄色绸缎。考虑到使用普通交通工具运送“圣像”有些不妥，从外务部到前门火车站竟又铺设了一条专用小铁轨。当然，“圣像”一路上始终是立着放的，谁敢叫“圣像”倒下来呀？

慈禧画像在美国圣路易斯博览会展出后，由华盛顿国家博物馆收藏

外务部官员们和在京高官们都身着礼服到火车站跪送“圣像”，洋鼓洋号和民乐队都是少不了的。这高大的“圣像”不能倒下运送，而客座车厢顶棚高度有限，只好预备了装饰豪华的“敞篷车厢”，牢牢地绑住“圣像”运往天津。那些官员也都不是傻子，却无一人敢乐——什么叫“敞篷车厢”呀？那不就是货运车厢吗？那么高的画像不许放平了，得立着运送？那就五花大绑了呗！

“圣像”专列抵达天津，直隶总督袁世凯率领全体官员早已在火车站跪迎。袁世凯自己有乐队，一路吹吹打打将“圣像”送上轮船，乘风破浪送往上海。

“圣像”抵达上海，两江总督及其官员们跪迎跪送，场面之热烈、仪式之盛大，自然不会输给袁世凯。画像上了开往旧金山的太平洋邮轮，安抵美国后，早有溥伦贝子以钦差身份跪迎，由专车把“圣像”送往圣路易斯市参展。

“圣像”在圣路易斯博览会上一经和观众见面，可就走下神坛了，成为一件任由普通人平视和褒贬的普通展品！博览会闭幕以后，因为送展的提议出自美国驻华公使的夫人，又是由美国画家画的，罗斯福总统代表美国政府接受了这份礼物。

听说当初“圣像”在上海送上邮轮时还是巍然矗立的，伍廷芳有一句笑谈：上了人家外国邮轮，如何装卸可就由不得咱啦！

四年以后，画像还在美国华盛顿国家博物馆立着呢，慈禧太后本人倒下了。

5／又有一个老外来给老祖宗画像啦！

胡博·华士

慈禧太后很自恋，自打接触了照相机就喜欢上啦，变换各种姿势、服装、头饰，拍了各种照片。勋龄不愧是在巴黎受过摄影训练的高手，给“老祖宗”拍了许多好照片。年近七旬的老太后还挺“上像”的，照片上的她显得年轻漂亮，或许勋龄拍了许多废品，专挑漂亮的呈给太后，拍摄效果不理想的就销毁了。

对于柯姑娘画的肖像，太后嘴上虽然总是挑毛病，其实心里也很喜欢。画像运到美国参展以后，听说公众反映不错，在一定程度上改变了西方把慈禧太后妖魔化了的舆论，太后颇为得意。后来，庆王又拿来了荷兰画家胡博·华士给他画的油画像，神态逼真，双目炯炯有神，帽子和皮衣毛茸茸的，叫人看了真想伸手摸一摸。庆王见太后如此欣赏，不失时机地建议请这位男画家再来为太后画像，太后笑着默许了。

胡博·华士（1855—1935），在欧美是一位很有名气的肖像画家。他早年在荷兰、比利时、法国、意大利、英国学习雕塑和绘画，后来专攻肖像画，曾为荷兰女王等欧洲名人画像，1893年赴美参展后定居纽约。

1899年他初次来华，为庆亲王奕劻、李鸿章、袁世凯画了油画像。当时他曾多方努力想为光绪帝和慈禧太后画像，未能如愿。

《李鸿章油画像》［荷兰］胡博·华士绘
首都博物馆收藏

1905年，他接到清政府外务部的邀请再度来华。此前讲妥的条件是为清廷外交官画像，来华之后才获知是为慈禧太后画像，他既喜出望外，又懊悔不迭：早知如此，能够索要双倍酬金！尽管如此，他还是受宠若惊遵照约定时间赶到了皇宫。

华士在有关札记和书信中记述了为慈禧画像四次的情景，他步郎世宁、卡尔的后尘，也是迎头碰上了难以逾越的文化沟壑——面部的受光与阴影问题：

我不停地画，到太后倦了为止，历时约45分钟。她观看画像，指着不同的部位说话。伍廷芳为我传译，说眼睛上、下方不应有阴影，眼睛要加大，嘴部要显得丰满朝上，不能下垂，双眉要直，鼻子不着任何阴影。总之是，不要阴影，不要阴影，不要阴影！也不要皱纹！我鞠躬行礼，她便离去……我终于明白到，我不许写实，只能照太后的意思去画。

我想，由于去掉了阴影和皱纹，我成功地描绘了一个30岁妇人的容貌（虽然太后已年近七旬）——祥和、恬静、庄重。但人人都说，画像面部表现了阳刚性格，又说画得酷似太后。

当然，这是官员们和太监们对慈禧的阿谀奉承之词。

应清宫要求，胡博·华士画成年轻的慈禧太后。现藏于北京颐和园

6／华士补画了一幅老年慈禧太后肖像

华士终于理解了，中国人与西方人对肖像画的意义定位不同。西方油画强调画家本人在绘画现场的目击写实，而中国人希望的是留存画主最美好的状貌，视画像为一种永恒的纪念乃至供奉品。容龄回忆录中还有一个有意思的细节：

> 柯姑娘每天给慈禧画像时间一长，慈禧有些不耐烦了。她便让我们（容龄、德龄）轮流穿上她的衣服坐在宝座上，画脸的时候，她才去坐一会儿，但有时连画脸的时候也要我们去代替。因而慈禧的两张像都显得很年轻，她认为很好，也很高兴。

哈，画一位七旬老妪却要两个少女替她当模特，也只有为所欲为的慈禧太后才想得出来这种主意！

其实，华士先生在写到“不要阴影，不要皱纹”时，也不必加上那么多惊叹号以示不满。本来嘛，雇主花重金聘请画家来画像，当然希望把自己画得年轻一些、“溢美”一些，这也是无可厚非的。

欧洲文艺复兴运动之后主张艺术家的个性和知识产权，而在当时的中国尚未形成这些观念。

华士是专业肖像画家，其经验、技巧、成绩、名气都在卡尔之上。他画了一幅令中国主人们满意的“年轻的太后”交差之后，心有不甘，将那幅被否决的写实的画稿继续画完。他以更具油画特点

写实的慈禧太后　胡博·华士绘　现藏于美国哈佛大学福格美术博物馆

的笔触，加上了阴影和皱纹，完成了一幅年迈严厉、神情庄重，略带沧桑感的慈禧画像。他把这幅画带了回去，1906年在法国巴黎画廊首展，观者得以见到慈禧太后去世前三年的真容。如今那幅画收藏于美国哈佛大学福格艺术博物馆。而那幅“年轻的太后”现藏于北京颐和园，谁见了都不会相信那是慈禧晚年写真。

如此算来，柯姑娘住在清宫11个月为慈禧画了4幅肖像，其中有两张巨幅画；华士只写生4次就为慈禧画了两幅巨幅肖像。可以说，这些肖像画都是晚清时期东方与西方文化融合的珍贵遗产。

比起油画来，慈禧更喜欢勋龄公子的摄影技术，她甚至觉得照片拍的效果比油画更好一些。卡尔和华士在为太后画像之前也都参考了勋龄拍的照片。在油画肖像运往美国之前又是这位勋龄公子拍下了现场照片，他为留存清宫人物历史资料和中西文化交流立下了汗马功劳。

凯瑟琳·卡尔和胡博·华士所绘慈禧太后画像，历史文化价值超过了其艺术价值，代表了20世纪初西方油画流传到清宫禁地，清朝贵族开始接受这一舶来画种，并逐渐引为时尚。

无论某个时期某个国家封建专制主义多么封闭多么顽固，都抵挡不住缪斯女神飞翔的翅膀。人类创造的灿烂文化成果，终归是要全人类共享的。

第十三章 郎世宁东方变奏曲

《乾隆大阅图》 清宫画师［意］郎世宁（Giuseppe Castiglione）绘

1／双峰对峙
——西画与中国画

柯姑娘抱怨说：

> 我有幸进入皇宫为太后画像，机会当然十分难得，同时也被坚如钢铁的中国传统紧紧束缚！既不能选择画像背景的附属物，也无法根据构图需要来安排这些物品，而只能亦步亦趋，在所有细节上都遵循中国几百年不变的传统和规矩。画面上不能应用透视法，所有部分都要画得均匀，没有阴影。油画应有的凹凸和生动效果得不到任何体现。

她的苦恼源于西方传统画论的三个核心观念：写实主义，焦点透视，通过光影效果在平面画幅上追求立体感。

中国古典传统画论却是承袭另外三个核心观念：写意，散点透视，以线条取代物体的“面”，回避阳光与阴影。

西方绘画分为素描、水彩、水粉、油画、版画等，从绘画风格上又分为写实画、抽象画、装饰画等。而中国画通常则分为工笔画、水墨画、写意画，又或山水画、人物画、花鸟画等。

西画的顶峰之作油画，用油调和出色彩丰富的颜料，画在亚麻布上。颜料有覆盖力，一层一层逐渐达到逼真的质感和立体感。

中国画的灵魂是水与墨，把墨汁用水调和，巧妙地掌握其浓淡及湿度，或调和各种溶水颜料，画在绢或宣纸上。颜料没有覆盖力，也不得修改，一笔下去要求准确。这一点和西方的水彩画有些

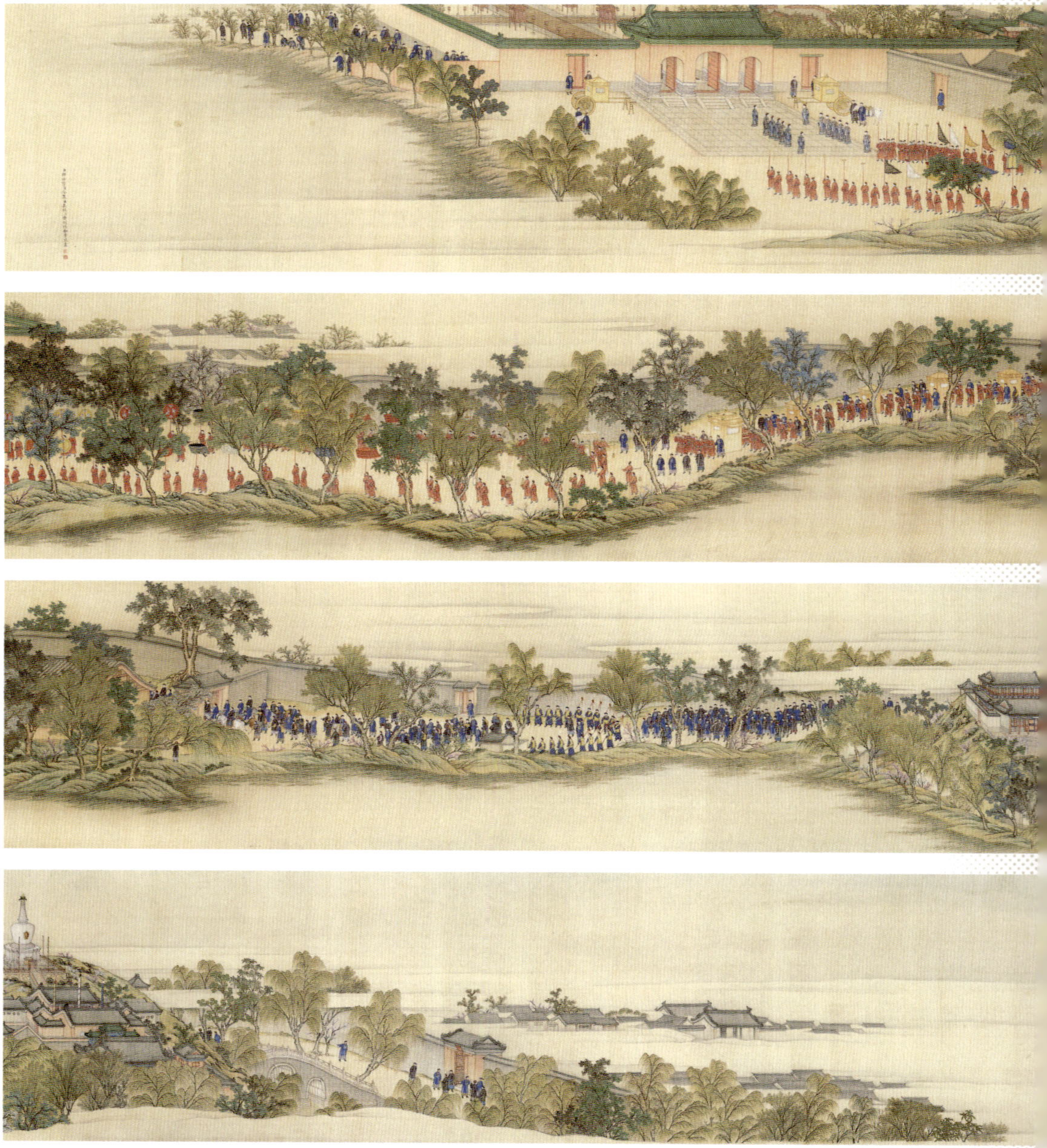

《清院本亲蚕图卷》 郎世宁与清宫画家合作　台北故宫博物院藏

接近。

东西方画论最为冲突对立的核心还是阳光与阴影问题。不知什么年代起始，也不知为了什么原因，中国古代画家们齐声对阳光说：“不！”泱泱大国浩如烟海的画卷把普照大地的阳光一笔勾销了，这真是人类美术史的奇特现象！

当年郎世宁从阳光明媚的南欧意大利来华，一脚迈入皇宫就迎头碰上了光线的难题。

康熙皇帝是艺术收藏与鉴赏大家，但他不喜欢油画。郎世宁决心了解中国画，下功夫学了很多年，掌握了中国画各个门类的技法。

他逐渐地找到了中西合璧的艺术之路，做到了既能获得皇帝赞许，又能发挥自己所学西画基本功之优势，在众多中国宫廷画师中出类拔萃、独占鳌头，所以才能够历经康雍乾三代帝王而立于不败之地。

2 焦点透视与散点透视

郎世宁虚心向中国画师学习，康熙帝不喜欢油画颜料，他就向中国同行们学习使用一种胶质颜料在绢上作画。

这是一种很难的技巧，无论是线条造型还是颜色调配，都要求一笔下去即成功，不能再加第二笔，也不容修改润饰。笔触和色彩偶有失误，那块珍贵的丝绢便有了黵儿，前功尽弃成了废品。除了水彩画，西画都不像中国画这样要求一次性成功。为此他下功夫勤学苦练。

谈到“透视关系”，西方的“焦点透视”指的是画家站在一个固定点位上去看景物。焦点透视运用几何学、物理学、光学原理，追求在平面画幅上真实地表现出自然界的立体状貌。其中，写实主义油画达到了把自然景物和人体立体化的顶峰。

郎世宁绘

郎世宁绘

中国画画家的视角则采用了“散点透视”，不固定人（画家）的点位，随意性很强。这种画法的优势在于画横幅长卷“卷轴画”，例如《清明上河图》《虢国夫人游春图》《富春山居图》《八十七神仙卷》等名画，人（画家与观画者）随画走，平行地画出（或观赏）整条繁华街市、贵族仕女游春马队、山川美景乃至神仙世界。但是，此种画法画近景、建筑、人像就差强人意了。

聪明的郎世宁学会了两种透视关系，并且创造性地把截然对立的两种透视关系运用于同一幅画中。他的乾隆巡狩题材系列作品既表现了狩猎林场的宏大宽阔，又在画乾隆骑马英姿时结构严谨焦点突出。这比死心眼儿的西方画家画地为牢死守一个点位的画法要灵活多了。

郎世宁知道“线条勾勒”“散点透视”非自己所长，他还和中国画师合作，一些描绘帝王生活的画作，由他画人物肖像，由中国画师画背景山川林木、花卉禽鸟等。清宫有许多帝、后画像都标有“郎世宁绘”，依我们看来，那些各有神韵的人物面部肯定是郎世宁画的，而那些千篇一律的“朝服”可能由中国画师们执笔。这样的“中西合璧”画作，不仅前无古人，似乎也后无来者，成了他的独家品牌。

3／阿波罗的时光音乐之舞

西方写实主义画家终生都在表现“光感”。西方古典油画在室内布光，又称“画室画派”。那时还没有照相术，由油画代替镜头般的逼真效果，故盛行室内肖像画和宗教画。

1875年，法国印象派代表作《日出印象》的画家莫奈之另一名作《撑阳伞的女人》，真实地描绘了天空、浮云、草地、阳光下的女士衣裙，画出了光色烁烁的动感。在印象派先驱的带动下，青年画家们冲出幽暗的画室去大自然写生，追求野外四季闪动着的光，变幻着的色，涟漪荡漾，流云滚滚……

《撑阳伞的女人》［法］莫奈

几乎生活在同时代的慈禧太后却十分憎恶阳光，因为她怕太阳把自己晒黑了。她乘坐辇驾出行，总得有一个太监随驾打着太阳伞。辇驾转弯时，打伞太监必须随时改变遮阳位置，一旦不慎让阳光照到太后脸上，回去即会遭到一顿毒打。

《阿波罗的时光音乐之舞》［法］尼古拉·普桑

柯姑娘在颐和园为慈禧画像的大殿光线幽暗，让她非常为难：

> 这座大殿本身十分宽敞，但是光线欠佳，因为窗子上半部都用纸糊着，只有靠近玻璃门的一小块地方还不错。对于画大幅肖像而言，这块地方却显得过于狭小。要使光线既能照到宝座上的太后，同时又能照到画布，就不得不把画架放得离太后很近，这对于画大幅肖像来说是十分不利的。

而阳光与阴影，几乎是西方写实主义油画的生命线。继“印象派”之后，涌现了大批“捕光捉影”的绘画高手。例如19世纪俄罗斯画家库因芝（1842—1910）的名作《白桦林》，画面上的白桦树和草地，在远处丛林阴影衬托下，浮现耀目的阳光感，明快的嫩绿色调甚至能让你“呼吸”到林中纯净的新鲜空气。

西方人对太阳的崇拜由来已久，而中国古人更喜欢吟唱月亮。

绘画本来是一种“哑巴”的静止的艺术，17世纪法国古典主义

《白桦林》[俄]库因芝

绘画大师尼古拉·普桑（1594—1665）的名作却是《阿波罗的时光音乐之舞》。画面上方深邃的苍穹，太阳神阿波罗驾着金光闪闪的马车飞驶而过。金马车的前方是黎明女神欧若拉，她正打开黎明之门把鲜花洒向人间。金马车周围跟着四位季节女神。健硕英俊的阿波罗展开双臂高举一个巨大的圆环，酷似初升的太阳，代表着永恒和不朽。每天太阳东升西落，四季轮回交替，形成了永恒的时间流逝的圆环。

欣赏这一杰作，我们真的好似听到了“时光音乐”，看到了朝朝暮暮、春夏秋冬大自然之舞……

4／康雍乾三代帝王与郎世宁

郎世宁（1688—1766）少年时喜欢美术，打下了坚实的绘画基础。他27岁时获得天主教会资助，于康熙五十四年（1715）来华。康熙大帝一向重视诗书艺术，但不喜欢天主教，皇上发现他有绘画天赋，召他进宫画画。他在宫里这一画就是50年，历经康熙、雍正、乾隆清朝鼎盛时期，直到他77岁在北京去世，乾隆爷亲笔给他撰写了墓志铭。

《禽献英芝图》［意］郎世宁

柯姑娘比起郎世宁来那叫小巫见大巫，郎世宁在大清朝官至三品，称得上是得到中国皇帝礼遇的欧洲画家第一人。

清宫画院收藏着许多郎世宁的画作，有《康熙皇帝朝服像》、《雍正皇帝朝服像》、《乾隆皇帝朝服像》、《纯惠皇贵妃朝服像》、《平定西域战图》、向雍正帝祝寿的《禽献英芝图》、乾隆皇帝巡狩题材系列作品、花鸟画、亲王们的画像等，传世最多的作品是那些胖屁股蛋儿的御马。

《乾隆皇帝半身冬装像》
[意]郎世宁
高丽纸本油彩1756—1757
银川当代美术馆收藏

康雍乾三代帝王为什么都喜欢郎世宁的画呢?

郎世宁不仅具有西方画家严谨科学的素描基础、油画技巧的写实功底，他还学会了中国画的线条神韵，精致的工笔画法及装饰化风格，中西结合如虎添翼。他潜心研究如何用胶质颜料达到油画颜料的立体效果，结合中国画着色的渲染技法，尽力表现景物的不同质感。例如皇帝穿的盔甲、佩剑发出的金属光泽、马匹的丰腴和鬃毛的油亮、后妃服装的绸缎锦绣的闪光、禽鸟羽毛的立体感和逼真感，这些能够给人全新的审美愉悦，恰恰是只知沿袭旧画法的宫廷画师们的短板。

他发现硬性地把西方油画肖像技法搬到东方来是不行的。西方人隆鼻深眼窝，画家为了强调脸部特征又喜欢从侧面布光，使得人

面部的阴影愈加浓重。东方人面部比较平，只要改为正面受光，即能淡化康熙爷所深恶痛绝的阴影问题。

郎世宁做的这些改良与融合是十分明智的，写实主义的真谛正是因地制宜，因人而异。

白种人肤色太白，所以面部阴影会呈现蓝、青冷色调；黄种人肤色较深，面部阴影以用暖色或中间色为宜。

中国画在画山石、花鸟等方面也注重表现景物的质感，但在更多的景物描绘上只用线条或水墨是不够的。写实派油画中的丝质物、金属、瓷器、毛皮、木头、鲜花等各自不同的质感特征很强，尤其是人物的肌肉感、眉目传神、性格情绪等刻画得入木三分。例如郎世宁画的马，骨骼坚实，躯体比例匀称，马鬃、马尾、皮毛的细节逼真到有触手可摸的程度。

众所周知，画马难在马腿马蹄。画工稍差的人画出的马腿软塌塌地支撑不住马头马身，四蹄“安装”得不对劲儿也落不了地，画“奔马”“飞马”那就更难了。在中国古画和雕塑中，“飞马”的形象能够达到东汉出土文物青铜雕塑《马踏飞燕》的高水准者，似不多见。徐悲鸿画马名扬天下，其中一个重要原因是他兼长西画与国画，既有严谨坚实的素描基础，又有挥洒自如的水墨功夫。

郎世宁画马虽说失之肥胖，但那也符合宫里马厩可着劲儿喂养出来的御马的真实模样。

卡尔小姐不及郎世宁之处，也正是她的绘画手法未能及时因地制宜、因人而异。她牢骚满腹："我失去了当初炽热的激情，内心充满了烦恼和抵触情绪，好不容易才安下心来，硬着头皮去做自己不愿意做的事情。"画家在这种精神状态下，能够画出上乘之作吗？

郎世宁反复试验为黄种人画像的恰当方法，针对中国人的肤色他调配出了不同色调的暖色，诸如褐色、赭石、土红等，用来加深鼻翼下端、双唇轮廓、下巴、颈项等的用色，让五官既显得色泽统一又立体清晰。这样，就不会出现慈禧太后所谓"一半黑一半白"之误解了。

他尝试创新的这些画法，接近中国画，但仍然保持了欧洲的绘画风格。特别是色彩的运用上既绚丽浓重又典雅大方，颇具欧洲情调。这些画有别于中国的本土画，在当时是很新潮的，得到了帝王们的认可与赞赏。亲王们也请他去作画，他成了各大王府的常客。这个现象说明，当时在清朝贵族圈子里，玩赏欧洲艺术品和绘画已经形成了一种时尚。

传统画派的国画家肯定不同意笔者的观点，他们会说西画和国画是平行发展的两个不同的美术体系，没有可比性。宋代欧阳修说："古画画意不画形。"不过，"写意"似乎更多的指山水画或水墨花卉什么的，应该承认中国画在画人物肖像、动物、建筑等方面是弱项。主要原因是画人物、动作需要以解剖学、素描基础为依据，画建筑还是应该运用"焦点透视"更符合透视学、几何学原理。

故宫藏画中有一幅《咸丰皇帝便装像》，看来这位宫廷画师完全不懂身体比例、骨骼结构的概念，皇上的头过大，脸过长，双手小得如同孩儿，一双小靴子也煞是可笑。皇上的双肩又窄又软，左肩溜肩膀儿甚过女人，跷脚而坐的下肢也短小瘦弱，看上去简直就是一个侏儒！奇怪的是，宫廷画师画出这等水平的“圣像”来，皇上本人也不生气。此画能够作为珍品保留下来，说明当时的人们谁都不懂人体结构知识。

乾隆皇帝之母《孝圣宪皇后七旬像》
［意］郎世宁

清宫肖像藏品，除了郎世宁能把各位皇帝、后妃的面容画出区别来，几乎所有的画像都一模一样！我们甚至怀疑宫廷画院有印制杨柳青年画式的套色木模，哪位后妃死了，按其位份找来朝服等级的模板套印一下，只把脸部稍加改动就行了。反正一般画师没见过皇后嫔妃，人死了再画像也无人认真推敲画得像不像。

郎世宁所绘《纯惠皇贵妃朝服像》显然是贵妃生前的写真像，人物的脸型眉眼特征鲜明，美目顾盼有神，皮肤娇嫩秀美，朱唇未启隐隐含笑。她的衣裙闪着锦缎和刺绣的丝质光泽，她的凤冠金碧烁烁珠光宝气，好一位雍容华贵栩栩如生的贵妇人！难怪康熙、雍正、乾隆三代帝王都喜欢让郎世宁画像，犹如大唐之海纳百川，大清朝能够接受舶来艺术，那也是盛世之象啊！

第十四章 自鸣钟进行曲

大清國慈禧皇太后

1／清朝帝王与自鸣钟

卡尔小姐在《美国女画师的清宫记忆》中记叙：

> 画像的第一笔相当重要。任何一位画家都有这样的体会，就是站在空白画布前，会因一时不知如何动笔而踌躇再三。
>
> 我的手在颤抖，太后的眼光是难以捉摸的，那种似乎能够看穿一切的犀利，让我感到阵阵惶恐。就在这时，殿内陈设的85座钟表以不同的声音开始报时了。吉时已到！

卡尔小姐为慈禧太后画像的宫殿乐寿堂里陈设了85座自鸣钟，慈禧的寝宫还有15座自鸣钟，仅这两处就收藏了一百座钟表，偌大的紫禁城、颐和园、圆明园的宫殿建筑群，数不清的房间里该有多少自鸣钟呀！这可不是慈禧个人的收藏，而是几百年的积累。1582年，首位来华的传教士利玛窦带来的礼品中便有自鸣钟，明清两朝帝王都很喜欢，此后西方国家的首脑投其所好，派外交使节或贸易商团来华时几乎都送自鸣钟。康熙大帝尤其热衷玩赏自鸣钟，中国封建社会奉行祖宗崇拜，康熙帝的收藏，雍正、乾隆、嘉庆、道光、咸丰、同治、光绪哪一代皇帝不奉若神明呢？这还没算上各大王府世世代代的收藏呢！自鸣钟在清朝，真称得上是历经八代皇帝、王爷们推崇的高档奢侈品了。

试想，当年欧洲能够制造式样不同的达到艺术品精美程度的自鸣钟之生产能力不会很高，可以说其中很大一部分高档产品流向了

日晷图

中国。那么问题就来了，清朝皇帝们为什么前赴后继乐此不疲地喜爱自鸣钟呢？

这就要从中国古代的计时方式说起了。

古人是利用太阳的射影长短和方向来判断时间的，圭表用于辨方向和定四季；日晷用于测量时间，二者统称为太阳钟。所以，时间又称为“光阴”。日晷又称“日规”，由一根晷针和一个刻有刻线的晷盘组成。当太阳的方位变动时，晷针在晷盘上的投影方向也不同。古人确立了12个时辰，例如“午时三刻”指的是日晷盘上午时位置的第三个刻度。这项发明沿用了几千年，这就是“光阴”“时刻”之来历。

阴雨天和夜间又该如何计时呢？古人又发明了“漏刻”，在壶里盛水，利用水流的均衡性原理，观察壶上刻有时间的标尺（叫刻

漏刻

沙钟

水运仪象台

箭）位置来判定时间。“漏刻”到了冬天壶水结冰怎么办呢？古人又使用机械推动力的时针，名曰“五轮沙漏”，也叫“沙钟”。宋代苏颂在张衡发明的水运浑天仪基础上改造制成水运仪象台，可以显示十二个时辰，并准确报时。

上述发明年代很早，先民很聪明，但这些计时方式大多失之体积大而笨重，不易搬动。而且，原始的计时方式沿用了几千年，也显得一个民族的进步在时间上滞留太久了。

2／钟表店尊利玛窦为祖师爷

17世纪以后，西方精密小巧的钟表传入中国。1582年，意大利传教士利玛窦到达澳门，后来辗转抵达北京。他呈献给明朝万历皇帝的礼品中有两座自鸣钟，万历十分喜爱，批准利玛窦以钟表调试技师身份在京居住，后来还准许他在宣武门外建教堂传教。

到了清朝康熙年间，康熙喜欢自鸣钟到什么程度，有其御诗为证：

法自西洋始，巧心授受知。
轮行随刻转，表指按分移。
绛帻休催晓，金钟预报时。
清晨勤政务，数问奏章迟。

赞美自鸣钟催他黎明即起勤政上朝，几次问大臣们：奏章怎么还不呈上来呀?

他还专门在宫里造办处增设了修理钟表和研究制造西式机械钟表的作坊，说明皇家收藏的自鸣钟越来越多，需要自己的修表匠了。

乾隆皇帝对钟表更加热衷，下旨聘来欧洲钟表技师，教授中国技师，仿制出各式各样的新奇时钟，配以金、玉、漆、象牙、宝石、紫檀等贵重装饰，达到金碧辉煌的视觉艺术效果。再到后来，玩钟表，就跟玩鼻烟壶、扳指、养鸟、斗蛐蛐一样，成为八旗子弟们炫财斗富的时尚了。《红楼梦》第51回“说着，只听外间屋里槅上的自鸣钟‘当当’的两声”，以此衬托贾府的王侯地位。

自鸣钟从宫廷逐渐走向民间，推进了机械钟表制造及修理业的兴起和发展。传说当年的北京前门大栅栏一带有400多家钟表店，不少店铺里悬挂着一幅黑袍人画像，那是后人尊利玛窦为祖师爷，还有的修表匠供奉他为“利玛窦菩萨”。

［意］利玛窦（Matteo Ricci）画像

清朝各代皇帝都喜欢自鸣钟，只是因为它新鲜、小巧、精美，还能当个玩意儿欣赏、解闷儿，拥有它成为皇室、显贵们地位、财富和权威的象征。

然而，对于西方人为什么能够发明这么多新鲜的玩意儿，自鸣钟表芯科学的工艺水平又能带给人什么信息、启示、警醒呢？很遗憾，包括康、雍、乾颇有治国能力的盛世明君，也都未能多加思考。他们没有发现自鸣钟的机械原理和工艺水平，是即将兴起的工业革命的先头部队。如果在那个“起跑线”上中国能够警觉，迅速收集西方国家发展信息，迎头赶上科学技术发展的势头，就不会有后来的落后与挨打。

可惜，那时候东方睡狮尚未醒来。

对于农业社会来说，有圭表、日晷、水漏、沙漏等古老的方法计算时间已经足够了。几千年来人们过的都是日出而作、日落而息的日子，拥有“二十四节气”知识有利于种庄稼，比时间观念更重要。时间和速度既然不是金钱，早一些晚一些、快一些慢一些不大重要。然而，当人家以“速度与激情”朝着现代化工业社会迅跑时，中国的万岁爷们还在拨弄着时钟的表弦自得其乐呢……

3／传教士？科学家？

利玛窦与徐光启

中国人并不是由自鸣钟才开始接触西方机械的，早在明朝，利玛窦就带来了许多西方科学技术书籍，并和徐光启共同做了《几何原本》等中文翻译推介工作。

西方传教士来华分为两大支脉，一些人深入民间和边远地区，试图从社会底层打下天主教基础；另一些人则走高层路线，想方设法结交王侯贵族，最高目标是进入宫廷对皇帝施加影响。后者的主要策略是赠送从西方带来的新鲜物件和传播科学技术知识，汤若望、南怀仁就是通过展示自己的科技知识在宫廷站稳了脚跟。

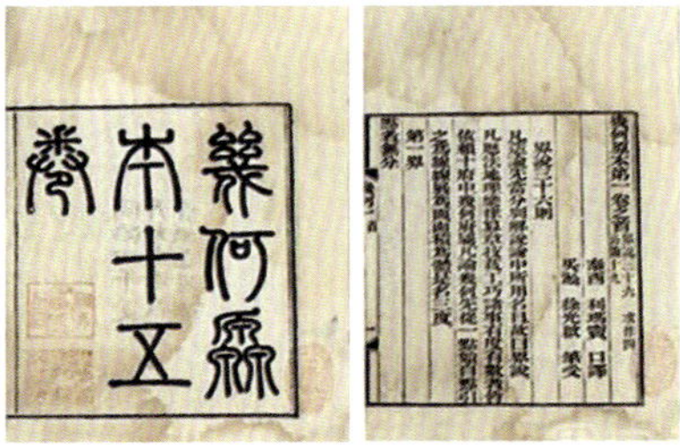

《几何原本》

后来事情的发展是西方宗教人士始料不及的，很多传教士在推广普及科技知识上做出了贡献，传教活动却遇到很大的阻力。究其原因大致来自三个方面：一是古老的佛教自尼泊尔、印度

汤若望给皇帝
讲述地球仪

滑轮组转磨

南怀仁画像

传入中国以后，历经两千多年的演变实现了中国本土化，已经家喻户晓、深入人心。佛教与中国儒家传统、道教信仰做到了相依相附和谐共存，“迟到”的天主教很难说服老百姓相信“上帝”是唯一的救世主。二是来华的传教士中有些人在布道活动中涉及其本国政治利益过多，陷入列强侵略中国的战争旋涡，有的人甚至当了殖民者的帮凶，引起中国人的抵制。三是天主教的排他性也造成了其步履艰难，中国民间自古以来就盛行“多神崇拜”，宗教情感偏重世俗化倾向，即所谓“现用佛，现烧香”“见神就拜，礼多神不怪”，很难成为虔诚的基督徒。

不管怎么说，早期传教士来华所做的普及推广西方先进的科学知识之历史功绩，还是得到了中国人的承认与尊重。

康熙爷还是太子那年头儿，比利时神父南怀仁接替汤若望担任“钦天监正”，在宫里负责天文学等科学技术研究工作。他可没少给康熙爷讲授几何原理和机械制造知识。早年汤若望在世时，南怀仁用一套精巧的金属滑轮绞盘，帮助汤若望往教堂塔楼上吊装了一口大钟。后来在修筑皇陵工程中，由京城往东陵运送上万吨的巨石必须经过卢沟桥，康熙爷为了保护古桥，命南怀仁以西式吊装机械解决了难题。

4／自鸣钟的启示

不知为何，由西方传教士送上门来的“科技情报”始终没有引起明君们的警觉，也没有刺激“中央帝国”的商业嗅觉。对于农业国家来说，他们还在忙于以各种祭祀仪式求雨，占卜星象，皇帝去天坛拜天，去先农坛拜丰收，开春象征性地去田里扶第一犁……他们都缺乏对于自己国家社会发展的前瞻性战略思考：为什么西方人能够发明创造出这么多先进的机器来呢？拥有了工业进步而变得强大起来的西方国家，对于中国来说意味着什么？他们还不具备应有的国家安全危机意识。

当初一些英国移民九死一生初到阿美利加新大陆，人生地不熟，饥寒交迫无法生存。当地土著印第安人热情欢迎他们，慷慨相助帮他们安家。后来，他们中间有些人却引来白人殖民者军队，对印第安人实施了种族灭绝。哥伦布航海船只遇风暴沉没，几个水手泅海游近一座小岛再也没有力气了，眼看着要溺水而亡。岛上土著居民见状跳入海里营救他们上岸，以丰盛的食物款待他们。哥伦布却在日记中写到只需50个持火枪的人就能消灭这些心灵不设防的岛民，果然他们灭绝了岛民，在岛上升起了殖民者的国旗。

自利玛窦向明朝万历皇帝进献自鸣钟之后的300多年中，竟然只有悲情皇帝光绪听懂了时钟的诉说，从表针的飞转联想到时代发展的速度，萌生了只争朝夕的紧迫感。他意识到封闭守旧的中国太落后了，必须变法维新，强国富民，迎头赶上西方国家的国力、军力。痛哉哀哉，又一次的天不佑大清，守旧势力反扑后他被软禁了

10年。他也喜欢自鸣钟，而且他比先帝们技高一筹，琢磨透了表芯的机械原理，能把钟表拆了再原封不动地装好。被囚瀛台的漫长岁月，他为了打发时间把钟表拆了装，装了拆，从中找到了乐趣和安慰。自鸣钟嘀嘀嗒嗒地悄悄告诉他：你还年轻，时间是属于你的……

如果说1840年以前的清朝君主们没看清列强的侵略本质，就像那些纯朴善良的印第安人和太平洋岛民一样，还情有可原。但是，到了两次鸦片战争之后直至八国联军入侵，清廷以慈禧为首的保守派仍然没有奋起赶上西方工业革命步伐，树立维新改革强国路线的战略眼光，仍然沉溺于“天圆地方，我坐中央”之痴梦，满足于“万邦来朝”之虚荣，死抱着“祖宗规制”闭关自守，听任列强瓜分中国，那就是历史的罪人了。

自鸣钟的启示还告诉我们，国运发展迟滞的责任不都归咎于首脑人物，也在于民族文化心理的惰性与缺失。很多中国人看待事物的目光往往止于表象，不求甚解，不肯抽丝剥茧剖析其本质。以自鸣钟为例，人们只是喜欢它精美的外观，新奇巧妙的式样，好听的鸣声，活动的小人儿，蹦出来唱歌的小鸟儿，自开自合的花朵儿……至于内里表芯工艺达到的精密程度，它所代表的国家工业制造水平，其配套产业的发展，却无暇理睬、无人关心了。更为缺失的是，没有人深究西方人为什么在设计理念上达到了实用性、欣赏性、艺术性与商品价值的高度结合。

5／笑谈『跪拜礼』

清宫有两“多”，一是自鸣钟多，二是“跪拜礼”多。这两种现象看上去风马牛不相及，却是那个时代独特的风景。

自鸣钟的嘀嗒象征着欧洲工业革命的序曲，而“跪拜礼”所代表的是东方古国固有的封建体制。两者作为双方的文化符号在同一时空相遇，势必将导致不同文明的冲突。果然，英国老牌殖民者以“跪拜礼之争”为借口，发动了第一次鸦片战争，西方列强的“坚船利炮”演奏着激烈的进行曲瓜分中国。

中国几千年封建王朝一直沿袭“跪拜礼”，中国人不用下跪了才一百多年。中国人总喜欢说我们是礼仪之邦，但是双手抱拳作揖礼、鞠躬礼、女式蹲儿礼、男人见面时的打千礼、碰肩礼……都早已消失了，取而代之的是西方礼节握手、拥抱，甚至亲吻脸颊，等等。其实，作揖、鞠躬最讲卫生了，既显得有礼貌，又避免手掌接触传染疾病。

跪拜礼，尤其是三拜九叩“磕大头”，是典型的封建主义产物，是体现“君君臣臣父父子子”封建伦理关系的外在仪式，用“礼”来严格规定臣子对皇权及父权的无条件服从。“草民”见了官老爷都得跪拜，下级官员见了上级官员也得跪拜。登峰造极的是上朝见皇上，文武大臣都得下跪，等皇上恩准才能“平身”肃立，封建帝王要的就是天下万民对他绝对臣服，即所谓“忠”。

影视剧里拍摄的跪拜大场面有些舞蹈化了，演员们表演的“三拜九叩”令人总想发笑，不知历史上真实的礼仪动作是什么样子。

《召见官员》［美］凯瑟琳·卡尔绘

老式蒙布照相机

群居的哺乳动物都有一个头领，尤其是肉食猛兽，例如狼群里的“臣狼”见到“狼王”要倒地四脚朝天亮出肚子表示臣服。动物四脚朝天，人类“四脚”朝地，笑煞人也！

历经八国联军之乱，“老祖宗”终于对“跪拜礼”网开一面了，有了些许“恩准”的灵活性。西方使节、武官、贵宾们觐见，向她行的都是单膝跪吻手礼，或者只行鞠躬礼。她虽然讨厌他们手上的汗毛，也硬着头皮接受了。这只是她对洋人不得不做出的让步，对待自己的子民她还是毫不手软，谁见了她都得下跪，否则就是大逆不道的死罪！

然而，时代毕竟前进了，一桩又一桩前所未有的新鲜事物冲击着顽石般的“跪拜礼”。

就拿裕勋龄被传诏进宫给“老祖宗”照相这件事来说吧！遵循祖制他必须跪着拍照，可是当年的老式照相机得固定在约1.6米高的架子上，他得站着把脑袋钻进一层黑罩布里面去对焦距，跪着是绝对够不着照相机镜头的。

李莲英出了个主意，叫勋龄跪在凳子上。可是“老祖宗”要拍许多照片，勋龄需要不断地选择拍摄角度，莫非得像只猴子似的爬上爬下吗？“老祖宗”看了抿嘴一笑，开恩降旨：“免跪了罢！”

勋龄在免跪之前还得磕头谢恩。

这样的特例只限在大内活动，勋龄出身贵族，满口洋文，第三代混血儿，母亲和两个妹妹又是御前女官，他成了大内唯一的御用摄影师。多亏了“老祖宗”开恩免跪，他才能为后世留下300多幅珍贵的紫禁城图像史料。

6／『老祖宗』对『跪拜礼』网开一面

伍廷芳

关于“免跪礼”，还有一桩令人哭笑不得的难事，叫伍廷芳给遇上了。

伍廷芳何许人也？

伍廷芳（1842—1922）是大清朝不可多得的英语人才和西方法律专家，3岁随父从新加坡回国，14岁赴香港圣保罗学院求学。1862年他以优异成绩毕业后远赴欧美，入英国林肯大学法律学院深造。他于1877年毕业获法学博士学位，是中国第一位法学博士，也是中国第一位取得英国大律师资格的人。1882年他接受李鸿章邀请，抱着强国梦想北上天津，出任北洋幕府的法律顾问，同时襄助李鸿章办理洋务，进行中外交涉。

有一次重要的外交活动，许多西方国家的公使来觐见太后、皇帝，递交国书。为了办好此项活动，太后传旨李鸿章，叫他找一位英语流利又熟悉外交礼节的人来担任御前翻译官。李大人特意从天津调来了英语专家伍廷芳担任御前翻译官。

伍廷芳到了北京可就发愁了，心里想这是一次正式的大型外交活动，自己跪着当翻译怎么行呢？我若是跪着，洋人们站着，和洋人的身高相比，自己跪在地上岂不成了武大郎了吗？那还不叫那些放肆的洋人们笑喷喽！

可是，伍廷芳的官职是外务部侍郎，大约相当于如今的外交部司长。身为朝廷命官，在太后、皇上面前又怎么能不跪呢……

万般无奈，听说这两天裕庚夫人从宫里告假回家了，他特意去拜访了裕夫人。裕夫人和她的两个女儿德龄、容龄都是从法国回来的，跟随太后担任御前女官。西洋女宾拜访太后时，两位小姐经常当翻译，她们一定有办法通融。

容龄在《清宫琐记》中忆述：

> 伍廷芳曾为这一天的礼节问题，特地到我家来和我母亲研究。因为王公大臣见慈禧是要跪着讲话的，所以伍廷芳说："我引见外宾在觐见的时候，大家都站着，只有我一人跪着，那我不成了一个矮子吗？"我母亲说："可以禀明皇太后让你免跪。"我们进宫后，我母亲把这件事禀明慈禧，慈禧笑着说："那就不要让他跪了。"

且说伍廷芳把客人逐一带进来觐见，他把客人的姓名、职衔告诉女官，女官再告诉慈禧。客人们在进殿的时候就向慈禧请一个安（指鞠躬），走到殿中间再请一个安，走到宝座前又请一个安。这是按照英国宫廷的礼节。

容龄那时还是个少女，她的回忆录以生活细节见长，生动具体很可信。照她的描述，这样的外交礼节不也很好嘛！然而清廷做到这样与国际接轨的程度，自乾隆爷到慈禧太后却学习了一百多年！

第十五章 不速之客狂想曲

乾隆皇帝朝服像　[意]郎世宁

西方画家绘“跪拜礼之争”(局部)

1／没听说过英吉利人呀！

乾隆爷是比慈禧太后早一百多年的盛世皇帝，那年头儿的跪拜礼更是神圣不可侵犯的仪轨了。

和中国人的仪轨不同，古代西方人表示臣服行单膝跪礼，同时垂首去亲吻国王或爵爷的手，甚至是脚。其实，无论是双膝跪拜，还是单膝跪拜，双手的姿势如何，朝拜时脑门儿是否触地，都只是形式上的区别，本质都是严格划分尊卑地位。

然而，双膝跪还是单膝跪，作为东方与西方两种文明的礼仪符号，在乾隆爷八十大寿那天却闹成了影响国际关系的大事。

话说当年中国人还在关起国门陶醉于自个儿的康雍乾盛世的时候，大不列颠那边儿“颠”出了个工业革命。照理说大清皇上和大英国王咱俩谁也不认识谁，你抓你的工业，我抓我的农业，相隔万里，大洋阻隔，咱谁也犯不着谁呀！可是不行，人家这工业上去了，生产力就提高了，产品多了就得推销，卖出去赚钱呀！再说了，工业生产规模越来越大，需要的原材料也越来越多，可是英伦三岛它能源和原材料不多呀！这不就得遥处踅摸去嘛！同意自由贸易更好，我给你运去鸦片，你让我运回原材料。不同意？那就得抢呗！夺呗！

且慢，“中华帝国”强大到什么程度，盎格鲁—撒克逊的子孙们捉摸不清呀！那些早期赴华传教士们写的书，把中国写神了，它究竟实力如何，得去打探一下，眼见为实。

做生意赚钱赚疯了的英国东印度公司老板打听到中国正在筹备

英国殖民者发动的第一次鸦片战争

乾隆皇帝八十大寿庆典，便撺掇喜欢航海的马戛尔尼勋爵，由他再去撺掇乔治三世国王。国王给中国皇帝写了祝寿信，马戛尔尼率领船队驶向东方。

这事儿不大靠谱儿，全怪那年头没有电报，更没有手机、网络，通信不方便。中国这边筹办万岁爷华诞的大员们不知道多了一拨前来贺寿的客人，得着信儿时英国客人已经到达广州了。他们赶忙上奏皇上，可那年头儿凭着皇差快马一座驿站、一座驿站送加急奏折，从广州到京城得跑上多少天呀！

乾隆爷得着信儿，起初只当是“海夷”“番邦”自动来朝贡，倒是满心高兴。他命人搬来《大清一统志》，却怎么也找不到“英吉利”是何方神圣。志书上倒是有法兰西、意大利、普鲁士、比利时……英吉利跟咱素昧平生，怎么也来进贡呢？

可不，最早从西方来的传教士中有意大利人、德国人、法国人、比利时人，没听说过英吉利人呀……

2／马戛尔尼爵爷无功而返

两个完全互不了解的国家首次接触很搞笑，事先没有外交谈判"预热"，客船抵达舟山后，宾主双方才进行磋商。马戛尔尼声称要向乾隆面呈英国乔治三世国王的信，并提出了两国建立贸易关系的六点要求。中国官员接了这份英文文件，当时的英文译员很少，译成中文得需要时间。

乾隆爷并不知道英吉利人递交了谈判书，他把他们当成了众多前来祝寿纳贡使团的一员，本着礼仪之邦热情好客的传统，命令沿海各市地方官好生款待，英国人庞大的使团队伍一路享受免费饭菜、盛宴美食。

盛宴款待洋人的风气，一直延续到二百多年以后的中国，直到近年来中央规定了外事接待的用餐标准，才止住了过分好客的无劳之举。殊不知洋人的西餐很简单，你招待他们过于奢费，他反而猜疑你不遵纪守法。再说，西方并不像中国似的是人情社会，你招待他，他认为那是你自个儿乐意，他并不领情，你给他们吃得再好，到了谈判时人家还是不会轻易让步，那巨额饭钱算是打水漂儿啦！

乾隆爷以为尽到热情待客的地主之谊就行了，岂知人家有备而来，来者不善。马戛尔尼一行到天津登陆。中英双方协商给皇帝祝寿时的礼仪，话不投机谈崩了。清廷大员们提出任何人觐见皇帝都要行"三拜九叩"大礼，来自强国的马戛尔尼认为是奇耻大辱，最后妥协让步只同意行英国式单膝跪垂首吻手礼。中国官员则让步到可以不三拜九叩，但必须双膝跪拜。

天津官员出城欢迎马戛尔尼使团

在当代人看来这是小事儿一段儿，单膝跪、双膝跪不都是下跪吗？他见了他们英国国王不也是单膝跪嘛！可是那年头儿是康乾盛世中华大帝国呀，万邦来朝。人家别的番国可都得入乡随俗三拜九叩呀！我们又没请你们英吉利人来，你们自己找上门儿来还这么刺儿头！

史料只记载了乾隆皇帝闻讯动怒，传旨降低其接待规格。对于乾隆爷为什么动怒，一说他是为了“跪拜礼”之争，一说是此时他才见到英方提出六条要求的中文译本。英国人也真是的，谁也不认识谁，一上来就提出要求中方把舟山和天津辟为对英通商口岸。大清朝自诩“天朝物产丰盈，无所不有，原不藉外夷货物以通有无”，当然把英国人的图谋看作是无理要求，且视“通商口岸”为割让港口土地。

那时候的“天朝”自古以来闭关锁国，来的都是番邦进贡，没有平等的国际外交经验。本来，主人满可以虚与委蛇留下客人谈判，谈判的过程即可讨价还价相互妥协，而那时候的清朝官员们甚至不懂得什么叫作贸易谈判，看见龙颜不悦，谁敢多嘴多舌？于是，主人表示了送客的意愿。

马戛尔尼爵爷就这么未经谈判无功而返了。傲慢无礼、心胸狭窄的他回国后大肆攻击、丑化中国，把一切归咎于“跪拜之礼”，渲染大英帝国的尊严受到羞辱。

3／岂止是『跪拜礼』之争

前几年国内有些史学家把中国丧失那次学习英国先进科学技术的机会归咎于“礼仪之争”，一味批评乾隆老皇上。然而，西方政要和学者却不都怪罪中国。英国牛津大学一位史学博士指出：“乾隆对英使的首次访华，感受到的是英国对清朝的威胁。乾隆认为军事防御迫在眉睫，而非盲目自大。”当时法国皇帝拿破仑说得更加尖锐：“外交官拒绝叩头就是对（中国）皇帝不敬，中国人拒绝得对。把使节等同于他们的君主是完全错误的，任何君主从来也不会把使臣当作与他地位平等的人。”拿破仑还讽刺说：“觐见中国皇帝却要遵行英国习俗，这是没有道理的。如果英国的习俗不是吻国王的手，而是吻他的屁股，是否也要中国皇帝脱裤子呢？”

这真叫公说公有理，婆说婆有理，二百多年过去了，两方史学家还在争论不休。

虽说礼仪之争是两种文明的冲突，但我们并不看重礼仪细节，事情的本质岂止是“跪拜礼”之争！

试想一下，如果清朝官员没有要求马戛尔尼“三拜九叩”，乾隆爷也同意把天津、舟山辟为与英国通商口岸，事情就能皆大欢喜吗？两国真的就能从此开展“平等互惠”贸易吗？英国人就不掠夺中国的资源了吗？就不往中国运送鸦片了吗？就没有后来的两次鸦片战争了吗？

答案：非也！

列强殖民者对发展滞后的国家就是要弱肉强食，狼要吃小羊总

小斯当东拜见乾隆皇帝　西方画家绘

会找到理由的。

在承德避暑山庄贺寿典礼上，马戛尔尼献给乾隆皇帝的礼物也是自鸣钟。事后英国人很扫兴，他们在参观宫殿时才发现中国早就有了西方人送来的自鸣钟、地球仪、望远镜，等等。但是，马戛尔尼的礼物中有一样东西引起了乾隆爷的警觉——那是英国最大的装备有110门大口径火炮的“君主号”战舰模型。而且，马戛尔尼来华声称贸易谈判，却放着那么多早已通航的商船不坐，而是专门乘坐装有64门大炮的英国第一流战舰“狮子号”来的，停泊在了大清卫城天津大沽口！他们到了舟山时就看上了那片岛屿，又以战舰体积必须在深水港停泊为由要求到天津登陆，乾隆爷热情好客，破例答应了他们北上，老皇上暗自懊恼自己的疏忽大意……

那位牛津大学史学博士说的乾隆“感受到的是英国对清朝的威胁”，此话并非空穴来风。开着战舰去“贺寿”，还以更大的战舰模型为礼物，这不是黄鼠狼给鸡拜年吗……

4／画家间谍

人家英吉利人来华那真叫有备而来，马爵爷不仅坐了战舰带了军火样品，还带了两位画家。

带画家干什么呢？因为那年头儿人类还没有发明照相术，画家能够起到与战舰上情报官一样，甚至比情报官还能耐的作用。

据说一位是个著名画家，但他在访华途中画的作品并不多，可能只顾着玩儿了。或者他像有些“研究项目带头人”之类的专家教授，自己只是布置任务动动嘴儿，由助手或学生具体干活。另一位画家很年轻，名叫威廉·亚历山大，奉命绘制了大量图画，至今广泛流传于世的“中国印象”大多出自他的手笔，使他声名大噪。

一踏上中国领海国土，亚历山大见到什么画什么，侦察得一清二楚，绘成图画回国献给英王，供决策高层做战略研究。偏偏遇上咱中国人好客成癖，乾隆爷降旨客人北上时一路好生招待，他们吃喝一路画一路，海防、炮台、要塞，一切都供他们敞开儿看、敞开儿了画。热河（承德）避暑山庄贺寿大典之后，别看拒绝人家谈判，送客一路仍然慷慨大方。不知谁出的主意，偌大的“狮子号”战舰在海上放空南驶，马爵爷一行由陆路“观光”南下。一路上随团画家又一通逮什么画什么，清朝军队的建制、兵器、服装、军营、装备、城池关隘、河流、湖泊、道路、沿途城镇风貌、城防设施、风土人情……

写实主义西洋绘画需有坚实的素描基础，透视关系严谨，线条准确，形象逼真，尤其注重细节与质感。亚历山大的写生画对于英

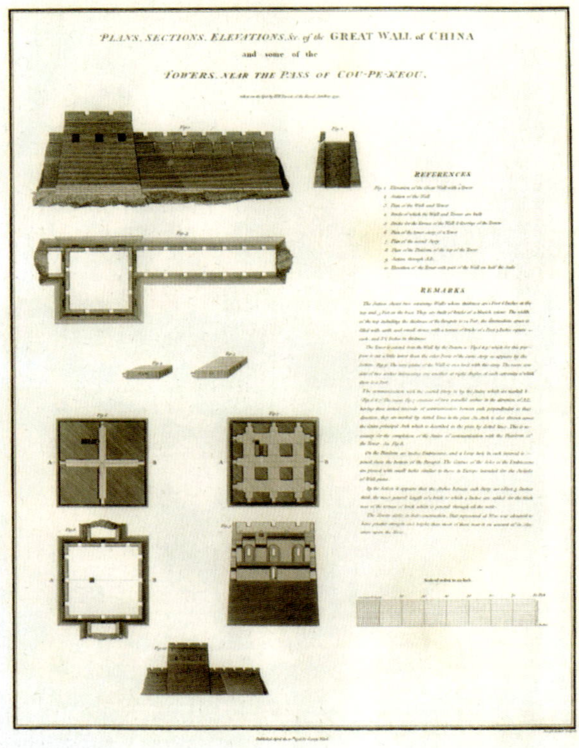

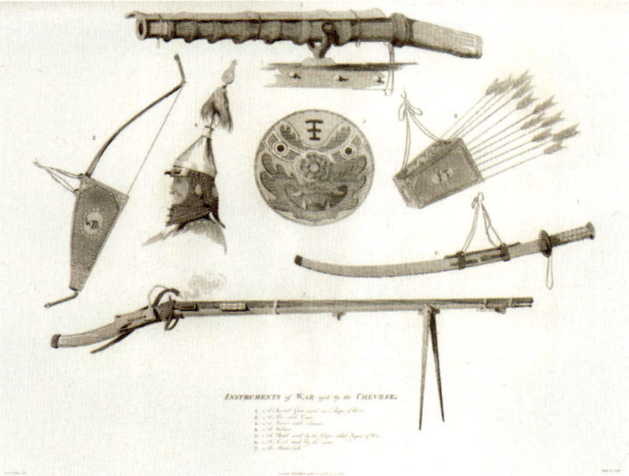

威廉·亚历山大绘清朝军事设施和兵器图

国人了解中国国力底细起到了重要的侦察作用。

他的画细致入微，可以说跟拍摄的彩色照片没有区别。他的选景目光肯定不是出于艺术家的兴趣，而是接受了马戛尔尼特使、斯当东副使等上司的指示。我们只要看一看他的沿途所绘就明白那些作品的情报价值了。

他们所到之处，特别注意中国军事要塞的关防设施，例如《大沽炮台》《天津城墙》《天津附近的碉堡》《战船》《兵站》。

访华使团回国后把这些画作和文字侦察资料上交，国王、议会和军方看了万分兴奋，因为他们从中可以判断出，别看中国是个物产丰富的大国，却是个军事落后的贫国。中国的军事装备还处于冷兵器时代，国防设施不堪一击，他们放心大胆地伺机找碴儿去吞并这块肥肉了。

前些年史学家们掀起“礼仪之争”讨论，个中有个津津乐道的小故事：说马爵爷的副使斯当东带上了他13岁的儿子小斯当东，小斯当东在来华的船上学会了简单的汉语，乾隆皇帝很喜欢他，并解下随身香袋赠予他。就是这个小斯当东，日后成了英国议员，在英国下院决定是否对华开战（鸦片战争）时他做了主战演讲，促成了主战派获得了多数票。主战派271票，反战派262票，说明当时还有接近半数的议员反对炮舰政策。

我们还是坚持认为，不管有没有马爵爷及斯当东父子访华，不管有没有“跪拜礼”之争，西方列强只要了解到清朝虚弱的国力、落后的军力底细，

都会前来瓜分中国。就像老牌殖民者对待曾经热情款待他们的印第安人、太平洋岛民所做的种族灭绝那样。

可悲的是，自那以后，清宫大内几百座自鸣钟的时间之表针又空转了一百多年……

第十六章 『老祖宗』诙谐曲

大清國當今慈禧端佑康頤昭豫莊誠壽恭欽獻崇熙聖母皇太后
光緒癸卯年

圣讳 1

庚子年（1900）以前的三四年里，是宫里京剧的辉煌岁月，一年之中除了先皇忌日按例不能欢乐外，几乎每天都唱戏。“老祖宗”把看戏当成每日必需的消遣，这就跟如今人们玩手机、上网、看电视一样。可是，唱戏那是由一群大活人在舞台上折腾呀！登峰造极之时是节日或帝、后诞辰，整天都要唱大戏。王公贵胄及其家室都由太后恩赏“进宫听戏”，有吃有喝流水筵，皇族们都喜欢进宫凑热闹。上午、下午、晚场都请来外面的名角献艺。

外面的京剧名角能够得到宫里聘请，那真叫又高兴又害怕，演好了得到“老祖宗”的赏识，演一场可得赏金少则五十两多则百两银子，逢年过节还加倍赏赐。太后看中的角儿，不仅收入可观，传扬出去声名大振，身价倍增，慈禧太后就是他们的义务活广告。

然而，事情还有倒霉的一面呢！

进宫唱戏不能出一丁点儿差错，老太后很懂戏，丝毫糊弄不得。她老人家看戏还特认真，拿着剧本对照，唱错一句词儿，她立马儿叫停质问你。倘若只是唱错一两句词儿或有些动作不到位，这还不大要紧，也就是少给赏钱。但若是初次进宫的演员犯了“圣讳”，那可就要大祸临头啦！

什么叫“圣讳”呢？如今的年轻人不知道个中的厉害，圣讳就是圣上的忌讳，臣民绝对不能涉及，言语必须回避。连名字都不能相同，例如太后、皇上的名字，上溯几辈的先皇先后的名字等。幸亏清朝执政者是满族，其名字在汉族人听上去怪怪的，不大会“犯讳”。例如老庆王叫奕劻，汉语会说成“一筐”，谁会给孩子起这么个名字呢？圣上还有许许多多忌讳，常在宫里的人们都懂规矩，可是初来乍到的演员倘若事先无人先指点，他们哪能明白呢？

慈禧太后还有许多临时起意的“圣讳”，今天说起来令人哭笑不得。

小德张在担任南府戏班总提调时，有一次点验剧目，选上了唱黑头的名角儿麻穆子。他嗓音洪亮，擅长演包公戏，深受观众欢迎。小德张点了他一出《双钉记》中的包拯。

包公上台一亮嗓儿，浑厚高昂灌满戏园，迎头博得观众喝彩，慈禧太后听了也很高兴。不料，演着演着包公的唱词中有一句“最毒不过妇人心”，“老祖宗”一听勃然大怒，叫停演出。她当场传“散差”（专门负责打人的太监）打了麻穆子八十竹竿子，逐出宫外，“包公”险些丢了性命，到底也不知道自己哪一句词儿唱错了。小德张忘了事先审查剧本中的唱词，也陪着挨了四十竹竿子，养伤好多天才能下地走路。想那铁面无私的“黑包公”，伤势就更重了。

2／莫名其妙的赏与罚

艺人奉召进宫演戏，有时会碰上莫名其妙的赏赐与惩罚。

传统剧目《玉堂春》女主角苏三，出场散板有一句“羊入虎口有去无还”，多少代演员都是这么演的，这还能出错儿吗？到了宫里就不能这么唱了——因为“老祖宗”是属羊的！不论是外请名角还是南府戏班，大家都知道在宫里演《玉堂春》苏三上场得这么唱——“鱼儿落网有去无还”。有一次宫里传著名旦角孙怡云进宫演《玉堂春》，他不知道天底下竟有“生肖圣讳”，忙乱中人们也忘了提醒他，他按照老唱词唱了“羊入虎口有去无还”。“老祖宗”当即震怒，责问他跟谁学的，他吓得不知怎么回事。还不错，没打他，逐出宫去，到底他也闹不清自己哪一句唱错了。

也有巧妙回避圣讳而受到重赏的演员，那是在大伙最怵头的“万寿日”。

“万寿日”就是慈禧太后的诞辰吉庆大典，照例要演一整天贺寿戏。帝、后寿辰的忌讳特别多，这一天凡是死、亡、杀、戮、伤、败、衰、病……不吉利的词儿一律禁止，演出时的服装、道具，凡是黑色、白色的一律换成喜庆色彩，演员们个个提心吊胆。

万寿日，慈禧亲点了武生名角谭鑫培（艺名盖叫天）的《战太平》。剧中主角华云被俘后有一句唱词“大将难免阵头亡”，他在台上临时把唱词改为“大将临阵也风光”。慈禧懂戏，知道原来的唱词，听了改动的词儿很喜欢，当场颁下谕旨：“叫天真聪明，差事当得好，给他的赏银由五十两增至五百两，封他为‘御戏子’。”

得，您说这事儿神不？

有一年在光绪皇帝万寿（诞辰）庆典期间，连下七天大雨。宫里照例传召王瑶卿、谭鑫培、陈德霖、龚云圃等名角入宫演戏。颐和园德和园戏台是半露天的，大雨溅到演员们身上。慈禧太后坐在戏台对面的颐乐殿里看戏，一点儿也淋不着。戏还没演完，忽然太后叫停，她要到龙王堂去请求止雨，心血来潮就起驾了。除了她以外，旁人都不许打伞。台上的艺人们在暴雨中恭候了一个多钟头，不许到后台歇息，个个淋成了落汤鸡。第二天雨没止住，宫中再传艺人们进宫谢恩。众人淋着雨站在一尺多深的积水中恭候，“老佛爷”一到，众人全部下跪接驾。她一见众人在水里磕头就笑了，赏给每人一件衣料。众人再一次把脸扎入水中叩首谢恩……

慈禧晚年的圣讳到了歇斯底里的地步，许多事原本和她毫无关系，她也犯神经过敏。凡是入宫觐见的人，她爱问人家的年纪，属什么的？那人如果说是属羊的，她就高兴了（真逗，认了自己一群啦），但紧接着便问人家的生日。那人若是深秋寒冬生人，她就更高兴了，说不定有赏。如果那人的生日是在春天或夏天，她就不高兴了，说不上几句话就让“跪安”下去了。这又是为了什么呢？原来她的生日是农历十月初十，羊在田野还有些干草可吃。寒冬腊月的羊无草可吃，不如她，而春夏之季遍地是草，“羊”比她要优越……

听了这等荒诞的圣讳，当代人会笑喷了：精神病吧?！然而，当代人的生活中忌讳还少吗……

3／銮驾与肩舆

“老祖宗”放着快捷交通工具汽车不坐，宁肯照“祖宗规制”慢慢悠悠地坐轿。

轿，是民间百姓的说法，宫里称“銮驾”。每逢盛典乘坐的大銮驾出动时，48人抬轿，仪仗先导前呼后拥，排场之大煞是威风。

宫里有专人负责挑选年轻太监，操练时往两根轿杆之间的横板上放一碗水，抬起轿行走时不准洒出水来。走平道还好说，上高台、高坡时也得保持銮驾的平衡，需要抬前杆的轿夫屈身蹲腿，抬后杆的轿夫双臂逐渐高举，不仅用肩膀的扛劲儿，还得不断变换着巧使全身的腰、腿和臂力。

“老祖宗”和皇帝出宫，行人们听到鸣锣开道纷纷避让，来不及躲开的背向伏跪。

抬轿最难的差事是九月九日登高节，每年“老祖宗”都要到颐和园万寿山顶上的排云殿上去过登高节。排云殿高九丈九，有272级石阶，石阶和楼梯都很狭窄。她可不是自己来登山锻炼的，銮驾抬到山跟前改乘肩舆，肩舆需要八个人抬。上山时，前面四名太监得跪着爬石阶爬楼梯；后面四个太监得随时看准了前面跪爬的人的高度和节奏，举起双手把肩舆托起来抬还得严丝合缝地配合，前后保持一条水平线。要让“老祖宗”端坐轿上，既不能偏斜也不能仰斜，左右也不能倾斜摇晃。直到上山的肩舆如履平地一般稳稳当当地把“老祖宗”抬上顶峰，所有的人这才松了一口气。

“老祖宗”不能一个人上到排云殿里冷清着啊！皇上、皇后、

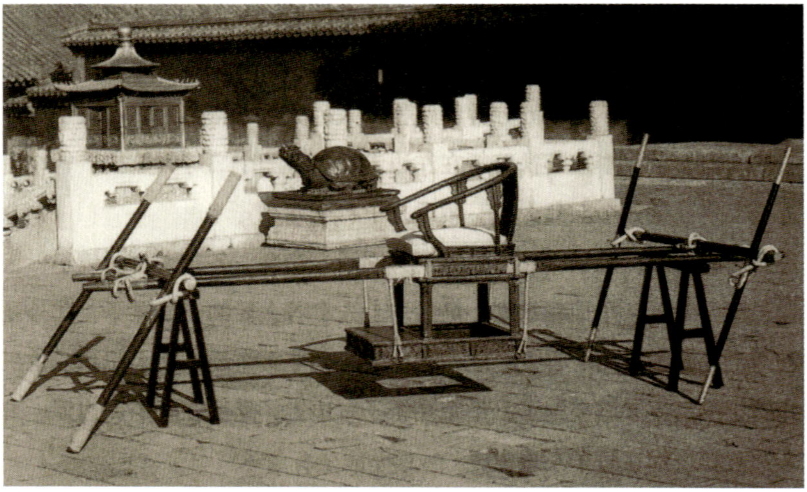

瑾妃、御前女官、福晋格格们，一人坐一顶肩舆都得上去呀！容龄回忆录记载了九月九日重阳节颐和园里的登高活动：

> 慈禧乘轿到园内供神的殿堂去拈香行礼，我们乘肩舆跟随。然后上排云殿登高，在排云殿上吃烧饼夹烤肉，烤肉是用木炭和松树枝烤的，吃完后到山上各处游览。

无法想象那一天轿夫们过的是怎样的鬼门关日子！孩子降生到世上都是爹娘的心肝肉儿，那些小太监的父母若是知道了儿子双膝跪着爬山，该会心疼到什么程度！那可真是血洒山石一阶阶呀！深切的怜悯使我们想到，会不会有某位首领太监人性未泯，偷偷地给孩子们的双腿套上护膝呢？

本章标题叫"'老祖宗'谐谑曲"，谐谑，含诙谐、滑稽、戏谑之意。写到此段文字，我们的心情过于沉重，岂止是谐谑滑稽可以涵盖的？蘸了血的"抬轿子"，着实可憎，可恶，可诅咒！

历史的细节可真会开玩笑，正当我们义愤填膺之际，“老祖宗”谐谑曲又开始演奏了！

农历闰五月，庆王上奏“老祖宗”：美国公使康格说美国海军司令伊文思及其夫人来北京，请求觐见。慈禧接见后问德龄：“美国海军司令和他的官员们肩上那块小牌牌是什么？”

德龄回答：“那是肩章。”

“老祖宗”可不懂得美国将军们以肩章上的几颗星为荣，听了笑道：“他们肩上放着这东西是不是为了扛重物？这个主意不错，我也可以给宫里的轿夫们做些这样的垫子，这样他们抬轿时肩膀就不会疼了。”

在她看来肩章和垫肩并没什么区别，但愿她真的从美国人那里学到了好主意，下令给轿夫们做垫肩，尤其是做护膝……

4 / “老祖宗”眼里的洋人

“老祖宗”对外国女人有她自己固执的眼光，用词绝妙，令人捧腹：

> 她们的眼睛不好看，那种蓝颜色使人想起了猫眼睛。

这里需要说明，“老祖宗”不喜欢猫。宫里只养京巴儿，不养猫。

> 虽然她们有雪白的皮肤，可是脸上都盖着一层白毛。

这里也需要说明，中国人的审美观点自古以来就有“一白遮三丑”之说，“老祖宗”肤色黑黄，颇有吃不着葡萄说葡萄酸的意味。她并不喜欢穿代表皇权的黄色衣服，她自己承认“穿黄衣服就和我的脸一个色了”。再说，白种女人也不都是脸上“一层白毛”，可能碰巧当年列强驻华公使夫人们的毛发都比较浓重，我们在欧美见过不少皮肤娇嫩洁净的白种姑娘。

> 我从来没有看见过外国女人有一双漂亮的手。

德龄、容龄的回忆录中都提到了她们在巴黎时的舞蹈教师伊莎多拉·邓肯有一双秀美的手，在舞台上用一双手表达各种各样的舞蹈语汇，迷倒了巴黎观众。

东方女人的手似乎纤细柔美得多。中国自古以来就赞颂美女十指纤纤的“玉手”，唐诗《咏手》中“一双十指玉纤纤”即是以手写美人之佳句。

为什么外国女人的脚都是那么大？鞋子好像船。

白种女人的平均身高比亚裔女人高大，这倒是真的，所以她们的手、脚都会与其身材相称。正因为欧美大脚女人多，才会流传“水晶鞋的故事”，说的是灰姑娘的脚非常娇小，王子让人把她逃走时丢落的水晶鞋拿去让全国的女人试穿，无一人能够穿得下去，最后用这个办法找到了心上人。

中国满族妇女都是天足，大清朝自开国之初就明令禁止民间缠

慈禧与各国驻华使节夫人（左一）、康格夫人（右二）

足。但是汉族男人很顽固，仍以大脚为丑。在孔孟之乡山东农村曾有一种陋俗，迎娶的花轿抬到婆家门外先要“亮脚”。把轿帘子掀起半截，由族中小叔辈的男子绕轿观看新嫂的双脚，脚越小，越夸新娘之美；脚大，任你新娘的容貌赛过天仙也一概不论，会十里八乡传扬出去谁谁家娶了一个大脚丑媳妇！直到20世纪上半叶，缠足之风在神州大地特别是北方农村仍未彻底肃清。“三寸金莲”乃“水晶鞋”之走火入魔版，那位丹麦王子要是来到大清朝，拿着水晶鞋来找灰姑娘那他可就傻眼了，几乎每个中国缠足女人都能穿上那双水晶鞋！

5/『老祖宗』看洋装

1903年3月2日，裕庚夫人率领两个女儿奉诏进宫，慈禧太后让她们母女三人穿着巴黎时髦裙装，在宫里跑来跑去招摇了一个多月，才给她们做了旗装。确切地说她们不是“假洋鬼子”，而是“二洋鬼子”“三洋鬼子”。就她们在宫里穿洋装一事，保守派的大臣们多次给慈禧太后上奏折表示反对，愤怒指出这违背祖制仪轨。他们哪里懂得，“老祖宗”这是做给列强看的。“老祖宗”接受了从巴黎回来的女翻译官，倚重她们，体现了她的开明和对西方国家的友好。总之，宫里三个穿洋装的女子成了一种政治姿态、外交符号。

俄国沙皇送给慈禧的全家合影

俄国驻华公使给慈禧太后送来一帧沙皇及皇后、子女们的合影照片，还有一帧沙皇宫廷宴会的照片，许多贵族夫人穿着袒胸露背的晚礼服坐在餐桌前。“老祖宗”看了照片，当面对公使表示喜欢，请公使代她向沙皇夫妇表示感谢。等人家告辞以后，她不屑地指着宴会照片说：“为什么男人和女人要坐在同一张桌子上？而且还是并排坐着？我想那些女人会感到羞耻，她们几乎没有穿衣服。”

在凯瑟琳·卡尔小姐来宫里为慈禧太后画像之前，为了让太后了解油画和卡尔的绘画水平，德龄把在巴黎时卡尔为自己画的肖像拿给太后看。画像上的德龄也穿着袒胸露背的晚礼服，“老祖宗”看了非常吃惊：“没想到你也会穿得这样难看！穿了这种衣服你一定会觉得难为情！我看了这样子很不舒服，这也算是文明吗？”

德龄解释说这是女人的晚礼服，太后驳斥：“越说越不成样子了，我看外国样样都在后退。我们在男人面前手腕都不准露出来。皇帝总是讲革新，如果这种就算是新法，我看还是守旧一些好。”

话锋忽然“上纲”到“百日维新”“变法”之敏感话题上去了，别人只能噤若寒蝉。

清宫旗装均为上下直筒子似的剪裁样式，慈禧虽然遗憾于“我的腰很细，但是穿了这种宽大的衣服就看不出来了”，但她还是“相信世界上没有比我们满族服装更美的了”。

6／『老祖宗』穿上了『路易十五式』高跟鞋

美国海军司令罗伯莱·伊文思访华，率领众多军官觐见慈禧太后。他们的皮鞋踩在石板地面上发出很大的声响，其中有几个人的鞋底还发出吱吱声。客人告辞后，慈禧问：“这些人的鞋是用什么东西做的？怎么会发出这么大的声音呢？还有那吱吱声是什么？”

德龄、容龄没敢告诉她那鞋是用牛皮制作的，清宫御膳不许吃牛肉，因为牛会耕田，这是典型的农耕社会的动物图腾崇拜。“老佛爷”若是知道了西方人不仅吃牛肉、喝牛奶、吃黄油，还剥下牛皮来制作皮衣、皮带、皮鞋、马靴，她老人家一定会大发雷霆。

“老祖宗”不喜欢洋装，却对路易十五式的高跟鞋感兴趣。裕家母女三人初次觐见，她看见德龄穿的高跟鞋感到非常新奇，问完了什么叫“路易十五式”之后，竟然叫德龄脱下鞋来让她穿上试一试。可巧德龄的脚

《五牛图》（唐）韩滉北京故宫博物院收藏

和老祖宗的脚一般大，“老祖宗”登上“路易十五”从宝座上站了起来，想要迈步都摇摇晃晃难以保持身体平衡，两名太监急忙一左一右搀扶她，她走了几步便大笑着扑回到宝座坐下了。

脱下鞋的德龄不敢穿“老祖宗”的鞋，光着脚站在一旁。“老祖宗”把高跟鞋还给她笑道：“脚后跟儿着地，不稳当！不如咱的花盆底儿鞋，我这鞋底有6寸高呢！”

两名太监跪在地上为她穿好鞋，她起身走了几步，大有君临天下之高度之气魄，博得众宫眷一片赞叹。

当时她不知道那“路易十五”也是用牛皮制作的，如果她知道了是断然不肯试穿的！

7／『老祖宗』喜欢的洋玩意儿

别看“老祖宗”不喜欢洋人、洋教、洋兵、洋人的法律与道德观念，也不喜欢洋女人的服装，但是她特别喜欢一些精巧新奇的洋玩意儿。知道她这一爱好的外国使节和负责洋务的朝臣们趋之若鹜，纷纷进献洋物件儿。殊不知他们送来的汽车、小火车、三轮自行车什么的，只能引起她的一时兴趣，一经保守派大臣们反对，也就丢在一旁了。西方外交官和洋务大员们永远也不理解这是为什么。

她毕竟是个女人，裕家母女从巴黎买来的洋玩意儿才是她的最爱：巴黎香水、香粉、香皂及各种法国的化妆品，还有欧洲贵夫人手里拿的那种精致的小扇子、美丽的法国丝绸锦缎等。香粉、香皂能够使她的皮肤看上去细嫩。法国香水到了一百多年以后在中国仍然是时髦女人们追求的奢侈品。至于法国锦缎丝绸，实际上产于意大利，其印染的花样、色泽，在大清朝显得那样与众不同，太后差不多每天都要做新衣服，洋绸缎能够满足她争奇斗艳的好胜心。

她对洋玩意儿的喜爱甚至到了夺晚辈之爱的地步。容龄觉得宫里的规矩太烦琐，生活太枯燥。她把从法国带回国的一些小玩具带进宫里赏玩。其中有一个玳瑁小八音盒，上弦以后盒盖会自动打开，一只美丽的小鸟跳出来，叫声很好听。有一次，她坐在回廊下的长凳上拿着小八音盒玩儿，不料，裕夫人等宫眷陪着“老祖宗”来了。或许“老祖宗”原本并不经过这里，听见了小鸟悦耳的鸣啾才走过来瞧新鲜的。她把八音盒从容龄手里拿过去看了又看，让容龄教给她如何上弦，上好了弦小鸟就蹦出来唱歌了，她左摆弄右摆弄爱不释手，啧啧称奇："这个很有意思！"

裕夫人赶紧向女儿递了个眼色，容龄不情愿地跪下说："孝敬"老祖宗"吧！"

"老祖宗"笑纳揣走了，竟然夺了一个半大孩子心爱的玩具。

据容龄回忆，慈禧特别喜欢外国钟表、外国玻璃大吊灯和一些外国摆设。袁世凯进贡了一对带弹簧链的手表，"老祖宗"十分珍爱，总放在桌上摆着。

农历十月初十是慈禧的生日，宫里演七天吉祥戏。朝臣进贡，皇室女眷们进宫会亲贺寿，自是喧哗热闹。然而，容龄却记载了当天入夜的情形："慈禧爱听吹箫，我便在她房里坐在锦墩上吹箫，等到她睡了，我才退出去。"

看来，容龄经常扮演音乐夜天使的角色。

箫音，总是给人以呜呜咽咽、如泣如诉之感，尤其是秋夜箫声愈发显得凄凉空灵。十月初十未到月圆之夜，缕缕薄云半遮缺月，衬以深宫少女的洞箫独吟，怎一个清清冷冷了得！慈禧想从音乐中得到慰藉，还是可以理解的，但夜夜以自鸣钟大合唱为伴又是为了什么呢？众多时钟为一曲箫音伴奏又是什么滋味呢？表针嘀嘀嗒嗒和报时的钟声，分明在揭示时光难留与岁月的流逝，或许孤家寡人愿意以绵绵不断的有节奏的声响来掩盖自己内心的孤独与空虚。此时此刻的高墙深宫没有至高无上的独裁者，孤榻上躺着的只是个孀居了大半辈子的老寡妇……

第十七章 洋机器回旋曲

1／洋机器在清宫的命运
2／汽车在清宫成了一堆废铁
3／皇家喜剧——人拉火车
4／颐和园安装了电灯
5／受阻一个甲子的照相术
6／御用摄影师裕勋龄

漫画　常宇绘

1／洋机器在清宫的命运

和倍受欢迎的洋玩意儿相比，洋机器在清宫的命运可就惨了。

先说自行车。

某国驻华使节送给慈禧太后一辆女式自行车，后轮两侧各有一个小轮子支撑着车体平衡，防止骑车人摔倒。慈禧太后对这辆轻巧的小车很感兴趣，坐上去扶住车把蹬了几下车子就前行了。她蹬着车子绕起圈来，玩得非常高兴。

不料，此事很快就被朝堂大臣们知道了，各派有权势的大臣都在内宫埋伏了眼目。专爱管闲事的御史们三道折子、五道折子地上奏齐声反对，理由是有悖祖制礼法，没有一位太后、皇后骑过自行车！慈禧太后只好笑道："你们看，我连这点儿自由都没有！"

那辆自行车被搁置一旁，成了一个摆设。日子长了，车上落满灰尘，小德张命小太监擦拭它。他绕着自行车观赏，越看越喜欢。瞅着四周无人，他让小太监给他望风，自己骑上车子试了试，只听链条唰唰地响，轮子飞速转动。呀，这车子太轻巧太快速了！

从此，他便打起了这辆车的主意。

每天他都要徒步往返于太后宫至瀛台之间，那趟道儿可不近啊，他是到皇上那里送奏折取奏折去的。

原来，光绪皇帝虽然被囚禁了，但只要他没有正式被废，照规矩必须把慈禧批阅过的奏折送达光绪，待皇上用朱笔写上"朕知道了"一类御批，才能按公文下发。一般情况下光绪不会签署反对意见，虽然只是走走形式，但这道程序是不可或缺的。可能因为小德张识文断字吧，日日往皇上那里“送文件”的差事就落到了他头上。

太后宫离瀛台很远，小德张日日奔走往返很是辛苦。他发现“老佛爷”把自行车弃之不理了，就甜言蜜语地恳求大总管李莲英批准他骑车去送奏折。李莲英知道“老佛爷”对这辆“铁车子”不闻不问了，就卖个人情同意了。从此，小德张骑车去给皇上送奏折，既省时又省力。这个机灵鬼儿，率先拥有了先进的交通工具。

他骑着自行车往返于宫殿与宫殿之间的甬道上，春风得意，一路飞驶，嘴里哼着京剧牌子曲儿，帽子上的红顶穗儿在风中抖动，宽大的袍子下摆随风飘飞，大辫子被吹得老远……

洋大人们若是知道了他们送给太后的自行车，最终成了一个太监的坐骑，得把大鼻子气歪了！

倘若清廷守旧派大臣们没有大惊小怪地阻拦，宫中就会出现一个有趣的场面：每天黎明，慈禧太后骑着自行车去出席早朝听政，后面的仪仗队、凤辇和太监们一溜儿小跑也追不上她，那该多么有意思啊！

2／汽车在清宫成了一堆废铁

汽车来到清宫的命运也很惨。袁世凯为了讨好慈禧太后，把好几辆小轿车送到宫里。慈禧太后一见这样新奇的“轿”，也很感兴趣，然而又是那些不可逾越的祖制老规矩阻拦了她乘坐汽车的兴头。

首先，祖制严苛规定后宫不能有男人停留，所以司机把汽车开进宫里就立刻退出了，剩下一群不会开汽车的人无可奈何地围观汽车。有的太监想坐到驾驶室试开，也有的太监提出想学习驾车技术，都被李莲英制止了。因为祖宗礼法规定，太监到慈禧太后面前必须跪着。即使“太监司机”学会了开车，并且能够跪在驾驶座上开车，也不能坐在太后前面驾驶。

于是，在祖制规矩面前，人类现代工业文明的杰出成果——汽车，被搁置宫中成了一堆废铁！

小德张早年就艳羡宫里闲置不用的那几辆汽车，暗暗期盼有朝一日自己也能拥有小轿车。到天津定居以后，他的梦想实现了。

20世纪20年代，天津拥有私家车的富户还不多，小德张很是引以为豪，常常坐车去劝业场看戏。

小德张也做一些公益善举，1933年他应故乡乡绅请求出资为静海县御河造桥，桥梁建成后县长邀请他回乡“贺桥”，用如今的话来说就是剪彩，盛大活动在当地乡邻皆知。

他出发前就考虑到当时拥有私家车的人不多，坐自家的汽车去太醒目，听说沿途常有土匪出没，还是小心为妙。于是，他决定找汽车行租车前往。途中有一个骑自行车的人拦住汽车打听他们一行

骡驮轿，慈禧西逃时曾乘坐这种交通工具

人的姓名，说是来接亲的。小德张警觉地报出假姓名，他的直觉让他怀疑拦路问话的人个中有诈，立即调转车头回了天津。

事后老家来人说，那天土匪头子沿途派出好几伙人马伏击他，如果绑票成功索要50万现大洋呢！头一批拦车的人以为张老爷一定会坐私家车，这才没有怀疑那辆出租车。小德张又一次以警犬一般的灵敏嗅觉化险为夷了。

如今中国成了拥有小汽车最多的国家，当代人怎么也不会理解，当年慈禧太后几乎每个星期都要在紫禁城和颐和园之间往返一趟，两地相距大约16公里，以“老祖宗”的身份，唯一可以代步的交通工具是轿子。队伍往往凌晨三点钟出发，上午八九点钟才能到达。可笑的是，慈禧放着汽车不坐，宁肯起早贪黑过着安步代车的“慢生活”，当然不是她自己“安步”，而是由太监轿夫们负重而行。

慈禧太后以退休养老为由，先后提出扩建西苑三海、颐和园工程，筹款事宜均由海军衙门动用海军军费承办，这是为什么呢？

这还得从“后党”形成的历史说起。早在1861年咸丰皇帝驾崩时，由恭亲王奕訢（绰号“鬼子六”）、醇亲王奕譞配合慈禧太后发动辛酉政变，除掉了以肃顺为首的八个顾命大臣。这两个亲王得到慈禧太后重用，形成了“后党铁三角”。醇亲王奕譞娶了慈禧太后胞妹为妻，所以慈禧太后选中他的儿子载湉为“过继儿子”，即是光绪皇帝。

1883年，清廷总理衙门增设海防，两年后又设总理海军事务衙门，由醇亲王出任总理大臣，李鸿章为会办大臣，兼管铁路事宜。从那时起，“海军”和“铁路”这两个本不相干的事儿就联系在一起了。

在那之前中国历史上尚无“海军”之说，却有“水军”之远古传统，早在三国时代就有周瑜在东吴训练水军的记载。醇亲王、李鸿章也以训练水军为由动用海军军费，先后在西苑三海、颐和园昆明湖大兴土木工程，实则为慈禧太后提供“有的玩儿的新园子”。

醇亲王逐渐理解和支持李鸿章的洋务运动了。李鸿章一直努力争取慈禧太后支持修筑铁路，屡屡受挫。他肯动用北洋海军军费修建西苑三海、颐和园，则是为了哄“老佛爷”高兴，求得她同意修筑铁路。

眼看西苑三海园林工程顺利施工，新的问题出现了——三海

中南海福华门内的慈禧专列一节车厢

离紫禁城路途不近，太后及皇上、大臣们来往不方便呀！李鸿章在醇亲王的支持下提出了一个建议：何不利用大修西苑的机会修筑一条小铁路，让“老佛爷”亲身体验一下坐火车的好处，从而推进中国的铁路建设开发？

慈禧太后经不住醇亲王的再三撺掇，同意了在皇城御苑修筑小铁路。那条窄轨铁路于1888年10月竣工了，李鸿章专门从德国订制了小火车，火车头采用“丹特式”蒸汽机车，后面拖着一节豪华车厢、两节上等车厢、两节中等车厢、一节行李车厢。车厢的窗帷有严格区别，太后和皇帝的专用车厢垂挂黄绸子窗帘儿，宗室亲贵坐的车厢为红绸窗帘儿，大臣们的车厢窗帘是蓝色的。小火车的行驶路线由紫光阁始发，途经时应宫（龙王庙）、福华门（中南海北门）、阳泽门（北海西南门），终点站至镜清斋（乾隆花园），全长七华里。

雪白的蒸汽升腾之际，伴随着一声响亮的鸣笛，车轮欢快地滚

《皇家喜剧——人拉火车》 漫画 常宇绘

滚向前，快速而平稳，小火车试运行十分成功。不料，李鸿章他们还未及请慈禧太后“试坐”，守旧大臣们的奏折比火车跑得还快，一篇一篇高论义正词严，纷纷指责：铁轨压了皇城的“地脉”，汽笛的“吼叫”坏了皇城的“气脉”，车轮的滚动搅了皇城的“风水”……

最后，慈禧太后不得不做出妥协，废除了蒸汽机车牵引，只保留了后面的几节车厢。

又一出滑稽的皇家喜剧上演了——失去车头的“火车”分别在每一节车厢两侧系上绳子，由四名太监拉绳前进，前面有太监举着仪仗开道，后面有太监侍从队伍尾随……

4／颐和园安装了电灯

就是这样一支荒诞的队伍，慈禧太后坐在豪华车厢里却特别高兴。她很喜欢这列“火车”，坐在宽敞的车厢里能够品茶，吃点心，还能来回走动，比乘坐“凤辇”舒服惬意多了！她下榻于中南海仪鸾殿，到勤政殿召见大臣议政，中午散朝回到海晏楼更衣，午膳、午休，每日里往返都爱乘坐那列没火的“火车”。太监们也很高兴，虽然他们还得拉着“纤绳”步行，但总比肩扛大凤辇负重要轻省多了。

紫光阁小铁路上虽说是一列放着蒸汽机车头不用、令人捧腹的人拉火车，慈禧太后仍然亲身感受到了近代化交通运输的便利快捷。洋务派大臣当然不止一次地向她禀报采用蒸汽机车头牵引火车能够达到的速度。百闻不如一见，铁轨的平滑、车轮的精巧、车厢里的舒适，绝不是凤辇、肩舆、轿子、马车可以比拟的。逐渐地，她顶住了守旧派大臣们施加的压力，改变了对修筑铁路的犹豫态度。铁路建设终于加快了进程，京奉铁路、津浦铁路、京汉铁路，相继在神州大地上开通。

紫光阁小铁路在清宫运行了十几年，1900年入侵北京的八国联军野蛮士兵把它拆毁了。如果能够留存下来，安装上火车头，往返于故宫、北海、中南海之间，倒是一条不错的旅游观光路线。

历史留下的“可惜”二字太多了！

似乎只有电灯是个例外。

电灯进入清宫的时间虽然比欧美晚了8年，相比之下脚步还算是快的。

1880年，欧洲人使用了电灯，美国人爱迪生发明的电灯是对人类的伟大贡献。

清宫能够接受电灯，可能因为皇宫多为木结构古建筑群，特别需要防止火灾，先前各宫各殿均使用烛火或煤油灯是非常危险的。

修葺扩建颐和园时，不知哪位能言善辩的维新派大臣舌战“群顽”获得准奏，以向慈禧太后祝寿为由在颐和园安装了电灯、电线和发电机，那是在中国北方较早用上的照明设备。

颐和园昆明湖畔有一道著名的雕梁画栋长廊，长廊上接通了一串灯泡，到了晚上，廊上的彩画熠熠生辉，映在湖中的倒影更是缤纷闪烁光影摇曳，那真乃“疑是银河落九天”了。

也不知道为什么，西方工业发电技术在清宫取得这一辉煌业绩之后，并未能继续扩大战果。电灯优于油灯、烛火是那样明显，以致再怎么保守的大臣也未再参奏取缔电灯，然而他们似乎下决心只把这一进步看成是个孤立的“贡品”，拒绝举一反三引进其他先进的西方技术。但是，不管怎么说，“老佛爷”接纳了电灯，古老的“中央帝国”才逐渐踏上了结束烛火、油灯的时代步伐。那个“逐渐”的进程是非常缓慢的，直到一百年以后的20世纪末，中国政府才完成了“村村通电灯”的光明工程。

墨守成规，闭关保守，误国啊！

5／受阻一个甲子的照相术

张仲忱说他家曾经保存一本相册，里面都是小德张从清宫带出来的老照片，有多帧慈禧太后的盛装照，光绪皇帝、珍妃、瑾妃的肖像照，小德张与隆裕太后的合影，还有他和王瑶卿、杨小朵、小叫天等著名演员在宫内演出的戏装照。年迈的小德张生活中的一大乐趣，是打开精心保存几十年的相册，用放大镜仔细端详照片上每一位旧人。尤其是他与容龄的合影，哪怕是众人簇拥慈禧太后的大合影，哪怕他永远站在李莲英、崔玉贵后面，只要照片里同时有他与容龄的青春影像，他就百看不厌。合上相册，他久久不语，默默冥想，陷入深深的回忆与追念……

“文革”十年动乱那年头儿，那些“四旧”若是被红卫兵抄了去，张家后人可就遭殃了。他们吓坏了，一把火将所有的跟皇宫有关的物件儿全烧了，包括那本珍贵的相册。

令人惋惜的事情太多了！且不论那些老照片的历史文化价值，单说眼下文物市场拍卖行的时价，张家的损失也太大啦！如今除了北京故宫以外，流落于民间的慈禧太后原始照片几乎绝迹，1990年英国伦敦博物馆花了1.3万英镑从拍卖行拍得一帧。你就计算去吧，一本存满清宫老照片的相册又该价值几何？

为什么清宫老照片如此宝贵呢？这还要从摄影术传入中国的艰难历程说起……

摄影术这项现代科技成果诞生于1839年，5年后法国人于勒·埃及尔在广州为两广总督兼五口通商大臣耆英拍了一张照片。

耆英拿起照片和镜子里的自己比了又比，发现自己的模样竟然毫发不差地落到了相纸上。他惊喜异常，拜托埃及尔冲洗了好几张，分赠给外国使臣，还在给道光皇帝的奏折中写到了这桩新鲜事。

然而，谁都不曾料到，耆英这位“中国照相第一人”在前头领跑了60年，西方摄影术才传到了北京紫禁城！

这项造福大众的新技术在泱泱大国长期受阻，个中缘由十分复杂。一则囿于封建王朝闭关锁国传统，因循保守的小农生活方式，一味抵制西方工业文明；二则两次鸦片战争激发了中国人的民族屈辱感，愈发加重了盲目排外心理；三则源于国民劣根性之愚昧迷信。列强侵略军，攻城略地之后，以胜利者的姿态挎着照相机到处拍照。民间便谣传照相机有“收人魂魄”之妖术，人人望“机”而逃，唯恐自己的面容被镜头收去丢了魂儿。尤其女人若是被洋人拍成照片流传出去，属于有辱名誉乃至失去贞洁之丑闻，照相机被进一步妖魔化了。种种蛊惑之说在神州大地不胫而走，越传越玄，直到民国时期仍有许多人惧怕拍照。

6／御用摄影师裕勋龄

历史的车轮终于轧过了那荒诞不经的一个甲子，到了1903年紫禁城才出现了“皇宫摄影师第一人”——他就是德龄、容龄姐妹的二哥勋龄。

他在法国学习过摄影艺术，当时算是少见的高科技人才了。

经历了庚子事变，慈禧太后加强了与西方列强的交流，也开始对新鲜事物感兴趣。当时她正聘请美国女画家凯瑟琳·卡尔为她画像，宫里人称凯瑟琳为“柯姑娘”。画一幅油画肖像需要花几个月时间，但慈禧没有时间总去画室端坐着供柯姑娘描摹。德龄、容龄趁机怂恿：“不如先拍出照片来，老祖宗不能去画室时柯姑娘也可以照着相片画，这样可以节省老祖宗许多时间。”

慈禧经不住撺掇，对照相跃跃欲试。容龄在回忆文章中记述了当时的情形：

> 有一次，慈禧问我母亲我们姐妹会不会照相，她想在画像之前先照几张相，从外面找人来照相不很方便。我母亲说：“她们俩人不会照相，奴才勋龄会照相。”慈禧说：“那很好，就让他进来给我照相吧，照出来好让柯姑娘照着画。”

勋龄听说要他给“老祖宗”拍照，很害怕，拍出来的肖像她老人家若是不满意，自己可吃罪不起。德龄、容龄商量，不如先试探一下，把二哥在巴黎拍的家庭生活照片呈给“老祖宗”欣赏，并说

裕勋龄

明拍照的失败率很高。慈禧看了那些域外影像非常喜欢，下旨说对勋龄拍摄的照片无论效果好坏都不追究，勋龄得了“免死牌”这才放心了。

慈禧每次拍照都盛装打扮，事先还要查阅历书选定良辰吉日，只差传诏钦天监来观测星宿天象了。就这样，勋龄成了唯一的“御用摄影师”，在紫禁城、颐和园大内禁地拍摄了三百多帧各种场面的照片，留下了宝贵的影像史料。

那年头儿玩摄影是十分奢侈的。当时主要采用玻璃板底片，冲印成像程序复杂，照相器材、药水均需进口，价格昂贵。这下子小德张又有“肥活”当差啦，李大总管、崔二总管年老保守，哪里懂这么时髦的“高科技”呀？“老佛爷”舍得花银子，勋龄公子给法国那边下订单，小德张很快就办齐了通关手续、运输进宫诸项事宜，置办齐了全套的照相设备器材。这群年轻人在深宫里折腾开了洋玩意儿，规模最大的一次拍摄活动是慈禧太后装扮成“普陀山观音大士”，率众在荷花池中船上的化妆合影，堪称中国首张艺术摄影作品了。

如果说真有小德张与容龄的合影，那肯定是出自勋龄手笔，对于在法国长大的三兄妹来说，那根本不算什么出格的举动。

勋龄那时只有二十多岁，日后著文自述：“光绪年间，勋龄及两妹追随先母，同侍宫闱，凡慈禧太后之御照，莫不由仆一人所摄。”后来他的人生轨迹似乎平平，莫非他的辉煌定格在了“中国第一御用摄影师”？只此为后世留下珍贵的历史档案之一举，今天的人们就记住那位“资深海龟（归）”了。

第十八章 未亡人悲怆曲

1／紫禁城，寡妇城
2／最后的『宫斗』
3／『才女＋美女』阿鲁特皇后
4／美丽的皇后绝食而亡
5／光绪及其后妃享福了吗？
6／清宫寡妇不是娜拉

《小孀妇》［俄］费多托夫（Fedotov）

1／紫禁城，寡妇城！

封建王朝祖制严格规定，每天从日落到日出这段时间，除了皇帝和女人，只有太监允许留在内宫。也就是说，紫禁城或颐和园或圆明园，晚上唯一的男人只有皇帝一个人。到了戊戌变法失败以后，晚上唯一的男人只有被贬的光绪皇帝；而他自从珍妃被害死之后不近女色，从来不理睬隆裕皇后和瑾妃。

好骇人的夜晚啊！“大内”成了寡妇和守活寡的女人们的城堡。

比慈禧长几辈的婆婆、婆婆奶奶、太婆婆们忽略不计了。同治先帝撇下的瑜妃、珣妃、瑨妃，无名无分十分尴尬，只能深居禁宫苦熬时光。

1903年冬，北京盛传日、俄之间将要开战的消息，引起朝野恐慌，慈禧决定暂时搬到禁宫去避一避。

德龄记述的禁宫见闻，读来令人伤怀：

> 在禁宫中，我遇见了太后的儿子先皇帝同治的三个妃子。她们自同治死后，即久居宫中，为太后做些针黹等工作。当我开始认识她们时，我便发现她们都是受过高深教育的，其中一个叫瑜妃的，更为聪明绝顶，她能作诗，及演奏各种乐器，在当时是被认为中国妇女中受教育程度最高的人。她对于西方各国和他们习俗的见识，也很使我惊异。
>
> 我问她们，怎么从前没有看见她们。她们告诉我，除非太后叫她们，她们照例是不向太后请安的。

一天，她们请我去参观她们的住所，这是与宫里别的房间完全隔绝的。一间小房子，设备也很简陋，只有少数几个太监和仆妇服侍她们。她们说她们宁愿过这种平淡的日子，所以不与外人交接。瑜妃的房间里书籍很多，她给我看她自己作的诗，其中充满着哀伤的情调，也可以看出她厌世的心情。她又对我说，希望办一个女学校，教妇女们读书，因为现在能够在学校里学习的女子实在太少了，她劝我一有机会，立刻向太后提出……

三位妃子被选入宫时都只有十七八岁，两年后同治皇帝即薨，她们被囚在禁宫苦度孀居时日，守了三十多年寡了。文化修养很高的瑜妃提出办女学的建议，比起中国第一所女子学校早了很多年，她想要自己的生命有些价值。宫里有那么多宫女、“姑姑”、“嬷嬷”、各宫的陪嫁丫鬟、各种作坊女工，大都是文盲，甚至很多嫔妃、贵人、答应也识字不多。瑜妃若能办女校，真是功德无量的创举。

德龄并没有完成瑜妃的重托，因为她知道向太后提出这个“离经叛道”的建议也没有用。

2 / 最后的『宫斗』

1909年，又一位童年皇帝——溥仪被抱上了金銮殿龙椅，由谁来摄政又成为清宫新一轮的权力博弈。皇族护送灵车到东陵下葬后，在禁宫困守了二十多年的瑜妃等三位寡妇终于按捺不住了，她们才是慈禧太后的正宗儿媳妇！几天来她们仔细商量，这一回决心讨回皇太妃的身份。既然慈禧太后能够掌权38年，我们为什么不能效仿呢？葬礼刚一完毕，她们坐上轿车就往城里跑，她们要把皇后玉玺抢到手。

她们的谋划活动被小德张探了去。小德张是隆裕皇后的心腹，他是何等机灵狡黠之人，早早地吩咐手下在东陵备下了几匹大洋马和从欧洲舶来的新式马车。葬礼一结束他发现瑜妃她们的轿车已经上路了，急忙催促隆裕启程。隆裕性格懦弱，没有主张，习惯于充当慈禧的应声虫，缺乏政治嗅觉。她见小德张催着上车还傻乎乎地问："这么着急回京干什么？"

经小德张提醒，她这才恍然大悟，吩咐车夫快马加鞭。良马新车，一路狂奔，一匹马跑累了再换一匹，眼看着京城就要到了。到了皇城根儿，小德张又经隆裕同意打破旧例不按照皇后皇妃的身份走正门，从东华门进去抄近路赶到了太后宫，抢先一步把皇后金玺玉玺拿到了手。

瑜妃等三位晚到了一步，又跑去找宗人府哭闹。宗人府大员们经众议答复说：妃子不能听政，只有皇后才能接管大印。

瑜妃失去了最后的抗争机会，只好又回到禁宫苦熬岁月去了。几年后宣统小皇帝逊位后，据说她们出了宫，获得自由身。至于她

马车

们后半生是怎样度过的，瑜妃有没有实现创办女子学校的夙愿，那就无据可查了。

“抢玉玺”之说乃小德张口述版本，事情当然不会这么简单，说到底还是皇族各派势力较量的结果。瑜妃等三位的娘家势力肯定敌不过几十年来组成的“后党”派系。

我们不免为瑜妃惋惜，她饱读诗书，富于艺术才情，被认为是当时中国妇女中受教育程度最高的人，而且对西方工业文明很感兴趣。假设由她来接替慈禧，而不是懦弱无能的隆裕辅佐溥仪小皇帝，那么中国历史会不会改写呢?

历史老人答曰：在我这里不承认假设!

况且，即使由瑜妃接班也于事无补，谁都挽救不了清王朝气数已尽的灭亡命运。辛亥革命烽烟四起，宣统皇帝只维持了3年光景，五色共和旗就在紫禁城的上空高高飘扬起来。

3/『才女+美女』阿鲁特皇后

慈禧人生最大的悲剧，是她的儿子同治皇帝未到20岁即夭折了。

同治皇帝生前娶了一位皇后，三位妃子，均无子嗣。同治驾崩，按理说她们应该被尊为太后、太妃；慈禧作为她们的婆婆应该"升职"为太皇太后。可是那样一来，慈禧只好隐退了。而她不甘心交出朝政大权，"后党"也仍想推她为利益集团的代言人，朝局瞬时变得诡异万端。

关键举措是选谁来继承皇位。

慈禧及其党羽想出了一个震惊朝野的主意——把醇亲王的儿子载湉过继给慈禧与咸丰先帝作为嗣子。醇亲王是咸丰的弟弟，醇亲王福晋是慈禧的胞妹，此种政治安排既能保住慈禧的皇太后头衔，又能肥水不流外人田，可谓诡计多端、一箭双雕。

清朝祖制规定，历来帝位继承人只能是先帝的子侄辈，而不能是兄弟同辈人，忽然给同治先帝冒出来个幼弟继承大统？而且，咸丰先帝已去世多年，塞给亡灵一个嗣子也很牵强。看来，政治家总是能够翻手为云、覆手为雨，而且总是能够冠冕堂皇、自圆其说。

起初朝野非议鼎沸，后来都被"后党"弹压下去，"过继"方案强行实施了。这一先例打破了先帝之兄弟不能继位的禁令，说明慈禧及其"后党"平日里张口闭口"不能违背祖制"只是一种借口。

不论是正史还是影视剧戏说，似乎都能忽略了一个重要情节——慈禧为了达到自己的政治野心，仍然稳坐皇太后宝座，不惜夺去了一位年轻皇后的生命，捎带着断送了三位皇妃的终生。

孝哲毅（阿鲁特）皇后朝服像

这位被忽略了的悲剧人物，是嫁入宫内不足两年即成新寡的阿鲁特皇后。

皇后阿鲁特氏非常美丽、聪明，精通诗书，出身于书香门第。她的父亲崇绮是清朝满族唯一的状元，她自幼受父亲影响读书很多。崇绮深知女子入宫后的凶险处境和悲惨下场，很怕自己的掌上明珠被选入宫。他更是了解慈禧专横跋扈暴虐无常的性格，极不情愿送爱女去宫里备选。但是清朝有祖制规定，八旗贵族谁家生了女儿都必须到宫里注册，以备日后皇帝选后妃，也就是说，女儿一降生就注定了日后可能入宫的宿命。

可怜的父亲没有办法，只能在“选后”之前特地跑去内务府，央求主管此事的大臣们想方设法别让他女儿选上。同僚们都很尊重学识渊博的状元郎，答应了届时见机行事尽力帮忙。

不幸，阿鲁特氏却偏偏被选上了，听说是慈安太后相中了她。

或许她太美丽出众了，或许厚道的慈安太后一心要为大清朝选一位知书达礼、才貌双全的皇后，再加上同治皇帝早就倾慕状元府格格的聪慧才情，在场的“考官”之一慈禧西太后也就乐得送个顺水的人情。总之，命运之神跟这个“美女＋才女”开了个残酷的玩笑，她被选中当了皇后。

皇后，万人景仰的国母，富可敌国的女人，六宫粉黛之首，多么炫目的荣耀！同治十一年（1872），同治皇帝17岁举办大婚，同时还选了三个妃子，即瑜妃、珣妃、瑨妃。一帝一后三妃都是十七八岁的年纪。

不料，年轻的皇后嫁入宫中不到两年，同治皇帝就驾崩了！

4 / 美丽的皇后绝食而亡

在正常情况下，从此阿鲁特氏便要顶着皇太后的头衔寡居一生。然而，残酷的命运连这点儿可怜的生存空间都没有留给她。

只因为她的婆婆慈禧太后要继续掌权，不肯升为“太皇太后”。这样的摆位带来了一个致命的问题，婆婆仍然是皇太后，那么让她这个儿媳妇何处安身呢？皇太后？没位子，再说不可能和婆婆一个辈分。皇后？皇帝已死，何来皇后？回娘家？大内规矩森严，祖制不允许。出家当尼姑去？那等于打婆婆的脸，落个不忠不孝大逆不道的罪名，连娘家族人都会受株连……

身披重孝的阿鲁特皇后哭哑了嗓子，叫天天不应，叫地地不灵，都说是普天之下莫非王土，先帝尸骨未寒，尚未下葬，莫非就没有我一个小女子安身之处吗？她左思右想，没有出路。她只能偷偷地向父亲请教，秘密地派一个太监给父亲送出一封家书商讨对策。

崇绮状元手捧爱女的亲笔信无计可施，痛哭流涕。深谙宫廷争权历史的他，知道在这场政治角逐中女儿已无活路。他颤抖着手蘸了流着心血的笔墨，却怎么也不忍心写下那个“死”字……女儿是爹娘的心头肉啊！还记得她一岁生日“抓周”时胖胖的小手，她抓的是毛笔，而不是凤冠啊……还记得她四五岁时就能奶声奶气地背诵古诗了，背的是“山重水复疑无路，柳暗花明又一村”，可是，“又一村”在哪里呢？还记得她出嫁的前一天夜里，跪在父母跟前泣不成声，不住地说：“我怕，怕进宫……我怕呀！”当时爹爹安慰她说：“孩子，不怕，宫里是个好地方。不怕，有爹爹呢！”如今……当爹的又有什么法子呢……连自己亲生骨肉都保护不了……亲爱的孩子啊，你还不到20岁，如花岁月啊……别恨为父把你送上绝路，如果当初抗旨不送你入宫，那就是诛灭九族的大罪啊……

太监带回来崇绮给女儿的一封信，皇后急切地打开一看，心里就凉了。原来信封里面没有信笺，只有一个空空的信封，对女儿所问之事，父亲竟未能回复一个字……

她是何等聪慧之人，立刻明白了父亲的难言之恸，这是暗示她只能自尽！事到如今说什么也没用了，她已经成了权力角逐的牺牲品。空空的家信，象征着人生的虚无、前途的无望……苟活，只能被圈在禁宫终生过着囚犯一般的日子。她横下一条心，为了捍卫皇后的尊严，她决心以生命作为对封建强权的抗争，从此滴水不进，绝食七天而亡。

当三岁的光绪被抱上金銮殿龙椅时，阿鲁特皇后的花容月貌定格在了最美丽的青春年华……

慈禧对外谎称皇后伤心过度病亡，追随先帝而去，安抚其家人，追封她一大堆哀荣，崇绮夫妇还得跪谢皇恩浩荡。至于瑜妃等三个妃子，娘家人都不敢吱声，一辈子囚在禁宫了此残生。

阿鲁特皇后仅存一幅穿朝服的画像，估计是宫廷画师在她去世后赶制的。故宫收藏的历代帝后朝服画像都是正襟危坐，毫无表情。皇帝、皇后们的容貌小有差异，不知是否“写真”。从画像上只能看出阿鲁特皇后是个瓜子脸儿，眉眼儿说不上美还是不美。鉴于宫廷画师画的这种遗像都如一个模子扣出来似的，我们只能从画上了解她的服饰。对于俊美的五官、流盼的眼波、灵动的神采，还是任凭当代人去想象吧……

5／光绪及其后妃享福了吗？

寻常百姓都以为世界上最享福的莫过于皇上、娘娘了，此话不假，皇帝、后妃无不锦衣玉食奢华至极，但他们的“幸福感”未必有多高。光绪及其后妃，几乎个个痛苦难熬。只有一个快乐的珍妃，还早早地被慈禧下令扔井里了。隆裕守活寡，瑾妃被漠视，早已成为世人皆知的悲剧人物。

笔者首次参观故宫时，心中即生疑惑：皇上、娘娘就住在这里？大殿里多黑呀！冬天该多冷呀！一座座后宫，这不是跟农村“一明两暗”或“一明四暗”的住房格局一个样吗？只是房间略大，陈设讲究罢了。朝阳的一面也是硬炕，只不过是破炕席变成精编竹席，棉被褥变成锦缎被褥罢了！桌椅，紫檀木也罢，黄花梨木也罢，坐上去冰冷、梆硬太不舒服了！取暖，连慈禧太后都得用炭火盆，比起寻常百姓家只是那火盆精致无比，木炭燃烧还不是一样都释放一氧化碳么，连德龄这样的“宫眷女官”都煤气中毒险些要了小命儿！夏天的制冷还在沿袭自古以来的笨法子——冬季凿冰块贮藏，热天放在“冰柜”中向外散凉风儿，幸亏那年头儿地球气候还没“发烧”，不然靠那原始办法能行吗？还有那厕所，皇上、娘娘的屁股再金贵也跟平民百姓一样坐“旱桶”，还美其名曰“子孙桶”。每天清晨，苦力太监挨宫挨殿（老百姓叫挨门挨户）倒粪桶倒腾粪车，拉着粪车运出宫去。

这些重复了几千年的“蒙太奇”镜头日复一日地上演着，宣示着“中华帝国”生产力的落后与因循守旧的生活方式。慈禧太后对此有明确的说法："我也许很保守，因为我尊重我们的习惯。在我活着的时候，不愿意看见人家来改变它。"

她说的习惯不只是生活习惯，而是拒绝改革不思进取的思维惯式。中国封建社会的祖制，意在通过把一切都固定下来来维护社会的稳定。例如：把人际关系固定在"君臣父子"框架之内，把上下级关系固定在祖制礼法之内，对各级官衙和官员宅邸都有硬性规定，式样大体相同但必须逐级低矮。农业社会的生产方式，一成不变的仪轨框定，保守中庸的礼教学说，限制了中国人的创造性思维。

封建专制国家还有个特征是不尊重生命和人权，不重视百姓生活的改善。欧洲文艺复兴运动提倡的人文精神，不仅推动了思想的解放，也开始注重人的生活质量和人体舒适度，于是出现了许多以人为本的创造发明：自来水管道、排水系统、城市公共交通建设、电灯、电话、相机、电影、沙发、席梦思软床、抽水马桶、自行车、汽车、火车、冷气、暖气、冰箱、烤箱以及不胜枚举的各种生活设施，人们享受着现代物质文明的发展成果。

而在中国直到20世纪末，广大农村地区尚未彻底完成"旱厕革命"，慈禧太后若是还活着，仍然不愿意看见它改变！

慈禧太后执政晚期终于接受了一些"舶来品"，也有了一些支持"新政"的举措。但守旧势力仅仅是利用洋人的"奇技淫巧"，仍然幻想保留旧有的体制。

什么叫作"以史为鉴""温故而知新"呀？其实回顾往昔的生活细枝末节，就能对当今社会的发展有更为深刻的认识了。无论如何，历史不能开倒车，生活不能回到封建专制时代去了。

6／清宫寡妇不是娜拉

清王朝曲终人散，慈禧、光绪、隆裕、珍妃、阿鲁特皇后、溥仪、婉容诸位名人以各自的方式谢幕了，名人自有名人的归宿。人们关心的是幽居在深宫里的那些普通寡妇和守活寡的女人们到哪里去了呢?

满族这个少数民族挺不划算的，夺取政权不到三百年就失去了自己的民族文化及生活方式，如今只有很少的满族人认识满文。当初他们骑马驰骋在大草原上，男人、女人的性格都很奔放，在婚嫁方面女孩也有选择的权利。史书不乏记载可汗去世后嫂嫂嫁小叔，甚至“先妃嫁新王”的习俗。或许因为汉文化太悠久了，满族虽说打进北京城统治了全中国，但很快地就被汉文化同化了。尤其是皇室贵族阶层，紫禁城及各大王府简直是一块块饱蘸封建礼教的海绵，把他们完全吸纳浸泡进去。刚入关的几代明君提出的满汉团结、学习汉文化是清朝的立国之本，也是清朝政权取得成功的原因。可惜，在全盘吸收封建礼教方面他们走得太远了。起初他们也许唯恐被皇城百姓认为自己是“野蛮民族”，变得比汉人的礼仪还繁缛，后来竟走火入魔到“旗人礼儿多”的地步。

慈禧太后身边有三位寡妇陪侍女官，其中大公主是她的养女，年长貌丑不必细说了；一位“元大奶奶”是太后的内侄媳，才26岁；另有一位更年轻美丽的寡妇是庆王府的四格格。她们都是年轻轻的自愿守寡，慈禧太后见这些亲贵中的寡妇可怜，传诏让她们来给自己做伴。得，加上太后本人，四个寡妇凑成一桌牌手了！

最后的合影，盛装的瑾妃与太监们

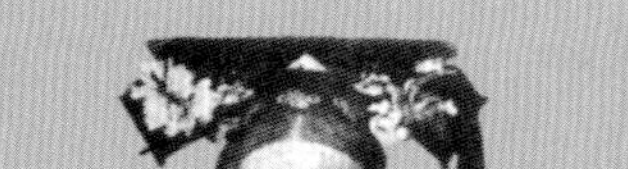

大公主

四格格

元大奶奶

前排左起：隆裕、德龄、慈禧、四格格、裕庚夫人、容龄

因为慈禧太后是寡妇，不能穿红色、玫瑰色等喜庆颜色的衣裳，三位陪侍的寡妇宫眷当然也得回避暖色调的服装头饰。在压抑的宫殿大屋顶下面，出来进去居住着四位永远的“冷色女人”，犹如一潭死水上面漂浮的冰块，也是清宫大内一道特殊的风景。

那位无人理睬的瑾妃，也就是珍妃的姐姐“胖主儿”，倒是坚持到了最后。慈禧从来不理睬她，宫里人奉命不必向她行礼，她成了个“影子皇妃”。不知她得了哪位世外高人的指点，自我开释、与世无争、自甘寂寞、心宽体胖。隆裕宾天之后，她成了宫里唯一的主子。一大群年轻太监在散伙前身穿花衣（节日盛装“蟒袍”），簇拥着她拍了一张合影，算是清宫最后的挽歌了。

为何难忘那些可怜的不幸的后宫女子？我们是否希望清宫会出现一个出走的娜拉？娜拉倒是有一个——中国封建王朝首位向皇上提出离婚的皇妃文绣，不过那时已经是民国女性开始觉醒的时代了。后面还有一位李玉琴，则是1949年以后“妇女能顶半边天”的时代了。

第十九章 昨夜星辰归宿终曲

晚年容龄

1 / 慈禧太后被炸了坟

慈禧太后咽气时离大清朝灭亡只有三年的光阴了，国将破，山河碎，圆明园已草木深。她可不管这些，就像当年挪用海军军费盖颐和园一样，她留下遗诏为自己大办丧事。居住在皇城根下的老北京人，曾在茶余饭后津津乐道“太后大殡”的盛况。慈禧的极尽哀荣与列强瓜分中国形成了鲜明对比，如此张扬地“炫富”也惊动了天下的盗墓贼。

然而谁都没料到，军阀混战造就的悍将孙殿英竟然敢指挥兵马以军事演习为名，公然炸开了慈禧陵！古今中外的盗墓贼都是偷偷摸摸的夜黑勾当，唯有慈禧墓成了“军事演习”的靶子，女强人慈禧生前独霸朝野，死后也不同凡响，轰轰烈烈。

有人说慈禧遭到了报应，其实哀荣也罢，炸坟也罢，死后方知万事空，报应不报应对于她这个失去子嗣的女人来说都无意义了。

只是那些国家级文物散失得太可惜了。孙殿英作案后为了自保，把最为贵重的宝物献给了蒋介石、宋美龄、宋子文、戴笠及许多权势人物，日后随着世事沧桑不知又散失到哪里去了。坊间始终流传着“翡翠西瓜”之谜，究竟有没有翡翠西瓜，你只要到了台北故宫看见翡翠白菜，就会想到，既然有翡翠白菜，那就一定能有翡翠西瓜了！

慈禧完全没有商业观念，更不懂得知识产权了。卡尔小姐专程进京在宫里住了11个月，给慈禧画了四幅油画肖像，其中两张为巨幅。临走时外务部官员认为应该付给画家酬金，慈禧却怕给钱卡尔会生气，想恩赏她一些珠宝。外务大臣解释说卡尔是职业画家，以画像为生，还是付酬为好。慈禧很奇怪地问：“她哥哥不是在咱大清海关承差吗？有她哥哥养着她。”

大臣只好继续说明美国女性很独立，自食其力，绝不肯花哥哥的钱。慈禧一听更大惊小怪了：“让女人出去挣钱太丢脸了，咱中国女人都在家里养着。”

不过，她接受了八国联军的教训，一沾洋人的事便不再执拗了，默许外务部给了凯瑟琳·卡尔一万两白银作为稿酬。

当代中国人以“家国情怀”为褒词，但若像慈禧太后那种家即是国、国即是家的封建家长式统治，是很误家误国的。她就是个封建大家族掌权婆婆，在当时中国妇女中算是有些文化知识的，但是不仅对国际社会发展的程度毫无所知，对自己国家如何治理也缺乏宏观认知。最要命的是她所代表的顽固势力封闭保守、残暴血腥，对革新变法者痛下屠刀。

一百多年以后的今天，中国反封建的任务特别是反封建思维习惯的任务并没有彻底完成，仍有着封建家长制的遗风。慈禧太后式的“我就是家法”“家法就是国法”在神州大地上并没有绝迹。

2／光绪皇帝是被毒死的？

自从媒体传出消息，说某科学机构经过化验查出光绪皇帝遗留的头发里砒霜成分超标，似乎证实了百年来人们的怀疑，光绪皇帝是被慈禧太后以慢性方式毒死的。那么，究竟是谁替慈禧实施了投毒计划呢？她身边有三个心腹——李莲英、崔玉贵、小德张，或许由于公众只知道这三个人的名字。而那个时候崔玉贵因淹死珍妃已触犯众怒了，李莲英、小德张成了最大的嫌疑人。

砒霜，三氧化二砷的俗称，剧毒，味辛酸。中医外用去腐、杀虫；内服极微量入丸剂，主治寒哮、疟疾等症。口服过量可引起急性中毒，病人剧烈呕吐，腹痛腹泻、虚脱猝死。长期摄入微量砒霜引起的慢性中毒，会出现各种皮肤损害、毛发脱落、消化不良、齿龈发炎、感觉障碍、肌肉萎缩等症状。不知当年清宫太医院的光绪病案有无上述病症记录。

慈禧若要光绪长期摄入微量砒霜，可能采取三个途径：心腹太医在药中掺入，心腹太监在食物中掺入，心腹宫女在茶水中掺入。但因砒霜有辛酸味儿，掺入茶水里易被察觉，此种可能可以排除。太医院在制药过程中有无做手脚已无从查考，太医中间也没有出现引起公众兴趣的“明星人物”，于是公众舆论的猜疑对象集中在了先后两个太监大总管身上。

笔者没研究过李莲英，不敢妄加猜测。

张仲忱回忆录提到，其祖父小德张曾说：“两宫西幸西安，回銮后的第二年（1902），‘老祖宗’提升我为御膳房掌案，那年我

光绪埋葬于清西陵，位于河北省易县

二十六岁，官至三品顶戴。”

看来内宫最为要害、最有油水的部门是御膳房。前任大总管李莲英年迈，酸溜溜儿地说：“老佛爷有张掌案啦！奴才要告老还乡啦！”

但慈禧并没有逐他出宫，他“退二线”混到宣统元年（1909）为慈禧守孝百日后才正式隐退。

这也就是说在光绪驾崩前的六年中，李、张二人都能够出入御膳房，都难逃作案的嫌疑。然而，李莲英是伺候慈禧53年的老牌“后党”，相比之下，“新生代后党”小德张在太后与皇帝之间周旋得更为灵活一些。似乎他与光绪皇帝的关系并不坏，多年后他告诉儿孙们：“我也长了心眼，老祖宗比皇上大三一多岁，事儿别做绝了，给自己留条后路。万万不能对不起老祖宗，又不能得罪皇上。”

3／小德张与光绪皇帝

小德张曾对他的法律顾问夏琴西谈起过一件他最得意的往事，津津乐道于“皇上的恩典”：

> 皇上囚居瀛台时，老祖宗派老总管（李莲英）为首的多名太监监视皇上，皇上的膳食很差，而且非要等饭菜凉了才许他吃。老总管年岁大啦，真正跑腿的还得是我，每日三餐都是由我送去。去瀛台必须通过吊桥，里边的太监看见是我才把吊桥放下来。
>
> 我总是想法子在途中给皇上调换一些他喜欢吃的菜，皇上知道这是我的好意。“变法”事败以后，老太后虽然又临朝听政了，但按照规定所有签放大员（即任命大臣）事先必须由军机处通过阁议签奏请准。请准的手续照例要请皇上盖章，老太后不能代行皇帝对外（任命官员）之权。
>
> 有一次军机处签放一名江海关监督，当然这是事先得到老太后同意的。以往皇上对这类“走程序”形式都是顺从的，不知为何这一次送请皇上盖章，皇上可能是跟老太后怄气拒不盖章。
>
> 跑官要官的那个人急欲谋到那个肥缺，通过一些关系许诺送我二十万两银子，要我请皇上盖章。我向皇上一求，皇上就把章盖了，这件事就办成啦！

小德张卖一个人情，就赚了二十万两贿银。多少年以后，他仍不忘感怀皇上的恩典。

光绪驾崩时依照慈禧遗诏草草入葬，半年后大臣们奏议重建光绪帝陵一事。隆裕太后找小德张商量，他也给了良言相劝："依奴才看，先帝是大清第九代君王，固然和太皇太后娘儿俩闹别扭，也是家事纠纷……您和万岁爷是帝后夫妻之情，何况您现在已是太后，将来也要有个安身之处。"

隆裕听了他和大臣们的劝说，重建光绪陵墓。崇陵没建完，辛亥革命取得成功，清廷退位，光绪陵墓成了未完成的"烂尾工程"。

小德张在天津和家人闲谈："太后与皇上是家务事，隆裕皇后与皇上是夫妻之情。咱是个当差的，不能以奴欺主。不圆滑一些，以后人家一家子好了，这个仇就给我记上了，但得一步地，何须不为人？"

他在家常闲谈中追述的这些观点，符合他一贯的八面玲珑行事风格，人物关系，生活细节都很可信。如果史学界对上述说法没有拿出有力的否定证据，相信是小德张的真实思想的反映。当年他已身居高位，而慈禧已垂垂老矣，如果慈禧没有给他足以叫他冒险毒杀皇上的天大好处，他是不会把事"做绝"的。如果他真是毒杀光绪的凶手，事后又能如此淡定坦然、津津乐道地对家人讲述那些往事，那这个人就太可怕了！

清末民初，溥仪逊位时，在清室退位条件中约定由民国政府继续建造光绪陵。或许共和人士感谢光绪曾支持变法革新，对君主立宪之议也持开明态度，民国之初政府虽然经费困难，仍斥资完成陵墓工程。

清西陵位于今河北省易县，光绪墓于1909年始建，1915年竣工，是中国最后一座帝陵。

4／隆裕太后枉担了『让国』罪名

隆裕皇后一辈子在慈禧太后跟前恪守孝顺儿媳的角色。光绪冷淡她，她也从无怨言，起码表面上从无流露。她长期忧郁，压抑成疾，1911年又被迫替宣统幼帝签署了“让位诏书”，更加重了病情。“让国”只是说着好听，这个懦弱的女人枉担了亡国之耻，46岁便去世了。好在“共和之初”有约给予清皇室礼遇，隆裕葬礼还算隆重，她与光绪先帝合葬，这一对从无恩爱的夫妻，生前被迫绑在了一起，死后也无奈被绑在了一起。

光绪与隆裕每年春天各自尽到帝、后职责的细节，很是富于诗意，足以让当代人感动，心潭吹皱一池春水。

年年早春时节，顺应天意节气，光绪都去先农坛主持“亲耕礼”，亲手驱牛扶犁播下第一颗种子，随后“江山社稷”才开始了春播，广袤农田里才唱起了“九九加一九，耕牛遍地走”的民谣。

每年早春时节，隆裕都会在宫里的“农田村舍”主持“亲蚕礼”，亲手种下一棵桑树苗。先朝的皇后们种下的桑树已经成林，初绽新绿。她摘下第一簇桑叶撒在第一张箅床上，带着宫女们一直到把蚕宝宝养大，吐丝、作茧、抽丝……

皇帝、皇后象征性的农桑活动，成为旧时农业社会生活图景的缩影。它之所以能够拨动我们心中那根柔软的神经，源自远古即流淌在血液中的基因。“现代城市综合征”患者们总在奢谈回归大自然，返璞归真，那些高论有操作性吗？别说遮树叶裹兽皮去狩猎的远古生存方式了，旧时男耕女织的“两亩地一头牛，老婆孩子热

小德张（左三） 隆裕皇太后（中）

炕头”的小农光景，人类还回得去吗？继而试想，当初光绪变法维新，他也只是发现贫弱的中国较之西方列强太落后了，亟待革新赶上去。然而朝着什么方向革新，不仅光绪自己并不清楚，时至百年之后的今日中国人不是还在“摸着石头过河”吗？河有多深？河心有无过不去的沟壑旋涡？过了河去哪里？彼岸是什么样子？……

有人说从空中鸟瞰光绪陵像一个大大的问号，当年他亲耕春田象征着天人合一、田园生活的图景，那么天人合一究竟是人类追求的理想呢？还是一种生活方式的倒退呢？

5／太监庙，太监坟

太监是一个最被世人耻笑的群体，他们的内心压抑总要找到一个气孔，于是他们的自我角色认知是——出家人。

他们自认为是出家人还有一个原因，太监年老以后的去处多为寺庙或道观，为此清廷还专门修建了太监庙，有钱的大太监们还出资在寺庙附近买地作为太监坟。

太监庙里供的是哪位神灵呢？一查史料我们倍受震撼，他们供奉的是郑和，尊郑和为祖师爷，恭称为“刚神庙”。他们失去了男性的功能，度过了阴诡软弱的一生，却崇拜“刚神”。郑和虽为“三宝太监”，但世人传颂的是伟大的航海家郑和“七下西洋”的壮举，谁也没有把他当成一个太监来看待。当然，他是太监中的英雄，后辈太监们尊他为拜祭的偶像也是可以理解的。

大多数年迈太监的晚景都是很凄惨的，栖身寺庙、道观或太监庙里，只能勉强维持温饱。那么他们走上这条耻辱之路的意义又是什么呢？信修明不无自豪地写道：

> 有了钱后，我首先将先人的旧业复原，有地四百亩，养母教弟够了。养亲终了后，妹妹嫁，弟弟娶，提出钱来在村中做点公益之事，把家产分成四份，三个弟弟各分一份，我那一份给了出嫁的妹妹……眼看着眼前八个子侄、十二个孙子皆不类我那样无出息，我饱暖知足，有自得自乐之慨。

小德张天津宅邸曾悬挂其巨幅照片　小德张后裔提供

小德张的棺材

许多太监的回忆录也都表明，能够为其家族做出封建伦理道德上的奉献，是他们唯一的慰藉。

小德张也早就为自己的归宿做好了打算，相比之下他算是大手笔了。拥有雄厚家资之外，他还早早地为母亲和自己准备了好棺材。

听上去真叫人不敢相信，那棺材原先竟然是北京恭王府的牌楼！宣统二年（1910），离垮台只差一年的清宫大内，有一个御前首领太监叫阮金寿，小德张在任时曾拉拔过他。清王朝即将消亡时变得不堪一击，他竟然能够花500两银子从恭王府买出金丝楠木牌楼的四根柱子孝敬小德张。小德张找人监制了四口棺材，其中两口备作母亲和自己安寝。他还不惜高价购买高级油漆，一层夏布一层漆先后涂了49遍。

王府牌楼变棺材，此等怪事足以说明八旗子弟败家子儿们落魄到了何等地步。

6／天涯何处有香丘？

清宫过客中的几位奇女子后来的命运如何？

《红楼梦》中的林黛玉在《葬花词》中苦吟："天尽头，何处有香丘？未若锦囊收艳骨，一抔净土掩风流。"

当年德龄到了上海，认识了美国驻沪领事馆副领事撒迪厄斯·怀特，两人相爱结婚。后来怀特当了记者，夫妇二人去美国定居。1911年以后，德龄走上了文学之路。她以"慈禧太后御前女官"的特殊身份写的《清宫二年记》走红英美，成为那个时代少有的华裔英文女作家，后来一发不可收，连续写了一系列以清朝晚期生活为素材的小说、散文。

无奈，月有阴晴圆缺，此事古难全。1927年，她的独生子萨都斯不幸夭折，她的精神彻底崩溃了。为了排解心中的痛苦，她回到上海，曾在宋庆龄身边参加抗日救亡工作。清朝旧人与共和之母的际会，也是一桩历史佳话。在上海中外友人力促下，她出演了英语清宫剧，并亲自扮演慈禧太后。若论熟悉角色，谙熟宫廷生活，恐怕哪一位扮演慈禧的演员都比不上她了。

当年她进宫时只有十七八岁，到美国以后根据回忆写了好几本书，原先的生活积累已经告罄，她到天津找小德张等"老同事"重新收集史料。容龄也在天津，姐妹重逢共忆那段奇特的少年时光，自是悲喜交集。此时小德张已经"让房"给逊庆王载振，当年是载振途经巴黎受到裕家人的热情接待，他回国后向慈禧太后举荐德龄、容龄进宫的。这趟天津之行，小德张少不得陪她们去拜会庆王

晚年容龄

府。旧友欢聚，小德张在载振面前仍然自称“奴才，奴才”的，引起宾主阵阵喧笑，倍感时过境迁，物是人非了。

1944年，德龄在加拿大死于车祸，终年58岁。

诡异的是“现代舞之母”邓肯也于1927年死于车祸，终年49岁。邓肯虽然没有到过清宫，但她教出了容龄、德龄两个出色的学生，而且容龄为慈禧太后表演过她教会的希腊舞、西班牙舞，她也应该算是和清宫有过神交的奇女子了。

容龄后来的生活比较平静，当年出宫赴沪以后，她在上海生活了几年。1912年，她嫁给唐宝潮，唐时任总统府少将衔的军事参议，二人在巴黎举行了婚礼。她在上海、南京、北京、天津都居住过，以社会名媛舞蹈家的身份出席一些文化活动，经常在慈善义演中展示她优美的舞姿。

新中国成立以后，周恩来总理安排容龄到中央文史馆从事清史和舞蹈研究，她整理编导了《扇子舞》《荷花仙子舞》《菩萨舞》《剑舞》等许多著名中国民族舞蹈，为后来民族舞的繁荣发展做出了贡献。就是这样一位与世无争的高龄舞蹈专家，在“文革”中也没能逃过厄运，被“造反派”打残了双腿，于1973年去世，享年84岁。

天津的音乐舞蹈史学家刘恒岳先生，于2012年赴美国发现了一段珍贵的电影胶片，时长3分21秒，是1926年一位美国摄影师拍摄的容龄表演的《剑舞》。从那段电影资料可以看出，《剑舞》的表演极富中国古典传统风格。2012年，全国各地的舞蹈史学家们齐聚天津，为纪念裕容龄123周年诞辰举办了“容龄舞蹈研讨会”。容龄出生于天津，天津老乡对这位舞蹈艺术家有着特殊感情。

凯瑟琳·卡尔回国以后，再也无人称她为“柯姑娘”了，但她似乎一直被称为小姐，可能没有正式婚姻。

当年她有幸为慈禧太后画像，不仅得到了丰厚的稿酬，慈禧太后还颁给她一枚双龙勋章。

她的后半生辗转欧美，在纽约定居，有自己的画室，仍以给人画像为生。她本来不是一位名气很大的画家，东方奇遇使她拥有了别人难以企及的一幅画、一本书，即华盛顿美国国家博物馆收藏的慈禧太后油画像，和《慈禧写照记》。作为一位女画家，她在世界画坛留下了自己的一抹色彩。

尾声

收尾之际，心音犹绕梁。笔者不免思忖，本书所写，史乎？文乎？“非虚构跨文体”乎？

虽说文史相通，仍各有分野。如果说文学是人学，史学便是事学了。对待古人先人，史学家似乎更重视其在重大历史事件中的作用，而且以朝代更迭帝王将相为主，论它个成王败寇、千秋功罪。至于黎民百姓芸芸众生，只受到理论上的泛泛尊重，说是“人民创造历史”，其实是挂不上“正史”纲目的。

文学家的目光搜寻的则是生活在某些特定历史年代的人，无论他是王是寇、有功有罪，显贵还是草民，男人还是女人，即或是小德张那样畸形的另类，都是有血有肉的活生生的人。我们不急于对他们作出政治评价，甚至道德评价，基于先前不了解那段历史和那些被“正史”遗忘了的“活生生的人”，似应先以客观视角去了解他们，收集一切关于他们的史料。“一切”，指的是不论当代人喜欢还是不喜欢的史料。即使是对慈禧太后那样的封建腐朽势力的代表人物，我们也把她作为一个“人”而不是政治符号来写，尽力写活她的性格、心理特征、兴趣爱好。

又因为现有史料中关于“人”的记载太少，尤其是能够体现不同阶层、不同命运的人、人性、人情味儿、人物性格、喜怒哀乐的史料更加难寻，我们只能在概括性的“史”的空白之间缀补与推测文学情节的链条，至于挖掘在规定情境下的人物心理活动，则只能靠文学想象了。

还是那句话，文学是人学，史学便是事学了。本书尝试“文+史”“人+事”兼顾双美，岂料史实会成为锁住文学想象翅膀的镣铐。戴着镣铐跳舞本来就很困难了，人家还会问你：这镣铐是真文物还是赝品？如此这般，本书只能归于非虚构跨文体之偏锋了，难保“史”“事”绝对准确。“文+史”，尝试以人为本，以人物性格、人物命运为主线，重新解构那些并不新鲜的“史”与“事”。如果读者朋友从中读出些许新鲜感，我们便心满意足了。

本书在开篇已经介绍了，写作之初衷源起于天津名楼庆王府，由庆王府引出它原先的主人小德张，小德张又“领”着我们神游百年前的清宫大内，“认识”了一个个传奇人物。庆王府这座老建筑与小德张这个另类人物，似乎有一种张力，令我们顺藤摸瓜不断地扩大延伸为一串清宫人物系列了。

如果单纯从史学角度去研究小德张，史料匮乏，只有其后人的忆述和相关人物的自述较为翔实具体。另有《文史资料选辑》中一些清宫底层太监的口述史料，太监制度等级森严，他们不大了解清朝宫廷上层生活。况且那些由人代笔的口述史料选录于20世纪60年代“阶级斗争”紧张岁月，其“阶级立场”过于鲜明也令人担心史料的准确性。因此，本书的史学依据大多源自相关人物的自述和其后人的忆述。不过，历史人物的自我评价或“亲友团”的评价难免褒大于贬，也会有所讳谈。

对于小德张这种“有鼈儿”的历史人物，当代人在看待他们时容易有洁癖，似应多去了解那个历史时代的特定环境，才会多一些释然。而且，文学作品中越是污点人物越容易刻画出活生生的个性，也成了没有办法的事情。

一百多年以前在中国几千年封建王朝即将消亡时，阴森的紫禁城中，除了慈禧太后那些行将就木的政治僵尸之外，也曾有过一些活泼泼的年轻生命。他们中间有绝食而亡的美丽皇后阿鲁特、有志在宫里办女子学校而被埋没的瑜妃、力图变法不幸遭到失败的青年皇帝光绪、聪明美丽奢侈任性不幸被残害的珍妃、精通多国语言文字的才女德龄、现代舞蹈家蝴蝶仙子容龄、“高科技”才子绝世美男勋龄、美国女画家凯瑟琳·卡尔，当然还有难以评说的青年太监小德张……这还没有把那些承应进宫演戏的京剧先驱们算在内，京剧“教父”王瑶卿、梅兰芳的祖父梅巧玲、武生名角谭鑫培（小叫天），还有“京城十三绝”众星的奇光异彩……一组一组年轻人的相逢是如此奇特，角色如此齐全，身份地位性格差异如此之大，故事又如此富于戏剧性，若不是历史真实的存在，简直令人怀疑为文学虚构了。

如果说大清朝落幕之前的宫闱“青春军团”活得还算精彩，那就是他们曾奋力把沉重的宫门推开了一条缝儿，放进一缕朦胧的晨光，吹进一息新鲜的春风。高墙深宫黎明前愈发黑暗，他们便像萤火虫一般在暗夜里发出点点幽光，光点虽然微弱飘忽，稍纵即逝，但那也是生命的呐喊，青春的舞蹈，人性的张扬……

后记

一些朋友听说我们要写这本书不大理解，甚至不以为然，何以触碰“小德张”这一烂俗题材？其实，小德张只是个穿针引线的人物，把天津北京、宫里宫外乃至国内国外的相关艺术史话串联起来。本书的初衷是写天津名楼“庆王府”，不料后来写成了集历史建筑、名人传记、宫廷逸事、纪实文学乃至图文并茂的“画书”于一体，涉及了文学、历史、京剧、音乐、舞蹈、绘画……各种艺术门类，再加上夹叙夹议近乎文艺理论的管窥之见，简直成了难以界定的“四不像”。这种“跨文体”“跨艺术门类”的写作样式对于我们来说是一种新尝试。

初稿收笔，审视细思，不管怎么说还是挺好看的。请了三五亲友充当第一读者，他们也都说挺好看的。书，非乏味而有趣，非晦涩而易懂，非恶俗而又好看，这就行了呗！

我们是很随意的人，写什么怎样写一向跟着感觉走。在写作过程中常常“思维奔移”，完成稿较之构思起点已面目全非。有的作家善于“打腹稿”，一章一节全都想清楚。我们不行，开写时只有一个粗略的框架，很多时候故事的走向是“写”出来的，不是事先想出来的，而“写”是跟着感觉走的。所谓笔下生花，下笔时才能生花；笔走龙蛇，情节的“龙蛇”是随着“笔走”而一路蜿蜒的，尤其是电光石火般的精彩语言更是“下笔”和“笔走”时才会随时迸发的。

然而，本书毕竟不是虚构的小说，离不开历史资料和老照片。我们这里笔走龙蛇一路蜿蜒，就得有一个优秀的工作团队及时提供史料支持。我们的文艺常识、知识面很广，但大多是些遥远的记忆，能够想到“那一层”，却已无法凭一己之力准确无误地写到“那一层”。好在我们创办的“近代天津博物馆”拥有一支年轻优秀的工作团队，只要我们说一声：“请你找些西洋美声唱法起源等的音乐资料来”“请你找郎世宁……”“请你找徽班进京……”他们就会提供许多超出我们期望值的资料。看了那些珍贵的史料，又会激发我们新的灵感。尤其是那些高清晰度的老照片和绘画作品为本书增色不少。他们有学中文的、学英语的、学德语的，能够到国外网站收集国内罕见的精美图片。我们很感谢王成琳、安红、唐倩、姜雨晨、边天晨诸位小友，尤其是王成琳出色的电脑文图处理，认真地把每一幅老照片做清晰，为每一幅插图调准色彩。经过大家的共同努力，我们向出版社交的初稿为编辑和美术设计提供了良好的基础。

多亏了老友杜仲华把拙作介绍给文化艺术出版社，给本书找“婆家”算是找对了！这家出版社的艺术水准很高，出版过许多图文并茂的好书。这一次从社长、总编辑、四编室主任到责任编辑、美术设计，为本书的出版做了大量的细致工作，大家共同的精品意识令我们深受感动。

本书在收集史料的过程中麻烦到不少单位和个人，我们对他们心存感激。梅兰芳纪念馆允许我们使用其十幅珍贵藏品，银川当代美术馆允许我们使用其镇馆之宝、郎世宁绘《乾隆皇帝半身冬装像》。(中国)首都博物馆允许我们转印其馆藏、荷兰画家胡博·华士绘李鸿章、庆亲王奕劻、袁世凯等油画像。北京颐和园允许我们转印胡博·华士所绘慈禧太后油画肖像。本书插图《五牛图》来自北京故宫博物院收藏；《清院本亲蚕图卷》来自台北故宫博物院馆藏。本书所用关于小德张及其嗣孙张仲忱的部分照片由其后裔提供。此外，书中采用了画家宋文铎先生所绘小德张天津湖北路宅等速写画两幅、常宇先生和杨立新女士漫画作品两幅。我们在收集史料工作中还得到了高长德、黄殿祺、刘恒岳、李琦琳、金彭育等诸多朋友的大力帮助。

我们要特别感谢齐大任女士。书中还选用了一些百余年前的宫廷画、戏画、剧照等作为插图，齐大任女士热心地帮助我们协调相关方面，征得大家的慷慨相助，在此也通过她向相关方面朋友致以诚挚的感谢！

鄙作成书过程较长，麻烦到的单位和个人还有很多，有些图片是从网络下载后又经过电脑修图的，弄不清楚最早的版权归属，如有不到之处，恳请海涵。付梓之际，一并鸣谢！

航　鹰　刘　悦

2020年端午节